KB178276

# 나쁜 씨

The Bad Seed

# 나쁜씨

THE BAD SEED

윌리엄 마치 지음
정진영 옮김

# 들어가는 말

아동사이코패스의 탄생

어린아이가 사이코패스, 그것도 연쇄살인범이라면?

흔쾌한 답을 바라기엔 불편한 질문이다. 「엑소시스트The Exorcist」, 「오멘The Omen」, 「조슈아Joshua」, 최근의 「오펀 : 천사의 비밀Orphan」 덕분에 천진함과 사악함을 바꿔놓기가 조금은 수월할지 모르겠지만.

『나쁜 씨The Bad Seed』를 통해 여덟 살짜리 연쇄살인자, 로다Rhoda가 홀연히 등장했던 1950년대라면 얘기는 또 달라진다. '소시오패스sociopath'나 '사이코패스psychopath'라는 개념이 지금처럼 익숙하지 않은 시대였다. 냉전의 시대였고, 금기와 위반의 시대였다. 시대의 간극을 효과적으로 파고 들었던 호러 영화에서도 로다의 등장은 신선한 충격이었다. 머빈 리로이Mervyn LeRoy가 감독한 동명의 영화(1956)에 앞서 출간된 소설 「나쁜 씨」는 즉각적인 반향을 일으켰다. 소재의 충격성뿐 아니라 문학성에서도 반응은 뜨거웠다. 로다가 어떻게 레건(엑소시스트), 데미안(오멘)과 조슈아(조슈아), 에스더(오펀)의 원형이 되었는가. 이 질문은 전쟁 영웅이자 잘 나가는 사업가가 어떻게 로다를 탄생시켰는가 하는 것만큼 흥미롭다.

윌리엄 마치William March는 1893년 미국 앨라배마 주 모빌Mobile에서 열한 명의 형제 중 둘째로 태어난다. 본명은 윌리엄 에드워드 캠벨William Edward Campbell. 어린 시절의 마치는 글짓기와 연극, 음악에 남다른 재능과 흥미를 보였으나, 가정형편상 제대로 교육을 받지 못한다. 고등학교에 들어갈 무렵인 열여섯 살 때 목재사업을 하던 아버지를 따라 가족이 앨라배마의 작은 제재소 마을로 이사한 후, 학비를 벌기 위해 모빌의 한 법률사무소에서 문서 정리원으로 일한다.

열여섯 살에 집을 떠난 마치는 가족에 대한 불만, 특히 부모님에 대한 서운함이 컸던 것으로 알려져 있다. 어려운 가정형편과 교육 여건에서 느끼는 박탈감뿐 아니라, 그의 문학 습작을 불태워버린 아버지에 대한 원망도 깊었다. 한편, 그가 집을 떠난 결정적인 이유가 베시 라일Bessie Riles이라는 부잣집 아가씨에게 청혼을 했다가 거절당해서라는 일설도 있다. 그 진위 여부를 떠나, 『나쁜 씨』에 등장하는 살인자 베시 덴커를 비롯해 '베시'라는 이름은 마치의 소설에서 종종 극악무도한 여성으로 등장한다.

마치는 앨라배마 대학교에서 1년 간 법학 공부를 한 후 1916

년 뉴욕에서 법무직원으로 취직한다. 1917년 미국이 1차 대전에 참전을 선언하면서 마치는 해병대에 자원입대한다. 1918년경 프랑스 벨로우드 전투에서 겨자가스(독가스의 일종. 머스터드황 sulfur mustards이라고도 하며 겨자 냄새가 나므로 겨자가스라는 별명이 붙었다) 공격을 받고 부상을 입는다. 다시 몽블랑 지역에 투입된 마치는 전과를 인정받아 무공 십자훈장, 육군 수훈십자훈장에 이어 1918년에 제정된 해군 수훈장을 받는다.

부상에서 회복되어 모빌로 돌아오지만, 전흔(戰痕)은 그의 삶에 쉬이 아물지 않는 깊은 상처를 새겨놓는다. 일례로 그는 지인들에게 참전 중에 자신이 총검으로 죽인 앳되고 잘생긴 독일 병사를 마주보고 있다는 환각에 대해 자주 말한 것으로 전해진다. 그래도 다행히 워터맨 해운Waterman Steamship Company에서 일을 시작하고는, 빠른 승진을 거듭하면서 업무상 국내외를 바삐 오간다.

마치가 본격적으로 소설을 쓰기 시작한 것은 1928년, 잦은 출장길에서도 프로이트와 칼 융 그리고 알프레드 아들러Alfred Adler를 탐독하던 시기다. 글쓰기는 그 자신에게 자기치료의 과정이기도 했다. 이듬해인 1929년 첫 단편 「가시나무 화환The Holly Wreath」을 발표하고, 어머니의 결혼 전 성을 따 마치라는 필명을 사용하기 시작한다.

1933년에 첫 장편 『케이 중대Company K』가 출간된 이후, 전업 작가로 회사를 그만둘 때까지 줄곧 일과 집필을 병행한다. 『케이 중대』는 전쟁의 트라우마가 직접적으로 반영된 작품이다.

자전적 요소를 띤 반전소설로 효과적인 복수 시점을 포함하여 소설기법 면에서 당대에 상당한 호평을 이끌어낸다. 이 작품을 원작으로 한 2004년 동명의 다큐멘터리 영화에서는 특히 전쟁의 후유증에 시달리는 마치의 말년에 초점을 맞춰진다.

이후 『문으로 들어오라Come in at the Door』, 『탤런The Tallons』 등을 비롯해 일련의 고딕 단편과 소설을 발표하면서 상업적으로는 성공하지 못했으나 문학적으로는 호평을 받으며 작가로서의 입지를 굳힌다. 나아가 『시산표Trail Balance』 등의 단편집을 통해 단편에서도 발군의 실력을 인정받고, 오헨리 상을 네 번씩 수상하는데 이는 당시까지 일인 최다 수상의 기록이었다.

그러나 일견 사업가와 소설가로 성공한 듯 보이는 외면과는 달리 마치 자신은 점점 고립되고 성과 범죄에 집착하게 된다. 워터맨 해운의 베를린 지사장으로 있을 무렵엔 신경쇠약 때문에 런던으로 가 정신분석가인 에드워드 글로버Edward Glover의 상담치료를 받는다.

글로버의 분석에 따르면 마치는 "정서적인 장애를 안고 성장하여…… 타인과의 정서적 관계를 맺는 것에 두려움을 지니고" 있었다.

마치의 정신적인 질곡은 친구나 전기를 통해서도 드러나는데, 특히 친구이자 영국 출신의 저명한 미국 저널리스트 앨리스테어 쿡Alistair Cooke은 마치가 불운한 어린 시절의 트라우마에 갇혀 있다고 말한 바 있다. 쿡이 "미국문학사상 가장 저평가된 천재작가"라고 평한 마치의 삶은 그에 관한 중요한 전기물로 평가받는 시몬드[Roy S. Simmond]의 『윌리엄 마치의 두 세계[The Two Worlds of William March]』(1984)처럼 두 개의 삶 혹은 어린 시절과 전쟁이라는 이중의 트라우마로 설명될 수 있을지 모르겠다. 마치는 평생 결혼한 적도 여성을 사귄 적도 없는 것으로 알려져 있다. 이와 관련해 문학 평론가 일레인 쇼왈터[Elaine Showalter]는 『나쁜 씨』에서 어린 시절의 트라우마와 함께 억눌린 동성애를 포착해낸다.

마치는 1939년에서 퇴임한 후, 뉴욕에 살면서 창작에만 전념한다. 1943년에 완성한 장편 『거울[The Looking-Glass]』는 마치의 가장 뛰어난 소설이라는 찬사와 무의미하고 지루한 소설이라는 혹평이 엇갈린다. 1947년 또다시 신경쇠약에 걸려 친구의 권유로 모빌로 돌아와 요양한다. 1952년 뉴올리언스에 정착한 후, 『10월의 섬[October Island]』에 이어 1954년에는 오랫동안 구상해오던 『나쁜 씨』를 출간한다. 이 작품이 가져온 즉각적인 반향은 마치 자신도 예상치 못한 것이었다.

헤밍웨이[Ernest Hemingway], 존 도스 파소스[John Dos Passos], 카슨 매컬러스[Carson McCullers]를 비롯한 유명 작가들의 찬사가 이어졌고, 백만 부 이상이 팔리는 등 처음으로 마치에게 상업적인 성공과 문학적인 성취를 동시에 안겨준다. 『나쁜 씨』는 1955년도 전미 도서상[National Book Award]의 후보작에 오른데 이어 퓰리처 상 수상자인 맥스웰 앤더슨[Maxwell Anderson]에 의해 브로드웨이 무대에서 연극으로 올려진 뒤 성공적인 장기 상연에 돌입한다. 1956년에 만들어진 동명의 영화 역시 성공을 거두나, 정작 마치 자신은 출간 한 달여 만에 심장마비로 생을 마감한다.

영화 리메이크에 관한 무성한 소문을 차치하고라도 문학과 연극, 영화에서 로다의 아우라는 여전히 살아 있다. 현대에서 더욱 다양한 해석의 가능성을 던져주는 작품이라는 쇼월터의 평이 와 닿는 이유이기도 하다.

어느 봄날
정진영

# 제1장

그해 늦여름, 회상에 잠긴 펜마크 부인은 깊은 절망에 사로잡혀 있었다. 그해 페른 그래머 스쿨에서 소풍을 간 유월 칠일이 그녀에게는 행복했던 마지막 날로 보였다. 그날 후로 그녀의 삶에서 만족과 평온이 없어졌기 때문이다.

소풍은 학교의 전통적인 연중행사였고, 펠리컨 베이에 자리 잡은 페른 가문의 유서 깊은 별장에서 진행되었다. 그 '베네딕트' 별장은 떡갈나무와 해변 사이에 있는데, 완벽주의자인 페른 자매가 태어난 고향집이자 그들이 나른하고 평온한 여름을 지내온 곳이었다. 도심의 저택을 그들의 친구인 아이들을 위해 학교로 바꾸어야 했을 때에도 고향집만은 팔지 않고 애정의 표현인양 충실히 지켜온 터였다. 세 자매 중에서 맏이인 옥타비아 양이 비가 오나 눈이 오나 언제나 같은 날을 고집했기에 소풍 날짜는 변함없이 유월 첫째 주 토요일이었다.

"여러분처럼 내가 어린 소녀였을 때", 그녀는 매학기 학생들에게 말하곤 했다. "우린 언제나 유월 첫째 주 토요일마다 베네딕트에 소풍을 오곤 했어요. 몇 달 동안 못 보고 지낸 친척과 친구들까지 모두 모였답니다. 어디서나 웃음소리와 감탄 소리, 상냥하고 설레는 목소리들이 들려오는 일종의 재회의 모임이었지요. 모두 행복하고 멋진 하루를 보냈어요. 그때에는 말다툼이 없었지요. 예절바른 사람들이라 싸울 이유도 없었고, 신사와 숙녀 사이에 함부로 말하는 법이 없었으니까요. 여기 선생님들과 나는 그 시절을 소중히 여기고 너무도 그리워하고 있답니다."

그쯤에서 페른 자매 중에서 둘째인 버제스 페른 양이 말했다. 그녀는 현실적인 인물로서 학교 운영을 책임지고 있었다. "그때는 하인들이 아주 많았고 모두가 도움이 되고 기쁨을 주려고 앞장섰기 때문에 지금보다 훨씬 편했단다. 어머니들이 하인과 함께 소풍 며칠 전에, 유월 일일에 오는 분들도 계셨지만, 베네딕트로 차를 몰고 오셨지. 새 학기가 시작되어도, 해변에 사는 사람들은 우리가 소풍을 가기 전까지는 새 학기로 치지 않았을 정도였어."

"베네딕트는 정말 아름다운 곳이에요." 이번에는 클라우디아 페른 양이 말했다. "아담한 로스트 강이 우리 별장을 에워싸고

만으로 흘러가거든요." 학교에서 예술 과목을 가르치는 클라우디아 양은 기계적으로 덧붙였다. "그곳의 풍경을 보고 있으면 봉부아(Camille Bombois, 1883 ~ 1970, 프랑스의 화가—옮긴이)의 그림에 나오는 아름다운 강이 떠오르지요." 그러고는 봉부아를 모르는 학생들이 있을지 몰라서 이렇게 말을 이었다. "나이 어린 학생들을 위해 설명하자면, 봉부아는 현대 프랑스의 소박한 화풍의 화가랍니다. 소박하지만 그 속에 굉장한 재능을 보인 화가예요! 작품도 그렇고, 특히 초록빛을 다루는 솜씨가 대단해요! 나중에 봉부아에 대해 더 배우도록 하죠."

페른 자매의 저택을 겸한 학교에서 소풍을 떠나는 아이들의 긴 하루가 시작되었다. 학부모들은 전세 버스가 출발하는 여덟 시전까지 학생들이 학교 잔디밭에 도착하도록 해달라는 당부를 받았다. 그래서 지각하거나 다른 사람을 기다리게 하는 것을 몹시 싫어하는 크리스틴 펜마크 부인은 시계를 여섯 시에 맞춰 놓으면 아침에 해야 하는 일상적인 집안일에 지장이 없을뿐더러, 깜박했다가 시간에 쫓겨 허둥대는 일들을 미리 준비할 수 있을 거라고 생각했다.

그녀는 잠들기 전에 그 시간에 일어나야 한다고 자기 암시를 주었다. "알람시계가 고장이 나더라도 여섯 시 정각에 일어날 거야." 그러나 알람시계는 정확히 울렸고, 그녀는 살짝 하품을 하면서 침대에 일어나 앉았다. 옥타비아 양이 장담한대로 화창한 날씨였다. 그녀는 황갈색에 가까운 금발을 쓸어 넘기며 곧장 욕실로 들어가 오랫동안 거울을 바라보았고, 무엇을 해야 할지 망설이는 사람처럼 무기력하게 칫솔을 쥐고 서 있었다. 맑게 빛나는 커다란 잿빛 눈동자, 햇볕에 탄 팽팽한 피부. 그녀는 입술을 잡아당기며 시험 삼아 하루의 미소를 지어보았다. 그렇게 거울 앞에 서서 그녀는 창밖의 소음에 무심히 귀를 기울였다. 멀리서 자동차 시동 거는 소리가 들려왔고, 떡갈나무 숲에선 참새가 지저귀는 소리가 들려왔으며, 어느 아이의 목소리가 갑자기 높아졌다가 잠잠해졌다. 그녀는 재빨리 평소의 열정을 되찾고는 목욕을 하고 옷을 입은 뒤 아침 식사를 준비하기 위해 주방으로 향했다.

나중에 그녀는 딸아이를 깨우기 위해 아이 방으로 갔다. 방은 비어 있었다. 비어 있는 방은 너무도 깔끔해서 오랫동안 사용하지 않은 것처럼 보였다. 말끔히 정돈된 침대, 물건들이 평소처럼 정확한 각도와 자리에 놓여있어서 흠 잡을 데 없는 화장대. 창문에서 가까운 탁자 위에 딸아이가 무척 좋아하는 직소 퍼즐이 반만 완성된 채로 놓여 있었다. 펜마크 부인은 미소를 머금고 아이가 사용하는 욕실로 갔다. 여느 때처럼 수건이 곧게 펴져 있는 욕실 앞에서 크리스틴은 빙그레 웃으면서 생각했다. '이런 재간둥이는 내게 과분하지. 내가 여덟 살 때는 제대로 할 수 있는 일이 있을까 자신이 없었잖아.' 여러 가지 나무 조각을 쪽모이 세공한, 예스럽고 우아한 마루가 깔려 있는 널찍하고 정교한 홀에 들어서서 그녀는 유쾌하게 딸아이를 불렀다. "로다! 로다! ……. 어디 있니, 얘야? 벌써 일어나서 옷을 입은 거니?"

아이는 자칫 격렬한 논쟁을 불러올지 모르는 위험한 말을 하듯이 조심스런 목소리로 천천히 대답했다. "여기." 그녀는 말했다. "여기, 거실에 있어."

로다에 대해 사람들이 가장 많이 쓰는 수식어는 "별나다" 혹은 "조심스럽다" 아니면 "구식이다"인데, 펜마크 부인은 문간에 서서 사람들의 말을 인정하듯 미소를 띠었다. 딸아이의 침착함과 깔끔함, 냉정한 자신감이 과연 누구에게서 물려받은 것일까 의아해했다. 그녀는 거실로 들어서며 말했다. "정말 혼자서 머리를 빗어서 땋은 거니?"

아이가 돌아서자, 펜마크 부인은 딸아이의 곧고 섬세하며 옅은 갈색빛이 도는 검은 머리칼을 살펴볼 수 있었다. 두 갈래로 정확히 땋아 뒤로 넘긴 머리칼에 두 개의 헤어밴드와 나비매듭의 작은 리본까지 달려 있었다. 그녀는 나비매듭을 확인했지만, 단단히 제대로 묶여 있는 것을 보고 아이의 머리칼에 입을 맞추며 말했다. "금세 아침 식사를 준비할 게. 오늘은 든든히 먹어두는 게 좋을 걸. 점심때가 되기 전까지 어떻게 될지 모르는 게 바로 소풍이거든."

로다는 식탁 앞에 앉아서 진지하고 천진난만한 표정을 하고 있었다. 그러다 자기만 아는 무슨 생각이 떠올랐는지 왼쪽 뺨에 살포시 보조개가 생겼다. 아이는 턱을 숙였다가 생각에 잠겨 다시 들었다. 아이는 또 한 번 미소를 지었지만, 이번에는 아주 부드럽고 기묘하면서도 망설이는 듯한 미소였다. 입술이 약간 벌어져서 앞니 사이의 틈새가 드러났다.

"나는 로다의 벌어진 이가 너무 좋더라." 위층에 사는 모니카 브리드러브 부인이 어제 한 말이었다. "짧은 앞머리하며 땋은 머리, 보조개가 하나뿐인 것까지 로다는 정말 구식 아이라니까. 내 할머님의 어린 시절 아이들이 떠오를 정도니까. 지금도 할머님 댁에 채색판화가 있어. 스케이트를 타는 여자아이가 담겨 있지. 오, 작은 모피 머프에 어울리는 모피 모자를 쓰고 줄무늬 스타킹과 레이스 장식이 있는 부츠를 신고 머리를 출렁이는 그 아이가 얼마나 해맑고 자신감에 넘쳐 보이던지. 그 아이는 스케이트를 타며 웃고 있는데, 역시 치아 사이가 사랑스럽게 벌어져 있거든. 그 그림 속의 여자아이를 생각할 때마다 로다가 떠올라."

그녀는 문득 말을 멈추고, 자신이 펜마크 부부의 어린 딸을 좋아하는 이유가 단지 오래전에 본 할머니의 스케이트 그림과 똑같은 인상이라는 것 때문인지 의아해했다. 왜냐하면, 모니카는 세상에 의미 없는 생각이란 없는 법이라고 생각하는 인물이었기 때문이다. 그녀는 무심히 한 말이든 아니든, 모든 말은 서로 긴밀한 관련이 있으며 누군가 그 단서 혹은 의도를 짐작만 하면 정확히 이해할 수 있는 형태이자 논리적인 부분이라고 주장해 왔다. 두 말하면 잔소리! ……. 그렇고말고! ……. 그녀는 자신과 함께 사는 남동생 에모리를 떠올렸다. 그도 그녀만큼 로다를 예뻐했다. 에모리의 애정은 낡은 판화와 관련된 것이 분명 아니었다. 그녀보다 아홉 살 어린 남동생이 그 낡은 판화를 본 적이 있는지조차 확실하지 않았기 때문이다. 사실 그녀의 할머니는 세상을 떠났고, 에모리가 태어나기 이 년 쯤 전에는 이미 할머니의 자취가 거의 사라진 상태였다……. 그렇다면 매우 이상한 일이었다. 즉, 에모리가 로다를 좋아하는 이유가 없는 것이다. 그녀는 자신의 연상 체계가 생각만큼 효과적인 것인지 의아해져서 이마를 잔뜩 찌푸린 채 생각에 잠겼다.

그녀는 어제 아침에도 그런 생각을 했기 때문에 페른 스쿨의 종업식이 끝나고 펜마크 부인, 로다와 함께 돌아오는 길에 그런 말을 했다. 종업식에는 늘 그래왔듯이 습관적인 회상과 눈물로 버무려진 관례적인 낭송이 있었다. 학부모들은 손수건으로 눈물을 훔쳤고, 변함없는 다독임과 위로의 말도 뒤따랐다. 버제스 페른(페른 자매 중에서 둘째)은 예상대로 체면치레의 연설을 늘어놓았고 아름다운 연주가 필요하다고 말했다. 한때 로마에서 공부한 적이 있는 옥타비아 양이 손수 하프 독주를 했다.

예비 행사가 끝나자 학교 합창단이 교가를 불렀고, 여러 가지 시상식이 이어졌다. 학생들 입장에서 가장 중요한 상은 맨 마지막에 주어졌다. 학기 중에 펜글씨 쓰기에서 가장 큰 향상을 보인 학생에게 일 년에 한 번씩 수여되는 펜맨십 금메달이 그것이었다. "신사인가 숙녀인가는 서체에 따라 결정되지요." 옥타비아 페른 양이 자주 하는 말이었다. ""다른 판단 기준이 없을 때, 서체의 명확함, 우아함, 세련미는 참다운 인품과 성장 배경을 말해줍니다."

로다는 처음부터 펜맨십 메달을 타고 싶어 했고, 처음부터 자신이 탈거라고 생각해왔었다. 로다는 혀를 살짝 내밀고 펜을 움켜잡고는 열심히 연습해 왔다. 그러나 정작 시상식에서 그 멋진 메달은 로다가 아니라 클로드 데이글이라는 같은 반 학생이자 같은 나이의 소심한 말라깽이 남자아이에게 돌아갔다.

행사가 끝나고 학생과 학부모들이 페른 잔디밭의 떡갈나무 아래를 거닐 때, 클라우디아 양이 나타나 로다의 어깨에 손을 얹고 말했다. "네 나이 때는 무척 중요한 일이긴 하지만, 메달을 못 탔다고 너무 속상해 하지 말거라. 올해는 정말 경쟁이 치열했단다." 그리고 브리드러브 부인에게 돌아서서 덧붙였다. "로다는 정말 열심히 했어요. 글씨를 잘 쓰려고 부지런히 연습했으니까요. 우리 모두 로다가 얼마나 메달을 타고 싶어 했는지 잘 알고, 나도 로다가 탈거라고 확신했답니다. 하지만 편견이 심한데다 심사 대상인 아이들이 누구인지조차 모르는 심사위원들이 데이글에게 상을 주기로 결정했어요. 로다처럼 깔끔하게 쓰지 못했지만, 학기 동안에 정말 놀라운 향상을 보여주었거든요. 사실, 그 상은 향상된 아이에게 주는 메달이잖아요."

어제의 일을 떠올리면서 딸아이가 얼마나 실망했는지, 왜 지금 한마디도 하지 않는지를 잘 아는 터라 크리스틴이 명랑하게 말했다. "오늘 정말 근사한 날이 될 거야! 네가 엄마처럼 나이가 들고, 혹시 너처럼 학교 소풍을 가는 어린 딸이 있다면, 오늘을 떠올리면서 기분이 좋아질 테니까."

로다는 오렌지 주스를 홀짝이며 어머니의 말을 곰곰이 되새겨 보았다. 그러고는 조금도 감정이 없는 말투로 별일 아니라는 듯이 말했다. "왜 클로드 데이글이 메달을 탔는지 모르겠어. 그건 내거야. 내 거라는 걸 다 알아."

크리스틴은 손가락으로 아이의 뺨을 어루만졌다. "우리에게 늘 있는 일이란다." 그녀가 말했다. "그런 일이 생기면 그냥 받아들이면 되는 거야. 엄마가 너라면, 전부 잊어버릴 거야." 그녀는 아이의 머리를 끌어안았고, 로다는 묵묵히 엄마의 토닥임을 받아들였으나, 그것은 결코 길들여질 수 없는 애완동물이 체념하고 참아내는 것과 같았다. 아이는 앞머리를 쓸어내리고는 이내 어머니에게서 떨어졌다. 그러나 자신의 행동이 경솔하고 어리석었다고 느꼈는지, 재빨리 어머니에게 웃어 보이고 분홍색의 혀끝을 머쓱하게 유리잔에 내밀었다.

크리스틴은 부드럽게 웃으며 말했다. "사람들이 함부로 머리를 토닥거리면 기분이 나쁘지. 미안하구나."

"그건 내 거야." 로다는 고집스레 말했다. "그 메달은 내 거란 말이야." 아이는 연한 갈색의 동그란 눈동자를 치켜뜨고 물러서지 않았다. "그건 내 거야." 아이는 말했다. "그 메달은 내 거란 말이야."

크리스틴은 한숨을 쉬고 거실로 들어갔다. 창가 의자에 무릎을 대고 묵직하고 고풍스러운 덧문을 열자, 부드러운 아침 햇살이 방안에 가득해졌다. 곧 있으면 일곱 시, 거리는 빠르게 깨어나고 있었다. 나이든 미들턴 씨가 하품을 물고 배를 쓰다듬으며 현관에 나타나 조심스럽게 조간신문을 집어 들었다. 트루비 가족과 컨켈 가족의 요리사들이 맞은편에서 손을 들어 가볍게 인사를 건네며 다가왔다가 순식간에 각자의 저택 모퉁이를 돌아 사라졌다. 아이가 그린 그림처럼 다리가 가늘고 볼품없는 어느 앳된 아가씨가 머리에 스카프를 단단히 고쳐 매고 깡충거리는 서툰 동작으로 버스를 향해 달려가는데, 스케이트를 처음 타는 사람처럼 발목이 약간 안쪽으로 휘어져 있었다……

그런 익숙한 광경을 지켜보다가 펜마크 부인은 거실로 돌아서서 준비를 시작했다. 남편의 직장 때문에 그 독특한 마을로 이사를 왔을 때, 그들은 평생 살 집을 원했었다. 그러나 그들이 원하는 집을 서둘러 구하는 대신, 나중에 직접 짓기로 막연히 결심을 한 뒤에 지금의 공동 주택을 선택한 것이다.

그 공동 주택은 육중한 빅토리아풍의 우아함이 느껴지는 삼층짜리 건물이었다. 붉은 벽돌과 작은 탑, 퇴창, 첨탑, 장식 분수가 일종의 인상적인 건축술의 광기와 서로 잘 어울렸다. 도로에서 꽤 떨어진, 낮은 산에 지어진 건물로서 관목으로 둘러싸이고 옆에는 잘 다듬어진 잔디밭이 있었다. 건물을 지을 당시에는 뒤쪽 땅을 그곳에서 살게 될 아이들의 놀이터로 계획했다가 나중에는 높다란 벽돌담이 있는 개인 공원 같은 형태로 바뀌었다. 펜마크 부부가 덩치만 크다 뿐이지 실용적이지 못한 그 공동 주택에 끌린 것은 공원처럼 생긴 놀이터 때문이었다.

그때 초인종이 울려서 크리스틴은 현관으로 나갔다. 위층에 사는 모니카 브리드러브가 유쾌하게 소리쳤다. "오늘처럼 중요한 날 아침에 늦잠이라도 잘까봐 혹시나 한 거야. 에모리도 같이 오려고 했는데, 여태 잠을 자고 있네. 무슨 수를 써도 동생을 여덟 시 전에 깨울 수는 없거든. 그래도 느릿느릿 눈을 뜨고 한다는 말이 건물 앞에 차를 주차시켜 놓았다는 거야. 오늘 아침에 동생 차를 써도 좋다는 뜻이지. 괜찮다면 내가 자기하고 로다를 페른 스쿨까지 데려다줄게. 어쨌든, 자기 차를 차고에서 꺼내는 수고는 덜 수 있잖아." 그리고 아이를 향해 돌아서서 머리를 가볍게 쓰다듬으며 덧붙였다. "우리 예쁜이, 너한테 줄 선물 두 개를 가져왔지. 하나는 에모리 아저씨가 주는 거야. 라인석 장식이 있는 검정 선글라스인데, 네 예쁜 갈색 눈에 햇빛이 안 닿게 가려줄 거라고, 아저씨가 너한테 전해달라는 구나."

아이는 재빨리 브리드러브 부인에게 다가갔고, 그 모습을 본 크리스틴은 '로다 표 욕심쟁이 표정'이라고 내심 생각했다. 브리드러브 부인이 선글라스를 끼워주는 동안 얌전히 있던 아이는 곧장 돌아서서 거울에 자신의 모습을 비춰보았다. 모니카는 뒤에 서서 팔짱을 낀 채 바라보다가 황홀한 목소리로 소리쳤다. "아니, 이거 할리우드의 글래머 여배우 아니야? 여기 주택 일층에 매력적인 부모님과 함께 산다는 꼬맹이 로다 펜마크는 설마 아니겠지? 설마 이렇게 아름답고 세련된 아가씨가 우리 모두의 사랑과 찬사를 한 몸에 받는 꼬맹이 로다 펜마크는 아닐 거야?"

그녀는 좋은 효과를 주기 위해 잠시 말을 멈추었다가 은근한 목소리로 말을 이었다. "이번에는 내가 주는 두 번째 선물." 그녀는 지갑에서 섬세한 체인이 달려있는 황금 하트를 꺼냈다. 자기도 여덟 살 때 받은 로켓<sup>(사진 따위를 넣어 목걸이에 다는 장신구—옮긴이)</sup>이라고 그녀는 설명했다. 그 날을 위해 오랫동안 그녀의 보석함에서 기다려온 물건이라고 말이다. 그 로켓은 원래 생일 선물로 받은 것으로 일월생인 그녀의 탄생석, 석류석이 하트 모양 한쪽에 박혀 있었다고 했다. 그래서 로켓을 보석상에게 맡겨 석류석을 빼내고 로다의 탄생석인 터키옥을 넣었다는 것이다. 그리고 로켓을 깨끗이 닦고 작은 사슬을 달 생각이었다고 말이다. 그러나 생각보다 이음부분이 튼튼하지 않았는데, 브리드러브 부인이 오십 년 이상을 지니고 있었으니 그럴 만도 했다.

"둘 다 가지면 안돼요?" 로다가 물었다. "작은 석류석도 주시면 안 돼요?"

크리스틴은 미소를 머금고 고개를 저었다. "로다! 로다! 어떻게 그런 말을 하니?"

그러나 브리드러브 부인은 갑자기 기분 좋게 웃음을 터뜨렸다. "물론 주고말고! 우리 예쁜이니까!" 그녀는 자리에 앉아 계속 말했다. "요 꼬맹이 아가씨와 얼마나 잘 어울릴까. 가만, 내가 그 로켓을 토머스 라이트풋 삼촌한테 받았을 때, 나는 응접실에서 아무 말도 못한 채 격자무늬 드레스를 비비꼬면서 불안과 실망으로 떨고 서있었지 아마."

아이는 그녀에게 다가와 목을 끌어안고는 온 정성을 다해 입을 맞추었다. 아이는 부드럽게 웃으며 황홀경에 취해있는 부인의 뺨에 자기의 뺨을 비볐다. "모니카 이모." 아이는 달콤하고 수줍은 목소리로 마치 그 이름을 도저히 억누를 수 없다는 듯이 천천히 말했다. "오, 모니카 이모."

크리스틴은 돌아서서 식당으로 향했다. 기쁨 반 걱정 반이었다. '로다는 참 대단한 배우야. 그 아이는 적절한 때에 사람을 휘어잡는 방법을 정확히 알고 있잖아.'

그녀가 거실로 돌아왔을 때, 브리드러브 부인은 아이의 옷을 살펴보고 있었다. "해변으로 소풍가는 게 아니라 고급 다과회라도 가는 것 같구나." 그녀는 즐겁게 말했다. "나는 구닥다리지만, 아이들이 소풍갈 때 멜빵바지와 운동복을 입는다는 것쯤은 알고 있거든. 그런데 우리 예쁜이는 공주처럼 빨갛고 하얀 물방울 무늬 스위스 드레스를 입고 있잖아. 어디 말해보렴, 옷이 더러워질까 봐 걱정이 안 되니? 넘어지거나 발을 끌다가 새 구두를 망칠까봐 걱정이 안 돼?"

"그 아인 옷을 더럽히거나 신발을 끌지 않아요." 크리스틴이 말했다. 그녀는 곰곰이 생각하는 듯 잠시 머뭇거리다가 덧붙였다. "어떻게 그럴 수 있는지는 모르겠지만, 로다는 물건을 더럽힌 적이 없어요." 그리고 브리드러브 부인의 미심쩍어하는 눈빛을 대하고 말했다. "다른 아이들처럼 입히려고 했지만, 아이가 저 옷을 고집하네요. 흠, 자기가 가장 좋아하는 옷을 입겠다는데 말릴 재간이 있어야죠."

"난 멜빵바지가 싫어요." 로다가 주저하는 목소리로 진지하게 말했다. "멜빵바지는—" 아이가 내키지 않는지 말을 멈추자, 브리드러브 부인은 기분 좋게 웃으며 말했다. "그러니까 멜빵바지는 숙녀답지 않다 이거지, 예쁜이, 응?" 그녀는 신중한 아이를 한 번 더 껴안고 아주 유쾌한 목소리로 말했다. "오, 우리 구닥다리 예쁜이 아가씨! 오, 정말이지 유별난 예쁜이!"

곧 출발 준비가 끝났고, 로다는 자기 방에 로켓을 안전하게 보관하고 다시 나왔는데, 아이의 구둣발이 융단을 벗어나자 딱딱한 나무 바닥에 부딪혀 날카롭게 끊어지는 소리를 냈다. "또각또각, 프레드 애스테어 씨가 계단을 오르내리는 소리 같네." 브리드러브 부인이 말했다. "무슨 구두니? 완전히 새것이니? 내가 한 번도 못 본 구두 같은걸?"

로다는 브리드러브 부인의 어깨에 한 손을 올려 균형을 잡았고, 브리드러브 부인이 새 구두를 하나씩 들어보는 동안 잠자코 서 있었다. 일반적인 제품보다 무거운 로다의 구두는 아이들이 놀 때 신는 것으로 두꺼운 가죽 굽과 밑창에 금속으로 된 반달 모양의 미끄럼 막이가 붙어있었다. 로다가 변명투로 말했다. "항상 구두 굽이 닳아서 엄마가 밑창에 쇠를 달았어요. 좋은 생각이죠?"

"그건 내가 아니라 로다의 생각이에요." 크리스틴이 말했다. "로다의 공을 가로챌 수는 없죠. 제가 평소 흐리터분하고 실용적이지 못한 거 아시잖아요. 제가 그런 생각을 할 리 없죠. 전부 로다의 생각이에요."

"그게 좋을 것 같았어요." 로다는 진지하게 말했다. "돈을 아

24

낄 수 있잖아요."

"세상에, 요런 가난뱅이 예쁜이를 보았나." 모니카가 즐겁게 말했다. "세상에, 알뜰한 꼬맹이 주부가 여기 있었네." 그녀는 아이를 덥석 껴안고 덧붙였다. "크리스틴, 우리가 요런 아이와 뭘 해야 할까? 말해보라고, 요 똑똑한 꼬맹이와 뭘 해야 할지."

얼마 후 주택에서 나왔을 때, 그들은 정문으로 향하는 대리석 계단에서 멈춰 섰다. 주택을 관리하는 리로이 제섭이 주택에서 도로로 이어진 보도에 물을 뿌리고 있었기 때문이다. 그는 사방에 자질구레한 일거리를 만들어놓는 굼벵이들 때문에 시달려야 하는 자신의 천직을 증명이라도 하듯 화난 표정으로 고집스레 일하고 있었다. 그는 일하는 동안 손과 입술을 함께 움직여야 즐겁다는 독특한 생각의 소유자였다. 왜냐하면, 언제나 속으로 되새김질하는 불공평은 그에게 강요된 것으로, 불행한 소작인의 불행한 아들이자 세상에서 가장 가난하고 억압적인 체제의 가여운 희생자로서 그는 묵묵히 그것을 견디어야 했기 때문이다. 누구나 당연시하는 불공평이었고, 그는 그것을 오랫동안 당연하게 받아들여 왔다.

그는 두 명의 여자와 어린 아이가 계단에 멈춰선 것을 알았지만, 못 본 척하고 그들이 지나갈 수 있도록 물이 흥건한 판석에서 호스를 들어 올리지 않았다. 오히려 시선을 거리 쪽으로 외면한 채 판석 위쪽까지 물을 뿌리는 바람에 그들은 다급히 건물 현관으로 돌아가야 했다. 그들이 깜짝 놀라는 모습에 웃음을 감추려고 그는 한 손으로 입을 가렸다.

브리드러브 부인이 꾹 참고 말했다. "리로이, 호스 좀 치워줄래요? 차를 타러 가야해요. 안 그래도 늦었다고요."

그는 못들은 척 했다. 그는 되도록 그 상황을 오래 즐기고 싶었지만, 인내심을 잃은 모니카가 그에게 빽 소리를 질렀다. "리로이! 지금 제정신이에요?"

그는 어떻게 해야 할지 모르겠다는 듯 무례하게 그녀를 쳐다보았다. 그리고 후회스러운 표정으로 호스를 옮겨 잔디밭에 물을 뿌렸다. "제가 해야 할 일이라서요." 그는 중얼거렸다. "그러나 부인은 조금도 이해를 못하시겠죠? 저는 버스를 타고 소풍을 갈 시간도 없는 사람입니다. 해야 할 일이 많아서요."

그는 한 손을 엉덩이춤에 올려놓고 서서 다른 사람들이 얼마나 자신을 부당하게 부려먹는지 생각했다. 그는 대저택에서 하인들의 시중을 받으며 살고 있지 않았다. 타고 다닐 근사한 자가용도 없었다. 고물상에서도 거절할 만큼 낡아빠진 고물차 외에 아무 것도 가진 게 없었다. 입을 만한 좋은 옷도 없었다. 쓸모없는 학생들을 위해 늘 소풍을 가고 오락거리를 선사하는 사립학교는 엄청난 돈이 들었기에 한 번도 가본 일이 없었다. 한 번도! 그는 걸어서 학교에 다녔다! 비가 오나 눈이 오나 걸어 다녔고, 대부분 맨발이었다. 그러나 그때는 특권을 타고난 멍청이들보다 훨씬 똑똑했었다. 마음 내키면 언제든지 그 멍청이들로부터 돈을 벌어들일 수 있었으니까…….

그는 자신의 처지가 한없이 처량하게 느껴졌다. 천만에! 그는 지금 아무 것도 가진 게 없으며, 로다만 한 나이였을 때도 다르지 않았다. 세상은 모종의 음모로 그가 원래 있어야할 자리를 빼앗아 왔다고 생각했다. 그는 흠뻑 젖은 판석을 걸어가는 두 명의 여자와 한 아이를 바라보았다. 그러나 느닷없이 호스를 들어 올리는 바람에 그가 그토록 경멸해 마지않는 사람들의 발치에 물방울이 튀고 말았다.

난데없는 물벼락에 브리드러브 부인이 자동차 문을 열다가 화들짝 놀라 물러섰다. 그녀가 지그시 눈을 감고 침착하게 열까지 세는 동안 그녀의 얼굴과 목은 짙은 산호색으로 달아올랐다. 그녀는 점잖은 목소리로 리로이의 감정 상태를 자세히 분석해냈다. 전에는 그가 감정적으로 미숙하고 불합리한 분노에 사로잡혀 거칠어졌으며, 체질적으로 어느 정도 정신병적 징후를 보인다고 생각했었다. 그러나 방금 두 눈으로 확인한 결과, 과거에 내린 분석이 너무 너그러웠던 것은 아닌지 의심스러웠다. 그는 편집증 징후가 뚜렷한 정신분열증 환자라고 그녀는 확신했다. 그뿐 아니었다. 그녀는 주택 주민들도 똑같이 생각하는 그의 무례한 언행과 무뚝뚝함을 지금까지 문제 삼지 않아 왔다. 그가 모를 수도 있지만, 그녀의 중재 덕에 그가 지금까지 그 직업을 가지고 있었던 것이다. 경거망동 하는 법이 없는 그녀의 남동생 에모리를 포함해서 다른 주민들은 그를 해고하자고 말해왔지만, 그녀는 그를 두둔해왔다. 그의 행동을 용서해서가 아니라, 정신적으로 문제가 있으니 불합리한 자신의 행동에 책임을 질 수 없다고 생각했기 때문이다.

크리스틴이 진정하라는 표정으로 브리드러브 부인의 소매를 잡아끌었다. "우리한테 물을 튀기려고 한 건 아니었어요." 그녀가 말했다. "실수였어요. 분명해요."

"일부러 그런 거야." 로다가 말했다. "나는 저 아저씨를 잘 알아요."

브리드러브 부인은 분노로 어깨를 들썩였다. "크리스틴, 실수가 아니야! 내가 장담하는데, 실수가 아니었어." 하지만 분노는 이미 가라앉은 뒤라 그녀는 하릴없이 손을 펼치며 덧붙였다. "고의로 그런 거야. 신경증에 걸린 어린 아이나 하는 못된 행동이지."

"일부러 그랬어요." 로다가 말했다. 아이의 목소리는 차갑고 신중했다. 아이는 돌아서서 리로이를 빤히 바라보았는데, 마치 그 불안한 속마음을 훤히 들여다보는 눈빛이었다. 그러고는 곧장 남자를 향해 말했다. "우리가 계단에 서 있을 때부터 아저씨는 그럴 작정이었어요. 아저씨가 우리한테 물을 끼얹으려고 생각할 때 내가 봤거든요."

리로이는 경멸과 부당한 대우를 받고 있다는 자신의 상상이 이번에는 분별력을 벗어난 행동으로까지 이어졌고, 정도가 지나쳤다고 느꼈기에 아주 겸손하게 돌변하여 사과의 말을 건넸다. 그는 젖은 포석에 무릎을 꿇고 머리를 숙이더니 손수건을 꺼내들었다. 겸손과 굴종의 표정으로 브리드러브 부인과 그 일행에게 손수건을 건넸다.

당황한 펜마크 부인이 화들짝 뒤로 물러서고 말했다. "아이, 이러지 말아요! 오, 이런, 그만둬요!"

모니카는 차문을 열었다. 그녀의 분노는 완전히 사그라졌고, 이미 격분한 자신에게 부끄러움을 느껴서 힘없이 한숨을 쉬고 말했다. "아, 됐어요! 됐어! 하지만 내 인내심에도 한계가 있으니까 앞으로 조심하는 게 좋을 거예요."

리로이는 손수건을 자기가 쓰고는 길가에 집어던졌다. 그는 자리에서 일어서서 그런 상황이나 그 외에도 무엇이든 능히 처리할 수 있다는 자신감을 느꼈다. 펜마크 부인은 아찔한 금발의 미녀였지만, 사태를 제대로 파악하지 못했다. 노골적으로 말하자면, 그녀는 너무 우둔해서 그가 자신을 경멸한다는 사실도 알아채지 못했다. 그녀는 주위 사람을 동정하는 말랑말랑하고 손쉬운 상대였다. 친절해야 한다는 생각에 사로잡힌 여자였다. 그런 상대에게는 폭력이나 욕설보다 비열한 속임수를 씀으로써 오히려 자기가 잘못했다는 죄책감을 느끼게 만들 수 있었다. 그는 잔디밭에 거만하게 침을 뱉었고, 또 한 번 자신감을 느꼈다.

반면, 귀부인입네 허풍이나 떠는 암캐, 브리드러브는 역시 만만찮은 상대였다. 그녀도 죄책감을 느끼겠지만, 그것은 다른 이유에서였다. 그녀는 자기가 똑똑하다고 생각했다. 필요한 것은 다 알고 있다고 생각했다. 그녀 자신만큼 교활한 사람은 없다고 생각했다. 물론 그녀도 죄책감을 느낄 터였다. 그러나 그녀가 겸손해서가 아니라 자아도취에 빠져있기 때문이었다. 다른 사람은 감히 자신의 기준에 따라올 수 없다고 생각했다. 보통 사람들이 그녀처럼 섬세하고 세련되고 똑똑해서는 안 된다고 생각하는 여자였다. 그날 일을 떠올리면 물론 마음이 불편할 것이기에, 양심의 가책을 덜기 위해 가정부를 시켜 그녀가 한 짓의 대가로 지폐를 갖다 줄 것이다. 보통내기가 아니었다!

그는 다시 호스를 집어 들었다. 여느 때처럼 이번에도 결국, 그는 얼간이들을 상대로 승리를 거두었다. 두고 보면 알 일이 었다. 두고 보면……. 그런데 로다의 말이 떠올랐다. "아저씨는 일부러 그랬어요. 아저씨를 잘 알아요. 늘 그런 짓을 하려고 작정하고 있었어요."

아이의 얼굴에는 화난 기색이 없었다. 기분 나쁜 기색조차 없었다. 그저 그의 성격을 평가하는 아이의 고집스러움에 그는 간담이 서늘했다. 그는 그때 아이가 그를 제대로 보고 있음을 깨달았다. 그는 다른 사람을 잘도 속이던 행동이나 말을 할 수 없었고, 아이에게 아무런 영향도 주지 못했다. 유독 그 아이 앞에서는 무장해제를 당한 것 같았고 꿰뚫어보는 아이의 차가운 눈빛을 대하자 당혹스러워 시선을 외면했다. 연석에 주차된 자동차가 모퉁이를 돌고, 아침햇살이 브리드러브 부인의 보석 낀 손에서 잠시 번쩍이는 동안, 그는 브리드러브 부인이 아니라 아이 때문에 가슴을 쓸어 내렸다. "못된 년! 못된 계집애! 그냥 넘어가지 않겠어. 그 어린 갈비뼈를 칼로 후벼 피를 쏟게 해 줄 테니까."

로다가 조용히 말했다. "리로이 아저씨는 자기 기분이 나쁘면 공원 열쇠를 잃어버렸다며 아이들이 들어가서 놀지 못하게 할 때가 많아. 아저씨가 문을 열어줄 때까지 아이들을 기다리게 해. 리로이 아저씨는 아주 나쁜 사람 같아."

평소의 유쾌한 기분을 완전히 되찾은 브리드러브 부인이 말했다. "나는 로다의 코맹맹이 소리가 괜히 좋더라." 그녀는 사랑스럽다는 듯이 아이의 귓불을 만졌다. "기막히게 좋은 코맹맹이 소리거든. 황홀한 코맹맹이 소리, 요 깜찍이. 언제 시간나면 내게 가르쳐줄 거지?"

크리스틴은 빙그레 웃으며 딸아이의 손을 잡고 말했다. "저는 중서부, 케네스는 뉴잉글랜드의 끔찍한 코맹맹이 소리를 내니까 가여운 로다는 선택의 여지가 없었죠."

리로이는 수도꼭지에서 빼낸 호스를 지하실에 갖다놓으려다가 불현듯 생각에 잠겼다. 누구도 로다를 어쩌지 못할 거야. 틀림없어. 그리고 누구도 나를 어쩌지 못하지. 로다와 나는 아주 닮았나봐.

나중에 알게 되겠지만, 그의 생각은 틀린 것이었다. 왜냐하면, 그는 마음속으로 상상만하는 반면, 로다는 그것을 실행에 옮길 수 있었기 때문이다.

# 제2장

펜마크 부인은 팔월이 되기 전, 딸아이를 페른 스쿨에 입학시켰다. 입학 문제를 담당하는 버제스 페른 양이 예리하게 말했다. "이곳이 소위 말하는 '진보적인' 학교라고 생각하시지 마세요. 저희가 엄하게 가르치는 것은 품위와 근엄한 삶입니다. 물론 학생들에게 실용적인 문제를 대비하여 탄탄한 기초 원리도 가르칩니다. 정확한 철자법과 유창한 읽기, 가능하다면 좋은 표현력까지 겸하도록 가르치지요. 다른 학교와 마찬가지로 교과서와 칠판으로 수학을 가르칩니다. 정원에서 모래 말뚝과 조개껍질, 꽃잎을 이용해 셈을 가르치는 건 아니지요."

"예, 알고 있어요." 크리스틴이 말했다. "저와 남편은 플로라벨 주택에 살고 있는데, 이웃 중에서 브리드러브 부인이 로다

같은 성격의 아이에겐 이 학교가 이상적이라고 말해주었죠."
그때 클라우디아 페른 양이 들어와 서류 캐비닛으로 걸어갔고,
펜마크 부인은 자신 없는 목소리로 말을 이었다. "물론 브리드
러브 부인을 알고 계시죠?"

뜻밖의 질문에 깜짝 놀란 것처럼 자매는 재빨리 눈짓을 주고
받았다. "모니카 브리드러브 말인가요?" 버제스 페른 양이 놀라
며 물었다. "그럼요, 이 마을 사람들은 모두 모니카를 알고 있
어요. 가장 활동적인 주민 중 한 분이니까요. 이 년 전인가, 올
해의 시민으로 뽑혀 시민 연대에서 주는 상까지 받으셨죠."

옥타비아 페른 양이 들어와 자신의 책상 앞에 앉았다. 그녀
는 온화하게 웃으며 말했다. "펜마크라는 이름은 처음 들어보
는 것 같아요. 이름이 독특해서 잊어먹지 않겠는걸요. 여기 오
래 사셨나요?"

"아니, 전혀요. 남편이 캘린더 상선에서 일하는데, 볼티모어
에서 이곳으로 이사 온 지 일주일 정도밖에 되지 않았어요. 아
직 아는 사람이 거의 없답니다." 페른 양은 성가신 문제를 떠
안은 사람처럼 한숨을 쉬었고, 그녀가 어떤 결정을 내릴지 짐
작한 크리스틴은 만회하려는 목소리로 말했다. "시댁 분들은
뉴잉글랜드 출신이에요. 펜마크라는 이름은 그곳에선 꽤 알려
져 있다고 들었어요."

"비용이 적지 않을 거예요." 버제스 페른 양이 말했다. "저희
학교는 수업료가 비싸고, 그것이 학생을 선발하는 기준이기도
해요. 저희가 받아들일 수 있는 학생보다 거절하는 학생 수가

훨씬 많거든요."

옥타비아 양이 말했다. "그렇다고 그릇된 자존심이나 속물근성은 저희 학교에서 찾아볼 수 없지요. 저희는 학생들이 겪는 문제에 깊이 공감하고, 공평무사의 원칙으로 학교를 운영합니다. 하지만 조상이 이룩한 뛰어난 기준을 무시하는 것이 아이들에게 최선이라고는 생각하지 않아요. 루즈벨트 집권 시기에 몇 개 지역에서 그런 방법이 유행하기도 했지만요. 어쨌든, 우리는 권세와 명성 혹은 세속적인 부를 믿고 조상의 업적을 무시하거나 평가 절하하는 것은 현명치 않다고 생각합니다." 그녀가 잠시 멈추었다가 다시 말했다. "즉, 우리는 민주주의적 이상을 지지하는 동시에, 그 이상이 실현되기 위해서는 구성원들이 같은 계층 특히 상류층 출신의 특정 집단으로만 이루어져야 한다고 확신합니다."

그 말을 인상 깊게 받아들인 펜마크 부인이 말했다. "우리 가문의 배경이면 입학이 가능할지 모르겠어요." 그녀는 더욱 신중하게 자기가 중서부에서 태어났으며, 어렸을 때 인근 지역을 두루 옮겨 다니며 살았다고 말했다. 일본의 진주만 공습이 있기 직전 여름에 미네소타 대학에서 학위를 받았다고, 졸업 성적은 보통 수준이었다고 덧붙였다. 그녀는 적당히 잘 했고 그것이 다였다. 그녀는 머뭇거리며 손을 내려다보다가 말을 이었다. "제게 애정이 깊으셨던 아버님은 2차 세계 대전 당시 비행기 폭발로 세상을 떠나셨어요. 성함이 리처드 브라보, 한때 칼럼니스트와 종군 기자로 많이 알려지셨던 분이죠."

"그럼요, 그렇고말고요!" 옥타비아 양이 말했다. "그분의 글을 알고말고요. 상상력이 풍부하고 아름다운 문장을 구사하셨지요." 그녀가 동생들을 돌아보자, 모두 고개를 끄덕였고, 그녀는 말을 계속했다. "깊이와 통찰력을 지닌 분이셨지요. 그분의 죽음은 크나큰 손실이었어요."

"도서관에 그분의 산문집 한 권이 있어요." 버제스 양이 말했다. 그러나 옥타비아 양은 손을 들어 동생의 말을 막았는데, 마치 문제는 이미 해결되었고, 펜마크 부인은 딸아이의 입학 자격을 충분히 입증했다는 듯이 이렇게 말했다. "아시겠지만 입학 정원은 한정이 되어 있답니다. 게다가 이미 다음 학기 입학 정원도 모두 찼지요. 그러나 저희 자매는 리처드 브라보의 어린 손녀를 위해 자리 하나를 꼭 마련할 생각입니다." 그녀는 자리에서 일어서서 정중히 인사를 하고는 방을 나갔다.

막내 클라우디아 양은 찾던 서류를 발견하고 말했다. "모니카 브리드러브가 이웃이라고 하셨죠? ……. 어느 사순절 무도회에선가, 제가 무도회에 처음 갔던 해인데, 그녀가 제 옷자락을 밟는 바람에 옷이 뜯어졌어요. 어찌나 창피하던지! 저는 집으로 돌아갔고 다시는 무도회에 갈 수 없었어요!"

"이 마을에서 최초로 단발머리를 한 여자가 모니카죠." 버제스 양이 말했다. "그리고 공공장소에서 담배를 피운 최초의 여자였어요. 적어도 사회 지도층 여성으로서는 처음이었을 겁니다."

"그녀를 보게 되면." 클라우디아 양이 말했다. "이렇게 전해

주세요. 글래스 대령이 그날 저녁 저와 세 번이나 춤을 추고, 그녀와는 한 번도 추지 않아서 제 옷자락을 밟은 거라고, 제가 그리 생각하고 있더라고 말이죠."

크리스틴이 고개를 끄덕이고 그렇게 하겠다고 약속했다. 그러나 소풍날 아침, 학교에 도착해서 클라우디아 양이 종이가 가득한 자루를 끌며 잔디밭을 지나는 것을 보기 전까지 그녀는 그 약속을 잊고 있었다. 그녀는 미소를 머금고 기억을 떠올렸다. 브리드러브 부인이 주차를 하고 돌아오고, 로다가 무화과나무 쪽에 모여 있는 아이들과 합류했을 때, 그녀는 브리드러브 부인에게 클라우디아 양의 말을 전했다. 브리드러브 부인은 곧바로 웃으면서 전부 기억한다고 말했다.

그것은 페가수스 소사이어티가 개최한 정기 가장 무도회에서 생긴 일이었다. 실제로 브리드러브 부인이 한 일은, 무도화 끝을 누추한 클라우디아의 옷자락에 올려놓고 그녀가 까르르 웃으면서 글래스 대령의 팔에서 떨어질 때까지 살짝 짓누른 것이 전부였다. 예상했던 대로 막스 브라더스(그루초, 하포, 치코, 제포의 4 형제로 슬랩스틱코미디로 유명한 1930~40년대 배우—옮긴이)의 영화에서처럼 클라우디아의 옷자락이 뜯어져 버렸다. 문제는, 페른 자매가 적어도 그 시절에는 무도회를 준비하기엔 돈이 궁해서, 이어 붙인 의상밖에는 입을 수 없었다는 것이다. 상황에 따라 갖다 붙인 잡동사니 같은 옷이었다. 그래서 그들 자매는 언제나 모양새와 색깔을 달리해서 새것처럼 보이려고 옷을 떼었다 붙였다 하곤 했다. 그러나 모든 옷가지가 임시방편으로 급조한 것이라 다른 사람의 옷처럼 제대로 바느질이 되어 있지 않았다. 그저 서둘러 묶고 핀을 꽂아 가봉한 뒤에, 다음날 옷을 분리해서 다시 사용할 요량이었으니까.

브리드러브 부인은 유쾌하게 웃었고, 잠시 말없이 부채질을 했다. 이윽고 자기가 왜 그랬는지는 클라우디아의 짐작이 정확하다고 말했다. 일부러 한 짓이지만, 그것은 클라우디아가 글래스 대령—낚시가 취미인 거들먹거리고 피곤한 남자로 상대를 가리지 않고 휘어잡으려는 위인—과 세 차례 춤을 추었기 때문이 아니라 브리드러브 부인의 남동생 에모리에게 수작을 걸었기 때문이었다. 그래서 브리드러브 부인은 웨이지스 가문에 무슨 일이 벌어지든, 암소 같은 클라우디아 페른이 끼어드는 혼란만은 막아야겠다고 결심했던 것이다.

버스 두 대가 모퉁이까지 거의 다 올라오자, 몇몇 아이들은 벌써 버스에 오를 준비를 하고 있었다. 브리드러브 부인은 로다를 찾아 주위를 두리번거리다가 마침 로다가 다가오자 말했다.

"꼬맹이 데이글, 펜맨십 메달을 딴 아이는 어디 있니? 오기는 한 거니? 보이지 않네."

"저기 있어요." 로다가 말했다. "학교 정문에 서 있어요."

아이의 얼굴은 긴 역삼각형모양으로 창백하고 몹시 여위었으며, 오므라든 분홍빛 아랫입술에서 나이에 어울리지 않는 예민함이 느껴졌다. 아이 엄마가 물건을 지키듯 아이 옆에 버티고 서 있었다. 두 눈은 불거져 있었고, 몹시 긴장한 모습이었다.

그녀는 내성적인 아들을 이리저리 걱정스레 돌려세우며, 모자를 고쳐 씌우고 넥타이를 고쳐 맸다가 양말을 매만지기도 하고 손수건으로 아이의 얼굴을 닦기도 했다. 아이는 셔츠 주머니에 펜맨십 메달을 달고 있었다. 아이 엄마는 메달을 두고 얘기가 오가는 것을 알기라도 하는지 신경질적으로 아이의 어깨를 붙잡더니 아들이 아니라 자신의 것인 양 메달을 손에 쥐었다.

브리드러브 부인이 기분 좋게 달래는 말투로 로다에게 말했다. "저 아이한테 가서 축하한다고 말하면 정말 멋진 행동이 아닐까? '나는 상을 못 받았지만, 네가 받아서 정말 기뻐'라고 저 아이한테 말해주면, 어때?" 그녀가 정문을 향해 로다의 손을 잡아끌었지만, 아이는 뒤로 물러서며 말했다. "싫어! 싫어!" 아이는 단호하게 고개를 저으며 덧붙였다. "저 아이가 상을 탄 게 기쁘지 않아요. 메달은 제 거예요. 메달은 제 건데, 저 아이가 가져갔어요."

브리드러브 부인은 아이의 목소리에서 전해지는 냉기에 소스라치게 놀랐지만, 이내 크게 웃으며 말했다. "솔직하게 말하면 나도 너와 같은 심정이란다, 얘야." 그녀는 맞장구쳐주기를 바라듯 크리스틴에게 돌아서서 쾌활하게 말했다. "아이들의 마음은 정말 순수하다니까. 속임수나 책략 따위를 알 리 없지." 그러나 펜마크 부인은 인사를 건네며 손짓하는 옥타비아 양을 향해 이미 걸어간 후였다.

스타 재스민이 피어 있는 아담한 화단에서 옥타비아 양이 말했다. "펜마크 씨가 오늘 함께 오시지 못해 저희 자매는 무척 유감으로 생각합니다. 부군에 대해 좋은 소리를 많이 들어서 꼭 한 번 뵙고 싶었는데, 한 번도 그럴 기회가 없군요. 만나는 사람마다 부군이 젊고 능력 있는 분이라고 하더군요. 내심 어제 열린 학교 행사에서 뵈었으면 했지만, 너무 바쁘셔서 자리를 비우기가 여의치 않나 봅니다."

지금은 남편의 경력에서 중요한 시기이며 집에서 멀리 장기 출장 중이라고 크리스틴은 설명했다. 현재 그는 웨스트 코스트의 항만 시설을 조사하기 위해 남아메리카에 가 있었다. 그곳으로 떠난 지 고작 일주일밖에 되지 않았고, 지금까지 남편이 전해온 소식은 잘 도착했다는 내용뿐이었다. 그녀도 남편이 그립지만, 이번 여름 내내 그가 집에 없다는 사실을 받아들일 수밖에 도리가 없었다. 그가 할 수만 있었다면 누구보다 앞서 어제 행사에 참석했을 것이고, 페른 자매에 대한 말을 자주 들어온 남편도 그들을 개인적으로 만나고 싶어 한다고 크리스틴은 말했다.

그들은 화단의 흔들의자에 앉아 있었다. 잠시 후 옥타비아 양은 오랫동안 학부모에게 물어본 적이 없는 말을 꺼냈다. "저희가 로다를 어떻게 생각하는지, 저희 학교를 다닌 후로 로다가 어떤 향상을 보였는지 알고 싶으세요?"

펜마크 부인은 그렇다고 말한 뒤, 로다는 어렸을 때부터 그녀 자신과 남편에게 수수께끼 같았다고 덧붙였다. 따로 떨어뜨려 생각하거나 딱히 뭐라고 집어 말할 수는 없지만, 아이의 성격에 이상하리만큼 성숙한 기질이 있어서 불안하다고 말이다.

그녀와 남편은 페른 자매의 학교, 그러니까 규율과 예스러운 미덕을 강조하는 학교야말로 로다에게 이상적이며, 아이 성격의 혼란스러운 요소들을 없애거나 적어도 상당부분 고쳐 주리라 생각한다고 말했다.

옥타비아 양은 고개를 끄덕였고, 생각을 정리하듯 손으로 이마를 짚더니 로다는 개교 이래 가장 뛰어난 학생 중의 하나라고 말했다. 한 번도 결석한 적이 없고, 지각한 적도 없다고 말이다. 학기 내내 품행이나 수업에서 그처럼 완벽하고, 운동이나 독립성, 대화에서 역시 그처럼 완벽한 아이는 학교 역사상 로다뿐이었다고 말했다. 만약 펜마크 부인이 그녀처럼 오랜 세월 교사로서 숱한 아이들을 겪어봤다면, 로다가 얼마나 대단한 아이인지 깨달을 것이라고 덧붙였다. 그녀는 녹나무의 흔들리는 잎사귀 사이로 점점 강해지는 아침 햇살에 눈을 보호하기 위해 해진 밀짚모자를 깊숙이 눌러썼다. "로다는 보수적이고 검소한 아이입니다." 그녀가 말했다. "내가 만난 아이 중에서 아마 가장 반듯한 아이인 듯싶어요."

크리스틴이 웃으며 말했다. "로다는 정말 깔끔하죠. 남편도 어떻게 저리도 반듯한 아이가 나왔는지 모르겠다고 말하거든요. 분명히 저나 남편에게 물려받은 건 아니니까요."

그때 나타난 버제스 양이 언니 옆에 앉아 잠시 이야기를 듣고 있다가 말했다. "내가 보기엔, 로다 성격의 비밀은 대부분의 우리와는 달리, 다른 사람의 도움이 필요 없다는 데 있는 것 같아요. 로다처럼 자기만족이 강한 아이는 없을걸요! 내 평생 그렇게 독립적인 사람은 첨 봤답니다!"

한숨을 쉰 펜마크 부인이 익살스럽고 과장되게 두 손을 들어 보이며 말했다. "가끔씩 로다가 다른 사람에게 좀 의지하기를 바라죠. 가끔씩 로다가 덜 현실적이고 정이 더 많았으면 하고 바라요."

옥타비아 양은 아이들을 겪어본 오랜 경험에서 우러나오는 말을 부드럽게 전했다. "로다를 바꿀 수는 없을 겁니다. 로다는 자기만의 독특한 세계에서 살고 있지요. 로다 어머니와 내가 사는 세계와는 분명히 다르지요."

버제스 양이 말했다. "로다는 겨우 여덟 살인데도 혼자 설 수 있지만, 솔직히 그건 나이를 불문하고 흔한 경우는 아니에요." 그녀가 일어서서 계단을 내려가다 이렇게 덧붙였다. "로다는 뛰어난 점이 많은 아이예요. 무엇보다 용기가 남다르죠. 무서움을 조금도 모르는 것 같아요. 보통 아이들이라면 겁에 질려 소리를 지르거나 달아나는 상황에서도 로다는 담담히 서 있죠. 게다가 입이 정말 무거운 아이죠. 저희는 이미 다 알고 있어요. 지난겨울, 남학생 하나가 길 건너에서 닉슨 부인의 교실 창문에 돌멩이를 던졌는데—"

"닉슨부인의 소란 때문에 저희는 수소 폭탄이 떨어진 줄 알았지요." 옥타비아 양이 상냥하게 말했다.

"어쨌든," 버제스 양이 말을 이었다. "로다는 그때의 상황을 전부 지켜보았고, 당연히 누구의 짓인지도 알고 있었어요. 하지만 저희가 물어봤을 때, 누구 짓인지 알리는 것도 어린 시민으로서 지켜야 할 의무라고 말했는데도 로다는 반응이 없더군요. 로다는 그저 사과를 계속 먹으면서 고개를 저었고, 뭔가 계산을 하는 듯 하면서도 경멸에 가까운 표정으로 우리를 바라봤어요. 왜, 그런 표정을 가끔 짓잖아요."

"아, 알죠! 그 표정!" 크리스틴이 말했다. "그 표정을 많이 봤으니까요!"

"앞으로도 누구의 짓인지 절대 모를 거예요." 버제스 양이 말했다. "그 남학생이 울면서 자기가 그랬다고 털어놓지 않는다면 말이죠." 그쯤에서 옥타비아 양은 교장으로서 그 문제를 짚고 넘어갈 생각이었다. "처음에 저희는 고집을 부리고 협조를 하지 않는 부분에 대해 로다를 벌주려고 했지요. 하지만 저희는 로다의 태도 또한 지켜야 할 본분의 하나를 보여준 것이기에 벌을 주지 않기로 결론지었답니다. 고자질을 거부했다는 이유로 로다의 완벽한 기록에 흠집을 낼 수 없으니까요."

크리스틴은 옥타비아 양의 팔을 덥석 붙잡았다. "다른 아이들과는 잘 지내나요?" 그녀는 물었다. "다른 아이들이 로다를 좋아하나요?"

그러나 옥타비아 양이 대답을 하기에 앞서, 로다가 거짓말을 하고 다른 아이들이 로다를 무서워하고 싫어한다고 솔직히 말해야 하는 선택의 귀로에 서기 직전, 클라우디아가 나타나 아이들이 모두 도착했으며 출석 확인도 끝났다고 소리쳤다. 버스는 떠날 채비를 끝냈고, 곧 소풍이 시작될 것이기에, 페른 자매는 마지막으로 점검할 사항들을 준비해 펜마크 부인과 함께 정문까지 이어진 기다란 포석 도로를 내려갔다.

잠시 동안 주변에서 치고 박는 장난질과 웃음소리에 이어 우왕좌왕하는 분위기였다. 이윽고 페른 자매와 다른 교사들, 학생들이 모두 올라탄 버스가 안전하게 출발했다. 선도차가 커브 길에서 빠져나왔고, 운전사는 고개를 돌리고 귀를 기울이다가 의심 많은 새처럼 다시 재빨리 고개를 돌렸다. 선도차는 야트막한 녹나무 아래 도로에 정차했다가 출발했는데, 나무의 초록빛 가지에 버스가 스치면서 향긋한 나뭇잎이 비처럼 떨어졌다.

선도차가 휴일 나들이의 본격적인 시작을 알리는 동안, 길 건넛집 잔디밭에 재갈을 물고 흡족하게 누워 있던 두 마리의 에어데일테리어가 앞발로 껑충 뛰어오르더니 미친 듯이 짖어대면서 빙빙 돌기도 하고 울타리를 따라 달리기도 했다. 어느 아이의 모자가 바람에 날려 도로에 나뒹굴자, 선도차가 멈춰 섰다. 모니카 브리드러브는 깔깔거리며 달려가서 모자를 주인에게 집어주었다. 2호 차의 여자아이는 찰흙─나름대로 소풍을 갈 때 가져와야 한다고 생각한─을 차창 밖으로 떨어뜨렸다. 버스 운전사가 빽 소리를 지르고 휘파람을 불더니 버스를 후진시켜 찰흙을 가져갔다. 그 동안, 데이글 부인은 버스로 달려가 아들의 손을 마지막으로 꼭 쥐었다. 그녀는 차창 밖으로 나온 축축하고 고분고분한 손을 잡고 말했다. "이제 머리 안 아프지? 깨끗한 손수건 가지고 있지?"

찰흙을 집어온 운전사가 정말 못 참겠다는 듯이 말했다. "조심해요! 거기 창가에 있는 여자 분!"

"너무 무리해서 놀면 안 돼." 데이글 부인이 근심어린 목소리로 힘주어 말했다. "될 수 있으면 햇빛은 피하고."

버스가 다시 천천히 움직이자, 사람들이 저마다 차창 주변으로 다가와 아이들에게 인사를 건넸다. 운전사들은 옥타비아 양의 거듭된 당부를 잊지 않고 조심스럽게 모퉁이를 돌았고, 도로는 고요를 되찾았다. 바야흐로 소풍이 시작된 것이었다. 로다가 자리에서 일어나 데이글 옆 자리를 차지한 것은 그때였다. 로다의 눈길은 펜맨십 메달에 못 박히듯 고정되어 있었지만, 한마디 말도 하지 않았다. 잠시 후에 좀 더 자신감이 생겼는지, 로다는 데이글 옆 통로에 서서 메달을 만지려고 손을 뻗었다. 그러나 데이글이 재빨리 로다의 손을 뿌리치며 말했다. "왜 여기 와서 그래? 왜 자꾸 괴롭히는 거야?"

버스가 모두 사라진 후, 펜마크 부인은 브리드러브 부인의 차가 있는 곳으로 걸어갔다. 주위를 둘러보니, 아니나 다를까, 모니카는 평소처럼 사람들에게 에워싸여 있었다. 오랜 친구들과 오랜만에 만난 것 같았다. 그녀는 평소처럼 손과 팔을 들썩이는가 하면 요란하게 고갯짓을 해가며 재기 넘치는 언변을 늘어놓고 있었다. 그 모습을 보고 펜마크 부인은 보도와 도로 사이에 나 있는 잔디에 서서 그녀의 친구가 이야기를 다 끝낼 때까지 잠자코 기다렸다. 남자 두 명이 그녀 뒤에 있는 배롱나무 아래 서서 그녀와 같은 곳을 지켜보고 있었다.

"전부터 읽고 있는 중이야." 키 큰 남자가 말했다. "우리 시대가 불안의 시대라잖아. 무슨 소린지 알지? 아주 훌륭한 판단

이야. 집에 가서 루스에게 말했더니 '두말 하면 잔소리지!' 하더군."

"사람이 사는 시대는 전부 불안의 시대지." 상대방 남자가 말했다. "누가 내게 묻는다면, 우리는 폭력의 시대에 살고 있다고 말할 거야. 요즘 사람들 마음속에는 폭력이 가득한 것 같아. 더 이상 파괴될 것이 없을 때까지 우리는 그냥 버티고 있는 느낌이야. 생각해보라고. 아마 섬뜩해질걸."

"흠, 아마 우리는 불안과 폭력의 시대에 살고 있는 거겠지."

"그래, 좀 더 그럴 듯 하군. 잠깐 생각 좀 해보자. 맞아, 우리가 사는 시대가 바로 그거야."

그들이 악수를 하고, 다음 주에 만나 점심을 먹기로 약속을 잡고는 손짓하는 아내들 곁으로 걸어가는 동안, 펜마크 부인은 가만히 서서 그들이 한 말을 떠올려보았다. 돌연, 폭력이 벗어날 수 없는 요인처럼, 호의와 연민과 사랑의 포옹 이면에 심어놓은 나쁜 종자처럼 뿌리 깊고 무엇보다 중요한 요인처럼 느껴졌다. 그것은 때로는 아주 깊숙이 숨겨져 있고, 때로는 표면 가까이 놓여있다. 그러나 늘 그 자리에 있으며, 적당한 조건이 되면 예기치 못한 섬뜩함으로 나타날 준비를 하고 있는 것이다.

잠시 후, 크리스틴에게 다가온 브리드러브 부인이 의기양양하게 자동차를 향해 걸어가며 말했다. "클라우디아 페른의 옷이 찢겨진 사건은 상징으로 가득해. 그래서 그녀가 지금까지 그 일을 기억했다가 자기한테 말했더라도 그리 놀랄 일이 아니지. 정신분석을 받는 동안, 클라우디아의 옷자락이 끝없이 떠올랐거든. 솔직히 내가 시달리는 노이로제의 핵심 중에 하나야."

그녀는 지나가는 사람을 향해 야릇하게 고개를 치켜든 뒤 말을 이었다. "가여운 에모리에게 내가 품고 있는 근친상간적인 고착 증세는 너무 분명해서 면밀히 살펴볼 것도 없어. 그래서 더 깊이 분석해보고 싶지 않아. 근친상간은 너무 진부하거든. 분석적인 견해에서 볼 때, 훨씬 흥미로운 것은 찢겨진 옷자락이 잠재된 페니스 혐오와 갈망을 동시에 보여준다는 거야. 뿐만 아니라, 남자와 여자를 동시에 망가뜨리고 거세해버리고 싶은 내 충동을 보여주는 거야."

그녀는 자신의 말을 강조하느라 고개를 끄덕이며 이야기에 한창이었다. 하고 싶은 말은 많았지만, 신중한 사람이라면 토론을 할 때 어떻해야 하는지 그녀는 잘 알고 있었다. 가장 완벽한 과학적 편견을 주제로 삼을 때조차, 크리스틴처럼 객관적이고 지적인 사람을 상대할 때조차, 어느 한쪽이 조금이나마 악인의 역할을 맡지 않는다면 감정적인 반발—미개한 부족의 원시적 타부—을 불러올 수 있는 얘기였다. 그러나 그와 동시에, 겉으로는 단순해 보이는 클라우디아의 찢겨진 옷자락에 무수한 연상과 무수한 암시가 있고, 그 중에 상당부분은 아주 유쾌한 것이었다. 그러나 그녀는 자제했다. 편견이 없고 예리한 펜마크 부인에게 충분히 명쾌하게 들릴 얘기였지만, 그녀는 자신의 수다스러운 입을 닫고 다른 말은 하지 않았다.

그러나 크리스틴은 방금 전에 들은 남자들의 대화를 떠올리고 여전히 폭력에 대해 골몰하느라 브리드러브 부인의 말을 제대로 듣지 못했다. 그녀가 몹시 사랑했던 아버지는 타인의 무책임한 폭력 때문에 목숨을 잃은 것이라고 다시 떠올리자 이런 생각이 들었다. 아버지는 너무 젊었어. 사실 날이 많이 남아 있었으니까. 그렇게 돌아가시지 않았다면, 지금까지 살아계셔서 어렸을 때 내가 겁을 냈을 때처럼 나를 달래주셨을 텐데. 그녀는 아버지의 마지막 모습을 떠올렸다. 그를 실은 비행기가 적의 공습으로 남태평양 인근에서 추락하기 일주일 전이었다. 당시 어머니가 병중이어서 그녀는 아버지와 단둘이 공항에 갔었다. 아버지는 그곳에서 마지막 여행의 첫 비행에 올랐다. 그녀가 늘 하던 불필요한 고집대로 아버지를 위해 짐을 살피는 동안, 아버지는 그녀를 껴안고 그녀의 뺨을 자신의 뺨에 꼭 갖다대었다. 지금 와서 생각하면, 아버지는 자신의 마지막을 예감하고, 다시는 돌아올 수 없다고 직감하셨던 것 같았다. 그녀에게 작별의 입맞춤을 하며 귓가에 대고 이렇게 속삭였기 때문이다. "너는 아빠의 생애에서 가장 눈부신 존재란다. 아빠가 누구보다 사랑하는 사람이고. 무슨 일이 생기든, 지금 한 말을 꼭 기억해 주었으면 좋겠구나. 항상 기억해 주었으면 좋겠어. 그리고 지금의 네 모습에서 조금도 변하지 않았으면 한다."

아버지의 말을 기억하면서 크리스틴은 고개를 돌렸는데, 눈치 빠른 모니카도 그녀의 감정을 읽진 못했다. 그녀는 조용히 속삭였다. "아버지를 생각했어요. 그 분을 생각했어요."

브리드러브 부인이 참나무 아래 차를 세웠을 때, 집 뒤에서 축받이를 닦고 있는 리로이의 모습이 보였다. 그녀는 혀를 차고 말했다. "호스 얘기를 꺼내서 안됐지만, 리로이의 인내심은 성인군자와 맞먹을 거야. 저 사람은 우리처럼 많은 기회와 혜택을 누리지 못했잖아. 그러니까 너무 많은 것을 기대할 수 없는 노릇이지. 그런데도 나는 화를 내서 좋은 기분만 망쳐버렸으니 말이야."

브리드러브 부인의 말소리를 들은 리로이가 고개를 들고 그녀를 바라보았다. 그녀는 고개를 끄덕이고 기분 좋게 손을 흔들어 보임으로써, 오해는 지난 일이고 그녀는 더 이상 맘에 두지 않았을 뿐더러 그에게 악의가 없다는 뜻을 전했다. 그러나 리로이는 그리 쉽게 진정이 되는 위인이 아니었고, 지금은 그의 승리가 확실해 보였다. 그는 그녀의 인사를 받지 않았다. 그저 어깨를 으쓱하고 그녀를 빤히 보다가 건물을 돌아서, 낡은 마구간이었다가 지금은 차고로 바뀐 곳으로 사라졌다. 그는 건물에 기대 시멘트 바닥에 침을 뱉었고, 불만스럽게 입가를 일그러뜨렸다.

잘난 체 하는 모니카 브리드러브, 시끄럽게 떠벌리는 암캐. 자기 말고 다른 사람은 아무것도 모른다고 생각하는 여자. 동네방네 들쑤시며 사람들을 욕보이고, 저만큼 괜찮은 사람들을 깔보면서 저 혼자 잘났다고 생각하는 여자. 어쨌든, 그는 조만간 본때를 보여줄 생각이었다. 그 암캐에게 충분히, 오지게 보여줄 생각이었다. 그녀가 요즘 심심찮게 들려오는 레즈비언이라고 해도 그는 전혀 놀라지 않을 것이었다. 음탕한 생각에 빠져 그는 조용히 입술을 오므렸다. 그는 이쪽저쪽을 힐끔거리고 손으로 허공을 잘라내는 시늉을 하며 걸어갔다. 브리드러브 부인의 차 문이 닫힌 데 이어 차에서 내린 여자 둘이서 수다를 떨며 걸어가는 소리가 들려왔다. 그는 커다란 동백나무 숲 뒤에 숨어서 나뭇잎 사이로 그들을 훔쳐보았다.

지금 보니, 아찔한 금발의 말랑말랑한 크리스틴 펜마크는 역시 차원이 다른 물건이었다. 그는 기회가 되면 그녀를 지하실로 데려오고 싶었다. 그곳에서 힘을 쭉 빼줄 생각이었다. 그녀를 마음껏 그러나 거칠지 않게 요리할 생각이었다. 책에 있는 방법을 모두 동원하고, 그밖에 특별한 방법도 생각해낼 것이다. 송아지처럼 소리치게 만들 것이다. 그 일이 다 끝나면, 그녀는 구걸하는 암캐처럼 그에게 순종할 것이다. 그녀를 울게 만들고, 다시 그에게 애원하게 만드는 것, 바로 그거다. 그리고 기분에 따라서 못이기는 척 그녀의 애원을 들어주기도 하고, 거절하기도 할 것이다.

브리드러브 부인은 문을 열다가 시계를 바라보고 소리쳤다. "맙소사, 벌써 여덟시 십오 분이잖아!" 그녀는 서둘러 이 층으로 올라가 동생을 깨운 뒤 일하러 나갔다. 집에 돌아온 크리스틴은 거실에서 커피를 마시며 아침신문을 훑어보았다. 그러나 여전히 과거로 향해진 생각 때문에 신문 기사는 눈에 들어오지 않았다.

결혼은 죽어도 하지 않겠다고 마음먹었던 스물네 살 때, 그녀는 뉴욕에서 남편을 만났다. 그 해 그녀는 어머니와 함께 그래머시 파크에서 살고 있었다. 그녀는 심장병에 걸린 어머니를 정성껏 간호했다. 어머니에게 받은 일부나마 보답할 수 있는 기회로 여기고 기뻐했다. 그러나 그녀의 어머니는 죽어가고 있는 상황에서도 무기력한 환자가 되거나 남을 성가시게 만들고 싶지 않아 했고, 그 결과 크리스틴은 어머니가 필요할 때 언제든지 달려갈 수 있는 인근 미술관에 짧은 시간이나마 일자리를 얻어야 했다.

그 해 겨울, 어머니의 오랜 친구였던 보가더스 부인이 젊은 해군 중위이자 조카인 케네스 펜마크를 위해 준비 중인 만찬회에 오지 않겠냐고 크리스틴에게 물었다. 그녀는 어머니를 기쁘게 해드리기 위해 그 제의를 받아들였다. 어머니는 딸의 성격이 지나치게 심각하고 무엇보다 집 밖에 나가는 일이 별로 없다고 걱정했기 때문이다. 그녀는 단번에 케네스 중위에게 호감을 느꼈고, 떠들썩한 손님들에 휩싸이기에 앞서 잠시 동안 난로 앞에 앉아 파리 학파의 화가들을 화제로 이야기를 나누었다. 그녀는 그에게 아무 인상도 주지 못했을 거라고 생각하며 일찍 돌아왔지만, 다음날 오후에 그가 미술관으로 찾아왔다. "당신이 어젯밤에 그토록 칭찬한 모딜리아니의 그림을 보고 싶습니다." 그녀가 그림을 보여주자 그가 말했다. "결혼하고 싶은 사람에게 선물할 생각입니다. 그 사람이 마음에 들어 할까요?" 크리스틴은 분명히 좋아할 거라고 말했다. 그리고 만에 하나 상대방이 싫어한다면, 그렇게 무딘 여자에게 시간을 낭비하지 말라는 조언도 해주었다. 그는 그림을 사갔다.

그날 저녁 식사를 앞두고 그는 집에 있던 그녀에게 전화를 했다. 그는 저녁 시간을 클라라 이모와 가족의 회고담을 위해 바쳐야 하기에 그녀를 보고 싶지만 그럴 수 없다고 말했다. 그러나 열한 시에 다시 전화를 걸어와 드디어 이모를 침대까지 모셔다 드렸으니 남은 밤 시간은 한가하다고 말했다. 그는 어디 가서 춤을 추지 않겠냐고 물었다. 그녀는 지치고 흡족한 마음으로 집에 돌아왔고, 세상에서 그녀를 위한 배필이 있다면 케네스 펜마크일 거라고 생각했다. 다음날인 일요일, 그가 전화를 걸었을 때 그녀는 그에게 그녀의 어머니와 인사를 나눌 겸 차를 마시러 오라고 말했다. 그날 늦게 그들은 자연사 박물관에 갔다.

월요일, 그는 그녀의 어머니에게 장미를, 그녀에게 난초를 보냈다.

그는 화요일에 부대로 돌아갈 예정이었고, 그날 아침 미술관에 들러 작별 인사를 건넸다. 그는 그녀에게 모딜리아니의 그림을 주며 말했다. "아가씨, 이 의미를 알아주시길!" 그는 사람들 앞에서 그녀를 안아 키스를 한 뒤, 돌아서서 조용히 미술관을 빠져나갔다. 그녀의 어머니는 같은 해 겨울에 돌아가셨다. 이듬해 봄, 펜마크 중위가 찾아왔고, 그들은 결혼했다. 누구보다 행복한 결혼이라고, 그녀는 생각했다. 만약 케네스와 결혼하지 않았더라면, 그녀는 죽어도 결혼을 하지 않았을 것이다.

그녀는 신문을 치우고 집안을 청소했다. 어느새 그녀는 남편을 그리워하고 있었다. 남편의 부재는 꼭 필요한 것이라고 마음을 다독였음에도 그녀는 익숙해지지 않았다. 거실에 가만히 서서 평생 누군가를 기다려온 자신의 삶을 생각했다. 처음엔 아버지, 지금은 남편.

이번에는 장기 출장이었기에 그들은 함께 가기로 결정했지만 애석하게도 결정을 번복했다. 지출만 늘어날 것이라고, 돈은 나중에 집을 짓는 데 사용하자고 그들은 서로에게 말했다. 진짜 이유는 좀 더 깊은 곳에 있었고, 그들의 딸과 관련된 것이었다. 딸아이를 데려갈 수 없었는데, 다른 사람에게 맡긴다면, 브리드러브 부인처럼 관대하고 딸아이를 끔찍이 아껴주는 사람일지라도 어떤 일이 생길지 그들의 느낌은 분명했다.

딸아이에게 늘 이상한 점이 있었으나 그들은 무시해왔다. 아직은 아니지만, 때가 되면 딸아이는 다른 아이들과 비슷해 질 거라고 믿으면서 말이다. 로다가 여섯 살이고, 그들이 볼티모어에 살았을 때, 평판이 좋은 진보적인 학교에 로다를 입학시킨 일이 있었다. 그러나 일 년이 지나서 학교 교장은 아이를 데려가라고 말했다. 펜마크 부인은 설명을 요구했다. 교장은 펜마크 부인의 열은 갈색 코트의 옷깃에 달린, 도금된 장식용 해마에 시선을 못 박고 있다가 불쑥 말했다. 그녀는 마치 요령부득에다 인내심도 오래 전에 바닥이 났다는 말투로 로다는 냉정하고 오만하며 타인의 규칙이 아니라 자기만의 규칙에 따라 행동하는, 모난 아이라고 말했다. 로다가 말을 잘하고 감쪽같이 거짓말을 한다는 사실을 입학한지 얼마 되지 않아 알아냈다고 말이다. 어떤 면에서는 또래 아이들보다 훨씬 성숙하지만, 또 어떤 면에서는 전혀 향상되는 것이 없다고 말했다. 그러나 그런 일들은 학교의 결정에 큰 영향을 미치지는 않았다고 했다. 로다의 퇴학을 결정한 진짜 이유는 아이의 평범함에 비해 너무 좋은 성적을 거두는 데 있다는 것이다. 로다는 어린 도둑이라고 그녀는 말했다.

펜마크 부인은 눈을 감고 조용히 말했다. "착각하신 게 아닐까요, 선생님의 판단이 절대 확실한 건 아니겠죠?"

교장은 잘못된 판단은 아닐까 여러 차례 고민했다고 시인했다. 그녀는 도둑이라는 표현 때문이 아니라 그것에 변명의 여지가 전혀 없어서 곤혹스럽다고 말했다. 학교에서 도둑을 잡기 위해 덫을 놓았고, 로다는 절도 현장에서 붙잡힌 것이다. 그녀는 아이의 행동을 비난이 아니라 연민으로 대했다고 말했다. "전에도 학교에서 비슷한 문제가 있었어요." 그녀는 이렇게 말을 끝냈다. "그래서 로다를 곧장 학교에서 지정한 정신과 전문의에게 보내 의견을 물었답니다."

크리스틴은 한숨을 쉬었고, 두 손으로 얼굴을 가린 채 힘없이 말했다. "의사가 뭐라던가요? 무슨 말을 했나요?"

교장이 잠시 기다렸다가, 정신과 전문의는 여러모로 자신이 본 아이들 중에서 로다가 가장 뛰어나다고 말하더라고 전했다. 영리함과 성숙된 사고는 단연 돋보이는 반면, 아이다운 죄의식과 불안이 전혀 없으며, 물론, 자기 자신 외에 남을 사랑하는 자질이 전무하다고 말이다. 그러나 가장 두드러진 점은 끝없는 소유욕이라고 했다. 기존의 규칙에 적응하는 훈련을 한 번도 받아본 적이 없는 매력적인 작은 짐승처럼……

　열시 정각, 우편배달부가 왔다. 크리스틴은 남편의 편지를 꼼꼼히 읽다가 말했다. "그래요, 케네스! 그래요, 케네스!" 편지의 달콤한 말을 기분 좋게 받아들이고 걱정에서 벗어나고픈 목소리였다. 그녀는 결연하게 골치 아픈 문제들을 머릿속에서 떨쳐버렸다. 여자로서 바라는 바를 전부 가진 것처럼 엉뚱한 행복감이 밀려왔다. 답장을 쓰려고 책상 앞에 앉아서 그녀는 두 손으로 얼굴을 받치고 행복한 마음으로 감미로운 초록빛 거리를 내다보았다. 그것은 현명한 행동이었다. 그것이 그녀가 느낄 수 있는 마지막 행복이었기에.

# 제3장

브리드러브 부인은 펜마크네 위층에서 남동생과 함께 살았다. 그녀의 인생에서 지울 수 없는 큰 사건이 있었다. 그녀가 이십대 중반일 무렵, 그녀에게 속수무책이었던 남편은 비엔나에 가서 프로이트 박사의 정신 분석을 받아보겠다는 그녀의 청을 받아들였다. 그때의 정신 분석 이야기는 그녀에게 결코 질리지 않는 화제였고, 앞으로도 지칠 가능성은 없어 보였다. 강렬한 인상으로 남은 최초의 상담에서 프로이트 교수는 그녀의 독특한 성격은 자신의 능력 밖이니 런던으로 가서 자신의 제자인 애런 케틀바움 박사를 만나보도록 권했다. 그녀는 그렇게 했다.

"잘 됐다 싶더라고." 그녀는 자주 말하곤 했다. "그렇다고 방법이나 절차, 형식 등등 어떤 식으로든 프로이트 박사의 능력을 깎아내리는 건 아니야. 난 프로이트 박사에게 괴팍한 면이 있다고 해도 그 분이 우리 시대의 위대한 천재라고 생각하거든. 하지만 케틀바움 박사는 그 이상, 그러니까 내 말 뜻을 이해해주면 좋겠는데, 뭐랄까 훨씬 더 좋은 분이야. 프로이트 박사는 19세기 물질주의에 지나치게 집중한 나머지 시야가 좁아진 것 같아. 게다가 그분은 미국 여자, 특히 독립할 만한 능력이 있고 남자와 대등하게 경쟁할 수 있는 여자를 질색했거든. 반면에 케틀바움 박사는 개개인의 능력을 믿을 뿐 아니라, 남자니 여자니 따지는 것은 중요하지 않다는 입장이었지. 정신세계가 현실적이기보다는 신비로운 분이었어. 바로 나처럼 말이야. 나를 위해 많이도 애써주셨는데, 몇 년 전에 돌아가셨을 때 런던까지 조화를 보내고 내가 일주일 동안 얼마나 울었는지 알아."

삼 년 뒤에 남편에게 돌아온 그녀는 곧장 이혼 절차를 밟았고, 남편은 그런 그녀를 애써 막으려고 하지 않았다. 다시 자유로워졌을 때, 그녀는 남동생 에모리를 위해 가정을 꾸리는 것이 자신의 의무라고 생각했고, 그렇게 했다. 그녀는 남동생을 분석하는 데 재미를 붙였고, 남동생은 분석이 이루어지는 동안에 대체로 묵묵히 참아주는 편이었다. 일련의 추론 과정 끝에 최근 들어 분석 결과에 도달한 그녀의 말에 따르면 에모리는 "잠행성 동성애자"였다. 그리고 지난 봄, 마음먹고 준비한 정찬 모임에서 그녀는 그것을 새로운 화제로 삼았을 때, 어찌나 거

침없이 이야기를 했던지 모임에 참석한 사람 중에서 당황하지 않은 사람은 그녀 혼자였다.

"'잠행성'이라는 말이 무슨 뜻이지?" 당시에 에모리가 물었다. "처음 들어보는 말인걸."

"가면 같은 것으로 덮여 있다는 거야." 브리드러브 부인이 말했다. "은폐되어 있다는 뜻이야."

"아직 밖으로 나타나지 않은 뭔가를 말하는 거죠." 케네스 펜마크가 말했다.

"아, 그런 뜻이로군요!" 에모리가 힘없이 웃었다.

그는 살이 찌고 혈색이 좋은 남자로, 누나와는 아홉 살 터울이었다. 분홍빛이 도는 동그스름한 이마 뒤쪽까지 머리가 벗겨져 있었고, 배는 작고 단단해서 커다란 시침과 장식을 놓도록 저절로 만들어진 말끔하고 둥그런 시계 원판 같았다. 그때, 모니카가 언제나 '에모리의 카드 친구'라고 부르는 프랭크 빌링스가 물었다. "허허 모니카, 대체 무슨 근거로 그렇게 생각한 거요? 왜 그런 생각을 하게 됐느냐 말이에요?"

"내 생각은 말이야." 브리드러브 부인이 말했다. "순수 연관이라는 증거에 근거한 거야. 그거야말로 최고의 증거잖아." 포도주를 홀짝인 그녀가 생각에 잠긴 듯 입술을 내밀더니 꾸밈없는 목소리로 말을 이었다. "우선, 에모리는 쉰두 살이고 아직 결혼을 하지 않았어. 진지한 연애를 한 번이라도 해보기나 했는지 난 도무지 모르겠다고." 그때 그녀는 '에모리의 진정한 미스터리 작가 친구'인 레지널드 태스커가 끼어들려는 걸 눈치채고는 손을 들어 "일단 들어봐! 들어봐!"라며 달래듯 말했다. 그러고는 빠른 말투로 말했다. "자, 객관적으로 생각해보자고. 에모리가 인생에서 가장 큰 관심을 갖고 있는 게 뭘까? 저 아이의 정신을 채우고 있는 것들이 뭐냐고? 그건 낚시, 조신한 가정주부가 토막 나는 미스터리 살인사건, 카드, 야구, 그리고 남성 중창단에서 노래 부르는 거야." 그녀가 잠시 멈추었다가 말했다. "그리고 에모리가 일요일에 뭐 하면서 지내지? 남자들과 배를 타고 낚시를 하잖아. 그런 자리에 한 번이라도 여자가 있었던가? 내가 장담하는데, 없어."

"여자가 없지, 거참 족집게시네!" 에모리가 말했다.

주변을 살피던 브리드러브 부인이 그제야 자기 때문에 좌중의 분위기가 묘해진 것을 깨닫고는 머리를 획 쳐들고서 얼떨떨한 목소리로 말했다. "다들 왜 그렇게 놀라는지 모르겠네. 아주 흔한 일이잖아! 사실, 근친상간에 비하면 별일도 아닌걸! 케틀바움 박사님은 동성애를 개인적인 선호의 문제로 봤다고."

하지만 집요하고 수다스러운 이 늙은 여인이 대부분의 일상에서도 바보 취급을 당한다고 생각하면 오산이다. 그녀는 남편이 흔쾌히 준 위자료를 부동산에 투자했다. 그것은 성적 상징뿐 아니라 누구나 예견했듯이 그 도시가 지속적으로 성장할 것이라는 불변의 진리에 따라 선택한 투자였고, 결국은 그녀의 재산을 불리는 데 한몫했다. 그녀는 시작부터 성공을 거두었다. 성공적인 요리책을 썼고, 그 도시의 심리 상담소를 운영했다. 지칠 줄 모르는 시민의 일꾼이라는 평가를 받았고, 자선단체의

논리적이고도 유능한 회장을 맡기도 했다.

　학교 소풍 날, 브리드러브 부인은 크리스틴에게 전화를 걸어 점심 식사를 함께 하자고 말했다. 에모리의 낚시 친구 하나가 삼 킬로그램짜리 멋진 연어를 보내왔다고 했다. 에모리는 토요일이니 당연히 불려나갈 것이고, 정오쯤에 점심 식사를 하러 집에 온다는 것이다. 에모리가 한동안 안 해본 연어 요리를 부탁했다고 말한 뒤, 그녀는 이렇게 덧붙였다. "에모리가 레지널드 태스커, 왜 있잖아, 자기랑 자기 남편이 지난봄에 우리 집에서 만났던 그 진짜 범죄소설 작가 말이야, 그 사람을 초대할 거라는데, 당신이 있으면 더 즐거운 시간이 될 거라나 뭐라나. 아무튼 점심 무렵에 좀 일찍 오라고. 그래야 내가 자기한테 연어 요리법을 알려주지. 연어는 대부분 소스에 버무려놨어."

　나중에 브리드러브 부인은 판벽이 쳐진 침침한 식당이 아니라 거실 바깥으로 연결된 아담한 자투리 공간에, 그녀가 고비와 아프리카제비꽃을 심어놓은 자리에 식탁을 차리기로 결정했다. 그녀의 남동생과 친구가 도착했을 때, 그곳에 식탁이 준비되었다. 남자들은 최근에 지역 신문에 실린 살인 사건을 화제로 삼았다. 레지널드 태스커는 살인 사건 잡지에 글을 쓰려고 자료를 수집 중이라고 했다. 언뜻 그 말을 들은 브리드러브 부인이 고개를 획 돌리더니 이렇게 말했다. "또 시작이군!"

　그 사건은 1952년 5월 1일. 데니슨 부인이라는 중년의 간호사가 막대한 보험금을 노리고 두 살배기 조카, 셜리를 살해한 혐의로 기소된 내용이었다. 사건이 알려졌을 때, 마을 사람들은 그녀의 또 다른 조카, 즉 셜리의 언니로서 역시 두 살 때 똑같은 상황에서 죽은 아이를 떠올렸다. 데니슨은 보험금의 수령인으로서 첫째 아이의 죽음으로 오천 달러를 받았는데, 이번에 죽은 둘째 조카에게 든 보험금은 육천 달러였다.

브리드러브 부인이 크리스틴을 맞이하기 위해 거실로 나왔다. 크리스틴은 곧 식탁으로 차려진 커피 테이블에 마티니 한 병을 갖다놓았다. 잠시 후에 두 사람이 식사 준비를 확인하기 위해 식탁에 갔을 때, 레지널드는 데니슨의 남편에 대해, 그러니까 구역질나고 웃기지도 않는 가족주의 전통을 신봉하던 그 작자가 1951년 가을에 더없이 상투적인 죽음을 맞았다는 얘기를 하고 있었다.

푸 하고 웃던 크리스틴이 두 손으로 귀를 막고는 사람들이 알아듣기 힘들 만큼 작은 목소리로 그런 얘기는 듣기 거북하다고 말했다. 범죄와 관련된 것은 무엇이건, 특히 살인에 관련된 것은 그녀를 짓누르고 불안하게 만들었다. 그녀도 데니슨 사건에 대해 본 적은 있지만 감히 읽어볼 엄두는 나지 않았었다. 그냥 그 지면을 넘기고 유쾌한 기사를 찾았다.

"자기한테 심리적인 장애가 있구나!" 브리드러브 부인이 신이 나고 은근한 목소리로 속삭였다. "자, 상황을 연상해보면 자기의 불안이 어디에서 비롯된 건지 그 뿌리를 찾아낼 수 있을 거야." 그녀는 식탁 가운데의 장식물을 정돈했고, 크리스틴이 아무 대꾸도 하지 않자, 직설적으로 말했다. "마음에 제일 먼저 떠오르는 것을 말해봐! 이게 무슨 짓거리인가 싶은 생각은 일단 접고 나한테 말해 보라니까!"

레지널드 태스커는 1952년 5월 1일 아침나절에 데니슨이 올케네 가족을 방문한 얘기를 하고 있었다. 데니슨이 그 집에 도착한 것은 마침 점심 무렵이었다. 그녀는 제일 먼저 조카 셜리를 끌어안고 아이와 놀기 시작했다. 셜리에게 줄 선물을 깜박 잊었다고 말했는데, 그것이 자꾸 마음에 걸린다며 가까운 동네 가게에 가서 가족에게 줄 사탕과 소다수를 사왔다.

"아무 것도 떠오르지 않아요." 크리스틴이 말했다. "머릿속이 텅 비어 있어요."

"사실은, 데니슨이 조카에게 줄 선물을 잊지 않고 가져왔다 이 말씀이야." 레지널드 태스커가 말했다. "올케의 집에 오다가 산 10센트짜리 비소 말이야. 조카에게 줄 선물이라기보다는 자신에게 주는 선물이었던 셈이지. 비소가 제대로 효과를 낸다면 이익을 얻는 건 그 여자였으니까."

"지금 이 순간에 떠오르는 게 있을 거 아냐?" 브리드러브 부인이 좀처럼 포기하지 않았다. 그들이 주방으로 돌아와, 브리드러브 부인이 커다란 나무 접시에 든 샐러드를 흔들 때였다. 크리스틴이 이윽고 말했다. "페른 자매가 제 아버지의 명성에 얼마나 깊은 인상을 받았을까 생각 중이었어요. 버제스 양은 아버지를 직접 본 적이 없는데도 저와 아버지가 많이 닮았다고 생각하더군요. 그냥 아버지의 사진만 봤다고 하는데 말이죠."

브리드러브 부인은 자신 없는 목소리로 말했다. "이상한 연상인걸. 아직은 감이 잡히질 않아." 그녀는 실눈을 뜨고 입술을 오므리더니 거실에서 들려오는 대화를 건성으로 듣고 있었다. 레지널드 태스커의 말에 따르면, 가게에 갔다 온 데니슨은 곧장 셜리에게 줄 오렌지팝을 만들었다. 그로부터 한 시간 정도 그녀는 아이의 경련을 더없이 걱정스러운 표정으로 지켜보았다. 그런데 아이의 체력이 고모의 간계를 이겨낼 것처럼 보이자, 나중에 데니슨은 어린 셜리에게 필요한 건 오렌지팝을 한두 잔 더 마시게 하는 것이라고 개인적인 의견을 말했다. 그렇게 하면 아이의 속이 가라앉아서 평소처럼 활기를 되찾을 거라고 말이다. 착하고 말 잘 듣는 아이 셜리는 고모가 권하는 대로 오렌지팝을 한 잔 더 들이켰다.

"자, 두 번째 연상은 뭐지?" 브리드러브 부인이 말했다. "아마도 두 번째 연상은 좀 더 분명한 것이겠지."

"더 터무니없는 것인걸요." 크리스틴이 말했다. 마음속으로 과거를 더듬어보던 그녀가 불쑥 말했다. "항상 내가 입양아라는 생각이 들었어요. 브라보 부부는 내 친부모가 아니라는 생각 말이죠. 그래서 언젠가 한번, 그러니까 고등학교를 졸업한 무렵, 시카고에서 어머니께 물어본 적이 있어요. 그런데 어머니는 그냥 이렇게 말씀하더군요. '누가 그런 소리를 하던? 누가 그런 생각을 네 머릿속에 집어넣은 거냐?' 그 말에 어머니가 무척 상심하신 것 같아서 그 후로는 입도 뻥긋하지 않았죠."

"이런 가여워라, 순진한 아기 같으니!" 모니카가 말했다. "바꿔치기 당한 아이에 대한 환상은 어린 시절에 누구나 갖는 거라는 걸 몰랐어? 난 말이야, 내가 플랜태저넷 왕가의 후손이라고 생각한 적이 있었지. 부모님을 어떻게 대해야 할지 고민이 이만저만 아니었어. 그런데 다섯 살 때 속 시원하게 해결을 봤지. 동화와 신화에 그런 이야기가 아주 많더라고."

그녀가 갑자기 웃음을 멈추었다. 침묵 속에서 레지널드 태스커의 음성이 또 들려왔다. 아이에게 두 번째 비소를 먹인 후에 아이가 회복할 수 없다고 확신한 데니슨, 그녀는 볼일이 있어서 급히 돌아가야 한다고 말했다. 그 볼일이라는 것은, 나중에 밝혀졌듯이, 어린 조카의 생명을 담보로 두 건의 보험을 체결한 보험 설계사를 찾아간 것이었다. 그녀는 약정한 보험 할증금을 납입하지 못했었는데, 그 특별한 날은 그녀의 치욕이 시작되는 날이기도 했다. 간신히 보험 할증금을 내고 괜찮은 사업 한 건이 그날 마무리되었다는 생각을 하며 저녁 식사를 했다. 그녀는 아이가 자정까지 버티지 못할 거라고 확신했고, 그 부분은 그녀의 예상이 맞았다. 그 어린아이가 저녁 여덟 시경에 사망함으로써 두 건의 보험이 효력을 발휘했으니까.

귀를 기울이던 브리드러브 부인은 간간이 고개를 끄덕이면서 자기 생각에는 레지널드 태스커가 직업적으로는 그리 형편없는 위인은 아니라고 말했다. 그녀가 워덤 박사<sup>(프레드릭 워덤Fredric Wetham, 독일 출신의 미국 심리학자—옮긴이)</sup>처럼 영감이 넘치는 정신의학자에 비해 레지널드를 한참 밑으로 평가하는 것은 사실이었다. 심지어 볼리도<sup>(William Bolitho, 영국의 작가—옮긴이)</sup>와 러프헤드<sup>(William Roughead, 스코틀랜드의 법률가이자 아마추어 심리학자—옮긴이)</sup> 같은 사람보다도 못하다고 여겼다. 하지만 그녀의 평가는 레지널드를 전문 분야에서 단연 돋보이게 만든 그의 걸작에 대해서만큼은 특별히 인정해주는 일면도 보였다. 아무튼, 점심 식사 준비가 끝났을 때, 브리드러브 부인과 크리스틴은 거실에서 남자들과 어울렸다. 각자 칵테일을 들이켜는 가운데, 아직은 튼튼한 두 발목을 단단히 꼬고 앉은 모니카가 이렇게 말했다. "다른 얘기 좀 할 수 없어?"

"우리 누나가 '다른 얘기'라고 할 때는 섹스를 말하는 거야." 에모리가 말했다. 그는 거들어달라는 듯이 크리스틴을 쳐다보았지만, 그녀는 그저 미소를 짓다가 이내 시선을 떨어뜨렸다. 그녀의 생각은 또다시 과거로 향하고 있었다. 어린 시절, 심지어 더없이 행복했던 순간에도 그녀를 괴롭히던 흐릿하고 형체 없는 뭔가가 있었다. 가물가물 떠오르는 어딘지 섬뜩한 사건은 그것이 벌어진 순간이나 지금이나 이해할 수 없기는 마찬가지였다. 하지만 그 일은 너무도 불분명하고 꿈결 같아서 정체불명의 공포심으로만 남아있었다. 그녀는 뒤통수를 지그시 누르면서 한숨을 쉬다가 이렇게 생각했다. 어딘지는 모르겠지만 내가 농장에서 산 적이 있어. 그때는 함께 놀 형제들도 있었고.

모니카는 턱을 앞으로 쳐들더니 고개를 획하고 왼쪽으로 돌렸는데, 마치 턱 끝에 자갈을 올려놓고 떨어지지 않게 어깨로 옮겨놓으려는 몸짓 같았다. "틱 증상(근육이 빠른 속도로 반복해 움직이거나 소리를 내는 장애—옮긴이) 때문에 요즘 죽겠어." 그녀가 말했다. "원인을 모르겠단 말이야." 그녀는 담배를 피워 물고서 말을 이었다. "케틀바움 박사에게도 틱 장애에 대해 말하고 해결 방법을 물은 적이 있었지. 그런데 박사가 의외라는 듯이 나를 쳐다보면서 이렇게 말하는 거야. '하지만, 부인, 오히려 어려보이고 흥미로운 동작인데요. 그냥 놔두시지 그러세요?'

"케틀바움이라는 사람이 아이 같았나 보네." 에모리가 말했다.

모니카는 동생의 말에 순순히 동의했다. 케틀바움 박사는 현명하고 누구보다 유능한 사람이었다고 그녀가 갈색 눈을 반짝이면서 말했다. 그래서 박사가 그 자리에 있었더라면 동생 에모리와 레지널드가 왜 자기들의 무의식적인 폭력성을 사회에 용인될 만한 온건한 형태로 변형시키고 있는지도 단숨에 알아낼 것이라고 말이다. 그녀는 둘 중에서 살인 소설을 읽고 쓰는 것보다 훨씬 극적인 외과의사가 된 사람이 아무도 없다는 것이 이상하다고도 말했다. 과거에 그 문제를 곰곰이 생각하다가 사람이 사회적 동물로서 살아가려면 충동이 강할수록 그것을 억누르려는 방어기제도 강해진다는 결론을 내렸다는 것이다.

그녀가 베니션블라인드(이탈리아 베네치아에서 개발된 발―옮긴이)의 각도를 바꾸려고 일어섰을 때, 그녀를 평생 알고 지내온 레지널드가 오싹한 듯이 힐끔거리다가 그녀의 펑퍼짐한 엉덩이를 꼬집었다. 기다렸다는 듯이 그녀가 유쾌한 웃음을 터뜨렸고, 그 웃음소리가 실내에 울려 퍼졌다. 그녀가 한잔 더 따라준 칵테일을 들이켠 레지널드가 재빨리 하던 얘기를 이어갔다.

나중에 아이는 병원에 실려 갔지만 숨을 거두고 말았다. 아이의 상태를 본 의사들이 부검을 의뢰했고, 곧 비소가 발견되었다. 크리스틴은 또다시 손으로 귀를 막았다. 그녀는 생각했다. 난 너무 약해 빠졌어. 강한 구석이라고는 없어. 그녀는 신경질적으로 웃으며 말했다. "에이, 그만해요! 그만!"

그 말에 웃음을 머금은 레지널드가 알았다는 듯이 그녀의 어깨를 두드렸는데, 자신의 생각에는 그 사건이 고전적인 범죄가 될 수밖에 없었다고 말했다. 우선은, 데니슨이 사건 당일에 보험 할증금을 낸 것에 의심의 여지가 충분했다. 또 한 가지, 그 사건에는 시시한 범죄와는 구별되는, 은근히 유머러스한 일면이 있었다. 즉, 그녀의 유죄가 입증되어 자백했을 때, 데니슨은 뉘우침 속에서 조카를 독살한 것을 이루 말할 수 없게 후회했다. 그녀는 오열하면서 이렇게 덧붙였다. 그렇게 소량의 비소가 나중에 발견될 줄 미리 알았더라면 그런 끔찍한 범죄를 저지르지 않았을 거라고…….

점심 식사가 끝나갈 무렵인 두시 반, 레지널드가 가봐야 한다고 말했고, 그동안 여자들은 주방을 정리했다. 에모리는 세시 정각 뉴스를 듣기 위해 라디오를 켰다. 세계정세를 간략히 전하던 방송 진행자의 목소리가 저음으로 심각해졌다. "오늘 오후 페른 그래머 스쿨의 소풍지인 만에서 사고로 학생 한 명이 익사했다는 소식을 전해야겠습니다. 희생자의 이름은 부모의 신원 확인이 있은 뒤에 발표하겠습니다. 잠시 후에 이 비극적인 사건에 대해 더 자세한 소식 전해드리겠습니다."

그 순간 브리드러브 부인과 크리스틴이 거실로 들어서더니 라디오 옆에 초조하게 섰다. "로다가 아니야." 브리드러브 부인이 자신 있게 말했다. "로다는 자립심이 아주 강한 아이야." 그녀는 크리스틴의 허리에 팔을 두르고는 말을 이었다. "죽은 아이는 어린 시절의 나와 닮은 아이일 거야. 나처럼 자신의 그림자까지 무서워했던 소심하고 혼란스러운 아이 말이야. 자신감이라고는 털끝만치도 없는 아이. 로다는 전혀 아니잖아."

잠시 후, 방송이 끝나갈 무렵, 아나운서가 다시 그 사건에 대해 말했다. 신원이 확인된 희생자는 클로드 데이글, 윌로우가 126번지에 사는 드와이트 데이글 부부의 외아들이라고 했다. 아나운서는 이어서 자세한 사건 소식을 전했다. 학교에서 소풍을 간 페른 가의 사유지에 오랫동안 사용되지 않은 낡은 부두가 있다. 부두에 가지 말라는 주의사항까지 전해 듣고서 어린아이가 그곳까지 가게 된 상황이 미심쩍었다. 하지만 아이의 시체가 부두의 말뚝 사이에 끼인 채 발견된 것으로 봐서 아이가 어떤 식으로든 거기에 간 것이 분명했다. 아이가 사라진 것은 점심시간에 인원점검을 하면서 알려졌다. 경비원 중 한 명이 아이를 건져내 인공호흡을 시도했다. 이상한 점은 시신의 이마와 손에 멍 자국이 발견된 것인데, 이것은 말뚝에 몸이 휩쓸리면서 생긴 것으로 추정된다.

크리스틴이 말했다. "가여워라! 가여워라!"

아나운서의 말이 계속되었다. "며칠 전에 치러진 페른 스쿨의 기말 시험에서 데이글은 금메달을 탔다고 합니다. 아이의 마지막 모습이 확인될 때까지 그 메달을 하고 있었지만, 시체로 발견됐을 때에는 메달이 보이지 않았습니다. 메달이 셔츠에서 떨어져나간 것으로 보이는데, 인근 물속을 뒤져봐도 메달은 찾아내지 못했습니다."

크리스틴은 곧 자신의 아파트로 갔다. 로다가 해변으로 가는 죽은 아이를 보지 않았기를, 그 아이를 살리려고 애쓰던 경비원들의 모습을 목격하지 않았기를 그녀는 바라고 있었다. 로다가 겁에 질리거나 마음에 상처를 받았을지 모르니 현관 앞에서 기다리다가 딸아이를 위로해주고 싶었다. 로다는 예민한 아이, 단언컨대 상상력이 풍부한 아이는 아니었지만, 피할 수 없는 죽음의 운명을 적절한 준비 없이 너무도 갑작스럽게 알게 된다면 아무리 침착한 사람이라도 동요할 수밖에 없다고 생각했다. 하지만 이윽고 집에 돌아온 로다는 그날 아침과 마찬가지로 평온하고 차분했다. 어찌나 담담하게 들어와 아무렇지 않게 우유와 땅콩버터 샌드위치를 달라고 하던지 크리스틴은 과연 그날 무슨 일이 벌어졌는지 딸아이가 제대로 알기나 한 것인지 의아해졌다. 그녀가 부드럽고 잔잔한 목소리로 그 일에 대해 묻자, 로다는 다 알고 있다고, 사실은 경비원 아저씨들더러 부두의 말뚝 사이를 찾아보라고 알려준 것도 자기 자신이었다고 대답했다. 죽은 아이가 물에서 건져지는 것도, 잔디밭에 눕혀진 것도 다 봤다고 했다.

크리스틴은 둔감한 딸아이를 꼭 껴안고 말했다. "오늘 일을 잊어버리려고 애써야 한단다. 네가 조금이라도 무서워하거나 괴로워하는 걸 엄마는 원치 않아. 어떤 일들이 벌어지고 난 후에는 그것을 받아들여야 한단다."

엄마의 포옹을 참고 있던 로다가 조금도 괴롭지 않다고 정색했다. 오히려 신이 나더라고, 아이를 살리려고 하는 그런 광경은 처음 보는 것이라 무척 재미있더라고 말했다. 크리스틴은 생각했다. 이 아이는 너무 무덤덤해. 다른 사람들이라면 괴로워하는 일들에 너무 무감각하잖아. 바로 그런 점을 그녀로서는 이해할 수 없었다. 바로 그런 점이, 그녀와 케네스가 그들끼리 "로다 표 반응"이라고 부르며 웃어넘기는 일이었다. 하지만 이번에는 딱히 뭐라고 말하기 어렵고 그녀가 알고 있는 어떤 현실 세계와도 맞지 않는 불편함과 침울함이 느껴졌다.

로다는 엄마의 품에서 떨어졌다. 그러고는 자기 방으로 가서 직소 퍼즐을 하기 시작했다. 잠시 후에 크리스틴이 아이의 방에 들어가 샌드위치와 우유를 책상에 올려놓았다. 그녀는 여전히 꺼림칙한 표정으로 눈살을 약간 찌푸리고 있었다. 그녀가 말했다. "아무래도 네가 보고 기억하기에는 너무 불행한 일이란다." 그녀는 아이의 이마에 입을 맞추고 말을 이었다. "네 기분이 어떤지 엄마는 이해한단다."

로다는 퍼즐 하나를 원래의 자리로 살짝 움직였다. 그러고는 고개를 들고 정색하며 이렇게 말하는 것이었다. "엄마가 무슨 말을 하는 건지 모르겠어. 난 아무렇지도 않은걸."

크리스틴은 한숨지으며 거실로 돌아왔다. 책을 읽으려고 했지만 집중이 되지 않았다. 한편, 로다는 스스로 이해하지는 못했지만 막연히 뭔가 잘못을 저질러서 엄마가 화가 났다고 생각이 들어, 퍼즐을 그만두고 엄마가 앉아 있는 거실의 의자로 다가왔다. 아이는 마지못해 짓는, 예의 매력적인 미소를 머금었는데, 그 때문에 한쪽뿐인 보조개가 갑자기 나타나 있었다. 꾸며낸 애정을 담아서 엄마의 뺨에 볼을 비비더니 아이는 앙증맞게 웃어대면서 냉큼 자리를 피했다.

뭔가 나쁜 짓을 한 거야. 크리스틴은 생각했다. 일부러 내 기분을 맞추려고 할 만큼 아주 나쁜 짓.

크리스틴이 그 순간에 느낀 것은, 딸아이가 주변 환경과 자기 자신을 분리시키는 육체적 혹은 정신적 요인을 어떤 식으로든 깨닫고 다른 사람의 가치를 모방함으로써 그 간극을 감추려 한다는 느낌이었다. 아이의 마음속에 지침을 줄 만한 내재적인 그 무엇도 없기에 아이는 곰곰이 생각을 해보기도 하고 나름대로 시험을 해보면서 자신이 모델로 삼는 사람들의 생각과 가치관에 기대어 조심스럽게 자신의 길을 찾아가는 느낌말이다.

또다시 다가온 로다가 보채듯 입으로 쪽쪽 소리까지 내면서 크리스틴의 입술에 뽀뽀를 했다. 아이가 자진해서 입을 맞춘 것은 꽤 오랜만의 일이었다. 그러더니 아이는 엄마의 애정을 확인하듯 실눈을 뜨고 고개를 뒤로 젖혔다. "내가 하늘땅만큼 뽀뽀해주면 엄마는 나한테 뭘 줄 거야?" 그것은 아이가 엄마와 아빠와 이따금씩 하는 놀이의 일종으로, 애정과 짠한 마음이 북받친 부모가 언제나 자기를 와락 껴안고 늘 이렇게 대답한다는 것도 잘 알고 있었다. "하늘땅만큼 안아주지."

나중에 퍼즐이 지루해진 로다가 스케이트를 꺼내더니 공원에 나가 놀고 싶다고 말했다. 크리스틴이 그러라고 말하고 얼마

지나지 않아서 리로이의 교양 없는 잔소리가 들려오기에 곧 주방의 창가로 가보았다. 리로이가 이런 말을 하고 있었다. "물에 빠져죽은 불쌍한 학교 친구의 몸이 아직 채 마르지도 않았는데 스케이트나 타면서 놀 생각을 하다니, 어떻게 그럴 수 있냐? 나라면 집에서 눈이 빠지게 울고 있을 거다. 아니면 교회에 가서 파란 컵에 촛불을 밝히든지 말이야."

로다는 남자를 노려보면서 아무 대꾸도 하지 않았다. 아이는 공원 쪽으로 가더니 멈춰 서서 육중한 철문을 만지작거렸다. 하지만 리로이는 아이를 내버려두지 않았다. 기어코 아이를 따라가서는 이렇게 말했다. "내가 모를 줄 알아. 어린 친구가 죽었는데도 넌 조금도 슬프지 않은 거야." 변함없이 담담한 표정을 하고 있다가 화들짝 놀란 로다가 스케이트를 이리저리 흔들면서 말했다. "내가 왜 슬퍼해야 하지? 물에 빠져죽은 건 클로드 데이글이지, 내가 아닌걸."

고개를 절래 절래 젓던 리로이가 일그러진 미소를 짓고 걸어가 버렸다. 그가 퇴근 시간이 가까워져서 기계적으로 잔일을 마무리 짓는데, 아이의 말이 머릿속에 맴돌았다. 그는 뜰을 쓸고 늘 하던 대로 지하실 문이 잠겨있는지 확인한 뒤에 한껏 아이의 목소리를 흉내 내 혼자 이렇게 중얼거리는 것이었다. "내가 왜 슬퍼해야 하지? 물에 빠져 죽은 건 클로드 데이글이지, 내가 아닌 걸." 그가 생각하기에 로다는 진짜 대단한 물건이었다. 그 꼬맹이는 다른 사람이 어찌되든, 심지어 예쁘장한 엄마가 어찌되든 눈 하나 깜짝하지 않는 아이였다. 게다가 그가 평생 만나본 사람 중에서 가장 야비한 아이가 바로 로다였다. 어린 로다는 그와 비슷한 구석이 많았다. 아무도 아이에게 이래라 저래라 못하듯, 아무도 그에게 이래라 저래라 하지 못했다. 그것은 분명했다. 내기를 해도 좋을 만큼 그것은 뭔가⋯⋯.

그는 일터에서 삼 킬로미터쯤 떨어진 제너럴 잭슨 가의 페인트칠을 하지 않는 집에서 아내 델마와 비쩍 마르고 칭얼대는 세 아이들과 살고 있었다. 집터가 거리보다 약간 낮은 지대에 있어서 비가 내리면 배수되지 않은 빗물이 집 밑에 얇은 웅덩이를 만들곤 했다. 포치 맞은 편에 델마는 땅에 묻은 맥주병에 꽃을 심어 화단을 만들어 놓았지만, 땅이 너무 습한데다 포치 끝에 있는 커다란 단풍나무와 만개한 나팔꽃 때문에 그늘이 져서 제대로 자라지 않았다.

그날, 저녁 식사를 앞두고 리로이는 아내와 포치에 앉아서 삐거덕거리는 난간에 발을 올려놓고 있었다. 그는 데이글이 죽었다는 말부터 꺼냈지만, 모기를 때려잡던 델마는 하품을 하면서 말했다. "말해주지 않아도 알아. 라디오에서 들었어." 그런데 남편의 말에서 뭔가 떠오르는 것이 있었는지, 아니면 침묵을 견딜 수 없었는지 그녀는 집안으로 들어가 라디오를 켜고 좋아하는 댄스 프로그램에 채널을 맞추었다. 그녀가 다시 포치로 나왔을 때, 리로이가 말했다. "제기랄, 소리 좀 줄일 수 없어? 남자가 자기 집에서도 조용한 시간을 보낼 수 없단 말이야?"

"난 저렇게 해놓는 게 좋아." 그녀가 말했다. "음악을 크게 틀어놓고 듣는 게 좋다고."

그녀는 비대한 몸집에, 투실투실한 아기처럼 얼굴이 무표정하고 둔한 여자였다. 흔들의자에 앉은 그녀가 발끈해서 말했다. "나팔꽃에 침 좀 뱉지 마. 가뜩이나 물기가 너무 많아서 제대로 크지도 못하잖아. 침을 뱉고 싶으면 계단에 가서 앉든지."

리로이는 구시렁대면서 계단에 가서 앉았다. 그러다가 자신에게 쏟아지는 부당한 처사에 대해 아내에게 말해보았자 소용이 없다고 문득 깨닫고는 이렇게 말했다. "그래 자꾸 쪼아대라고. 다른 사람들처럼 너도 날 쪼아대고 무시하라 이거야. 익숙한 일이니까. 얼마든지 받아줄 수 있다고. 나라는 인간, 불쌍한 소작농 신세니까."

"내 말 잘 들어, 당신." 델마가 참을성 있게 말했다. "나도 알 건 다 아니까, 그따위 거짓말은 하지 마. 당신이 무슨 소작농이야. 시골에 산 적도 없잖아. 어렸을 때 시골에 산 건 나였어. 당신 아버님도 소작농이 아니었어. 당신 아버님이 부두 노동자였다는 거, 당신도 나도 아는 사실이야. 당신 아버님은 그일을 해서 꽤 많은 돈을 버셨어. 아버님 집에서 배를 곯거나 아쉬운 건 없었으니까. 당신이 아버님을 닮지 않았다니 참 딱한 일이야."

"내겐 기회가 없었어." 그가 말했다. "뭔가를 이룰 만한 기회가 한 번도 없었다고."

"기회는 많았어. 아주 많았어. 당신이 게을렀던 거야."

나른하게 부채질을 하던 그녀가 옷자락을 잡아 내리더니 난간에 두 발을 쭉 뻗어 걸쳐놓고는 남편의 게으름과 거짓말, 지저분함과 도와주려는 사람들의 기분이나 망쳐놓는 삐딱함을 연신 힐난했다. 그녀의 목소리가 라디오 소리보다 더 컸다. 행동거지 하며, 사람들에게 무례하게 구는 태도 등등은 사내답지 못한 실없는 행동이었다. 언제든지 직장에서 쫓겨날 신세였다. 예를 들어, 남편이 늘 험담을 늘어놓는 플로라벨 사람들에 대해 그녀는 잘 알고 있는데, 그 중에서 남편의 말이 맞는 사람은 단 한 명도 없었다. 특히 브리드러브 부인은 정말이지 친절하고 유쾌한 여자이고 다정한 사람이었다. 남편이 언제나 불평만 늘어놓는 대신 사람들을 위해 좋은 일을 시작한다면. 혹시 —

그녀는 한창 말을 하다가 갑자기 자신의 그런 도덕적인 훈계에 넌덜머리가 난 것 같았다. "저녁을 먹기 전에 맥주나 마실까?" 그녀는 포치로 맥주를 가져왔다. 아직 어둡지는 않았고, 아이들은 뒷마당에서 놀고 있는데, 요란스럽게 떠들어대고 비명을 질러야 하는 놀이라도 하는 것 같았다. 아이들 소리에 음악이 들리지 않자, 델마는 안으로 들어가 볼륨을 더 높였다. "제기랄!" 리로이가 맥주를 들이켜면서 말했다. "남자가 자기 집에서도 조용한 시간을 보낼 수 없냐고? 저놈들 붙잡히기만 해봐, 혼 구멍을 내줄 테니까."

"당신은 쟤네 못 잡아." 델마가 흡족하게 말했다. "당신보다 훨씬 빠르니까."

그러자 리로이는 데이글의 죽음에 대해 로다가 한 말을 화제에 올렸고, 씩 웃고 난 델마는 빈 맥주 깡통을 울타리 너머 거리까지 힘껏 집어던졌다. 그녀는 의자에서 일어나서 땀이 밴 엉덩이춤에서 옷자락을 쓸어내리며 말했다. "그런 말을 하다니 정말 깜찍한 아이네."

"정말 야비한 계집애지." 리로이가 말했다. "내 평생 그런 계집애는 처음 봤다니까." 그는 꺼내든 담배 파이프에 불을 붙이고 말없이 생각에 잠겼다. 그 꼬맹이처럼 야비하지 않은 다른 아이들은 공원에서 놀 때 다들 그를 두려워하는데, 그게 바로 그가 바라는 바였다. 그가 큰소리로 호통만 쳐도 아이들은 놀라서 펄쩍 뛰고 공원 밖으로 줄행랑을 놓았다. 심지어 어린 여자애들은 울면서 엄마에게 달려가 일러바치기도 했다. 하지만 그는 언제나 몸을 낮추고 아이의 말이 사실이 아니라고 말하거나 여자아이가 꽃을 짓밟는다든가 수련이 핀 연못에서 금붕어를 잡으려 드는 못된 짓을 했다는 식으로 위기를 모면해왔다. 그런데 로다 펜마크라는 계집애는 끄떡도 하지 않았다. 적어도 지금까지는 그랬다. 하지만 시간만 준다면 능히 그를 무서워하게 만들 수 있었다. 조금만 시간을 주면 그 계집애가 다른 애들처럼 혼비백산해서 달아나게 만들 자신이 있었다. 그는 그렇게 될 기분 좋은 날을 떠올리며 낄낄거리다가 발끈하듯 아내의 화단에 또 침을 뱉었다.

델마는 종려나무 부채로 모기를 잡다가 이렇게 말했다. "당신 아버님은 평생 적잖은 돈을 버셨어. 당신 아버님은 훌륭한 가장이었다고. 그게 바로 내가 그분에 대해 말할 수 있는 부분이고, 또 그럴 수 있어서 늘 기쁘단 말이야."

"그 로다 펜마크는 정말이지 야비한 계집애야." 리로이가 큰소리로 말했다. "하지만 당신이 그 꼬맹이에 대해 말할 수 있는 건 딱 한 가지인데, 그게 뭐냐 하면 그 계집애는 아주 입이 무겁다는 거야. 무슨 일이 벌어져도, 나와 고것 사이에 무슨 일이 있어도 남한테 말하지 않거든."

"내 말 잘 들어." 델마가 말했다. "그 여자애를 그냥 내버려 둬. 여보, 내 말 알지? 그곳의 부자들과 그 아이들 주변에서 자꾸 분란을 일으키다가는 큰일을 치를 거야. 분명히 말하는데, 당신 스스로 큰일을 치르게 될 거라고."

"그 애한테 아무 짓도 안 해." 리로이가 말했다. "그냥 겁을 주고 약간 괴롭히는 것 말고는."

"난 분명히 말했어." 델마가 말했다. "지금 분명히 말했다고."

그녀는 저녁 식사를 하기 위해 아이들을 부르고 주방으로 들어갔다. 하지만 리로이는 한동안 계단에 남아서 파이프 담배를 피우며 로다에 대해 생각을 곱씹었다. 그가 만약 자신이 로다와 사랑에 빠졌고, 그 어린애를 괴롭히면서 무엇이든 그 아이가 하는 일에 집요할 정도로 신경을 곤두세우는 것이야말로 비틀리고 겁에 질린 구애의 일종이라는 사실을 알았더라면 크게 놀랐을 터이다.

그날 밤 저녁 식사를 마친 크리스틴은 윌로우 가에 있는 데이글의 집을 찾아갔는데, 그 이유에 대해서는 그녀 자신도 명확하지 않았다. 그녀가 그 집 계단을 오를 때 사위는 그리 어둡지 않았다. 검푸른 색의 포근한 하늘에는 지평선을 배경으로 초저녁 별들만 빛나고 있었다. 초인종 소리에 문을 연 사람은 데이글 씨였다. 아들과 꼭 닮은 모습이었다. 아들과 마찬가지로 이마에 창백하고 푸르스름한 핏줄이 비쳤고, 주걱턱과 작게 주름진 아랫입술까지 닮았다. 크리스틴에게 악수를 청한 그의 손은 차갑고 축축했다. 그녀는 이름을 밝히고 찾아온 이유를 설명했다. 데이글 어머니에게 위로를 전하고 무슨 일이든 도움이 될 수 있을지 물어보고 싶다고 말이다. 데이글 씨는 침착하게 말하려고 애썼지만 목소리는 떨리고 있었다. "저희 아들을 알고 있는 분이라면 누구든지 환영합니다." 문이 더 활짝 열리더니, 그가 덧붙였다. "제일 먼저 우리를 찾아주셨네요. 우린 그리 사교적인 편이 아니라 친한 이웃이 많지 않습니다."

사치스럽고 품위라고는 없는 거실은 음침하게 보였다. 구슬 장식을 하고 나비매듭을 한 리본이 어디에서나 눈에 띄었다. 가구와 색상, 그림까지 전부 어울리지 않는다고 크리스틴은 생각했다. 커다란 동양식 양탄자까지 불쾌한 느낌을 주었다. 데이글 씨가 말했다. "집안 꼴이 엉망인 걸 이해해 주세요. 사람들이 아이를 데려다놓은 장례회관에 있다가 방금 전에 돌아왔거든요. 집안이 좀 엉망인데 아내가 돌볼 여력이 없다보니 이리 됐습니다."

그는 문간에서 크리스틴의 옆에 선 채로 말하고 있었다. "들어가셔서 아내에게 무슨 말이라도 좀 해주세요. 뭐든 하시고 싶은 말씀을 편하게─" 그는 아내가 있는 방문을 두드리고 속삭였다. "호텐스! 손님이 오셨어. 클로드를 아는 분이래. 이분의 딸아이가 우리 아이와 같은 반이었고, 소풍 때도 함께 있었대."

그는 조용히 자리를 피해주었고, 데이글 부인은 소파에서 몸을 일으켰다. 헝클어진 머리칼, 발갛게 부어오른 눈, 거기에 안정제의 약기운이 아직 채 가시지 않은 모습이었다. 그녀가 말했다. "우리 클로드는 몇몇 사람들의 말처럼 소심하고 자신감이 없는 아이가 아니었어요. 그렇다고 그 아이가 드세고 공격적이라는 말은 더더욱 아니에요. 내 말은, 감수성이 예민한, 진정 예술가의 기질이 있는 아이라는 거예요. 그 아이가 얼마나 아름답게 꽃을 그렸는지 그림들을 보여드리고 싶지만, 당장은 그럴 힘도 없군요."

그녀는 말을 멈추고 얼굴을 베개에 묻었다. 그녀 곁에 앉은 크리스틴이 측은한 마음으로 데이글 부인의 반지 낀 통통한 손을 꼭 마주잡았다. "아들과는 정말이지 친밀했어요." 클로드의 어머니가 말했다. "그 아이가 늘 하는 말이, 내가 자기 애인이랬어요. 그 가녀린 팔로 내 목을 끌어안고는 맘에 든 생각을 전부 말하곤 했어요."

그녀는 말을 멈추고 힘겨워했다. "메달을 왜 찾아내지 못했는지 모르겠어요. 사람들이 샅샅이 찾아보지 않은 거예요. 아이가 태어나서 처음으로 탄 메달인데, 그걸 얼마나 애지중지했는지 몰라요." 그녀는 아들을 잃은 것보다 메달을 잃은 게 더

비통한 듯이 서럽게 울었다. 핏기 없는 얼굴은 부석부석했고, 끈적끈적한 머리칼이 흘러내려 눈앞을 가렸다. 그녀는 간신히 말을 이어갔다. "메달이 아이의 셔츠에서 떨어져서 물속에 가라앉았다고들 하는데요. 하지만 난 남편한테 그럴 리 없다고 말했답니다. 메달이 어떻게 저절로 떨어졌는지 이해가 되지 않아요. 내가 메달을 직접 아이의 옷에 달아주었는걸요. 내가 그걸 얼마나 단단하게 꽉 달아주었다고요."

그녀는 젖은 수건으로 얼굴을 훔쳤고, 침묵 속에서 크리스틴이 나지막이 말했다. "알아요. 잘 알아요."

"사람들이 제대로 찾아보지 않은 거예요." 데이글 부인이 말했다. "몇 번이고 찾아봤다고들 했지만, 난 다시 가서 찾아보라고 말했어요. 아들과 나는 놀라운 유대의 끈으로 묶여 있었어요. 우린 서로 너무나 친밀했어요. 내가 자기의 하나뿐인 애인이라고, 나중에 어른이 되면 나랑 결혼하겠다고 말했어요. 내 말을 어긴 적이 한 번도 없는 아이였어요. 어디를 가든 나한테 말하고 내가 괜찮다고 해야 가는 아이였어요. 심지어 저기 모퉁이에 갈 때조차 말이에요. 내 아들은 그 메달과 함께 묻히기를 바랄 거예요. 그 아이가 말을 하지 않아도 난 알아요. 내 아이가 기뻐할 수만 있다면 무슨 짓이든 하겠어요. 사람들에게 다시 한 번 메달을 찾아봐달라고 말해주실래요?"

# 제4장

크리스틴이 집에 돌아왔을 때, 커다란 의자에 앉은 로다가 다음 날의 주일 학교 공부를 하면서 큰 소리로 문장을 또박또 박 읽고 있었다. 아이는 길 건너편에 사는 트루비 네 딸들과 함께 매주 일요일마다 로웰 가에 있는 장로교회에 다니고 있었다. 주일 학교 공부에 열심인데다 교회에 빠진 적도 없었다. 주일 학교 선생님인 벨 블랙웰 양은 끊임없이 학생들에게 작은 상을 줌으로써 교회의 참석률뿐 아니라 그 목적의 진실함까지 촉진할 수 있다고 믿었다. 매주 두 번째 종이 울리면 곧바로 주일 학교 강의실에 들어간 아이들은 지난주 수업 중에 받은 그림 카드의 뒷면에 인쇄된 성경을 확인한다. 아이들이 카드를 제출하면 블랙웰 양이 신앙심과 근면성을 확인했다는 의미로 카드에 황금색 나비를 붙여주었다. 아이가 황금색 나비가 붙은 카드 열두 장을 모았을 때, 그녀는 "유쾌하고 교육적인 상"을 선사했다.

　이번 주 주일학교 수업은 구약성서에 나오는 꽤 잔인한 교훈에 대해서였다. 그 내용은 당시에 헤브라이 방침에 철저히 따르지 못했거나 미온적인 태도를 보인 사람들에게 더없이 무서운 저주와 잔인한 파멸이 주어졌다는 것을 골자로 하고 있었다. 크리스틴은 딸아이 옆에 조용히 앉았지만, 마음은 온통 데이글 부부의 고통에 가 있었다. 로다가 엄마에게 카드를 넘겨주며 다음날 있을 시험에 대비해 내용을 미리 물어봐달라고 부탁했다. 천천히 카드를 읽던 크리스틴이 머리를 흔들며 생각에 잠겼다. '세상 어디에도 폭력만 가득한 것인가? 세상 어디에도 진정 평화는 없단 말인가?' 그녀는 그런 내용을 딸아이에게 가르쳐야만 하는 것인지 의아했지만, 힘없이 한숨을 쉬면서 신앙의 문제 같은 건 자기보다는 다른 이들이 더 잘 알겠거니 마음을 잡고 아이가 원하는 대로 질문을 해주었다. 로다는 공부를 많이 한 상태였다. 매력적인, 예의 그 엷은 미소를 짓고 의기양양하게 고개를 끄덕이던 아이가 자기의 보물 상자 속에서 나비가 달린 열한 장의 카드를 꺼내왔다.

　"내일 틀림없이 상을 타게 될 거야." 아이가 말했다. "틀림없어."

　"어떤 상일까? 아주 근사한 것일까?"

　"책 일거야." 로다가 말했다. "벨 선생님은 언제나 마음의 양식이 되는 책을 주시거든."

로다는 벌써부터 책을 갖고 싶어서 안달이 난 표정으로 카드를 모으더니, 서랍장의 보석 상자에 도로 갖다놓았다.

펜마크 부인은 석간신문을 읽다가 일찍 잠자리에 들었다. 하지만 어둠 속에서 호텐스 데이글의 눈물로 얼룩진 참담한 얼굴이 줄곧 떠올라서 잠을 이룰 수 없었다. 그럭저럭 간신히 잠이 든 후에도 뒤숭숭한 꿈에 시달렸지만, 나중에 무슨 꿈이었는지는 기억하지 못했다. 여느 일요일 아침보다 일찍 잠에서 깨었을 때, 그녀의 귓가에 청아하고 장중한 교회 종소리가 들려오고 있었다. 그녀는 자신과 아이를 위해 아침 식사를 준비했다.

그날 교회에서 돌아온 로다의 손에 상이 들려 있었다. 『엘시 딘스모어』(마사 핀리Martha Finley가 쓴, 엘시 딘스모어Elsie Dinsmore를 주인공으로 한 어린이책 시리즈—옮긴이)라는 책이었다. 로다는 곧 공원으로 달려가 책을 펼치고 열심히 읽기 시작했다. 마치 다른 사람들에게서 발견한 이해하기 어려운 가치관, 다시 말해 아무리 모방하려고 해도 이상하리만큼 자기에게만 결핍된 그 가치관을 이해하는 방법이 책 속이 있을 거라 믿고 있듯이. 하지만 얼마 후에 책에 지루해진 로다는 아파트로 돌아와서 피아노 음계를 연습했다. 로다의 선생님은 솔직히 아이에게 음악적인 재능이 없는 편이지만 인내와 고집은 있다고 말했다. 그러면서도 언젠가는 재능이 있는 아이들보다 더 정확하게 연주할 수도 있을 거라고 말이다.

점심 때, 복도 맞은편에 사는 포사이드 부인이 갓 구운 레몬

머랭 파이를 한 접시 가져왔다. 나이 지긋한 노부인은, 여자들이 어린 아이와 함께 살면서 남편은 집에 없을 때 가끔씩 자기 자신이나 아이를 위해 요리할 기분이 내키지 않는다는 것을 이해하고 있었다. 그래서 특히 이번에 잘 구워진 파이를 갖다 주면 크리스틴과 로다의 점심 식사로 그만이라고 생각한 것이다. 그날은 날씨가 유난히 화창했다. 혹시 펜마크 부인이 외출할 계획이라도 있다면, 노부인은 기꺼이 로다를 봐줄 생각도 하고 있었다. 오후에 손자손녀들이 오기로 되어 있던 터라 로다 한 명 더 보탠다고 힘들지는 않겠다 싶었다.

음울한 생각에 짓눌려 잠시 멍해 있던 펜마크 부인이 퍼뜩 앞으로 다가와 노부인의 이마에 입을 맞추었다. 자신의 아파트로 돌아온 포사이드 부인은 남편에게 나직이 이렇게 말했다. "크리스틴은 정말이지 상냥하고 얌전한 여자라우. 이웃으로 지내기에 정말 좋다마다."

데이글의 장례식이 월요일에 있었는데, 석간신문에 그와 관련된 기사가 실렸다. 무덤가에 '조화로 가득'했지만, 데이글이 다니던 페른 그래머 스쿨의 재학생들이 보낸 조화가 무엇보다 강한 인상을 주었다. 어린 학우들이 보낸, 아름다운 치자나무 보가 아이의 관을 덮었고 나중에 무덤까지 장식했다.

신문을 접어서 거실 테이블 위에 올려놓은 펜마크 부인은 왜 로다에게는 조화에 대해 아무도 말해주지 않았는지 이상한 생각이 들었다. 그녀는 의도적으로 로다를 제외한 것은 아닐까 하는 의심하다가 이렇게 생각했다. 내가 이번 일에 지나치게 신경이 곤두서 있어. 의도적인 일은 아무 것도 없어. 그럴 확률은 없지만, 아마도 그녀가 외출 중일 때 페른 자매 중에서 누군가가 전화를 했을 거라고 생각했다. 아마도 조화를 보낸 학생 명단에서 로다의 이름이 없는 것도 단순한 착오일 거라고. 아마도……

마음이 꺼림칙했음에도 그녀는 그 일을 사소한 것으로 치부하고 아무에게도, 모니카와 에모리에게도 말하지 않겠다고 마음먹었다. 오후에 쇼핑이나 할 생각으로 로다와 함께 시내로 차를 몰았다. 그녀는 자기가 입을 연푸른 이브닝 가운과 로다가 가을 학기에 입을 옷가지를 샀다. 하지만 집에 돌아와서 로다가 스케이트를 타고 공원 산책로를 따라 수련 연못을 에워싼 시멘트 길을 한 바퀴 도는 동안, 여전히 기분이 찜찜했던 그녀는 충동적으로 페른 스쿨에 전화를 걸었다.

전화를 받은 이는 옥타비아 양이었고, 크리스틴이 말했다. "신문에서 데이글의 장례식에 관한 기사를 봤어요. 학생들이 아름다운 조화를 보냈다죠. 로다도 보냈어야 했는데 제가 집에 없을 때 학교에서 전화를 한 것 같아 송구스럽네요."

상대방은 잠시 말이 없었다. 펜마크 부인은 수화기 너머에서 상대방이 당황해하는 기색이 느껴졌다. 이윽고 늙은 여자의 목소리가 불분명하게 들려왔다. "우리 학교에는 학생들이 많답니다. 치자나무 보는 신문사에서 생각하는 것처럼 그리 비싼 것이 아닙니다. 염려마세요. 돈은 이미 모아서 지불했으니까요."

"조화 때문에 저한테 전화를 주시긴 했나요?" 크리스틴이 물었다. "아니라면, 그 이유를 꼭 알고 싶어요."

옥타비아 양이 부드럽게 달래는 목소리로 말했다. "아뇨, 부인, 우리 쪽에서 전화를 하지 않았습니다. 저와 자매들이 그러는 편이 좋겠다고 생각했거든요."

크리스틴이 말했다. "그랬군요!" 그녀는 잠시 머뭇거리다가 말을 이었다. "혹시 로다 말고 조화 모금에서 빠진 애들이 또 있는지요, 아니면 단순히 저한테만 전화를 하지 않은 것인지요?"

"우리 자매들은 부인이 개인적으로 직접 조화를 보내는 것이 좋겠다고 생각했습니다." 옥타비아 양이 말했다. 최대한 신중하게 말을 하려는 듯 잠시 뜸을 들이다가 들려온 그녀의 목소리에는 전혀 확신이 느껴지지 않았다. "이곳에 오래 사시지 않았고, 또 아시다시피, 로다는 우리 학교에서 한 학기를 다녔습니다."

크리스틴이 말했다. "알아요. 안다고요." 그러고는 부드럽게 덧붙였다. "하지만 우리가 개인적으로 조화를 보내는 것이 좋겠다고 생각하신 이유가 뭐죠? 로다는 그 아이와 친하지 않았고, 또 저와 남편도 데이글 부부를 모르는데요."

옥타비아 양이 말했다. "글쎄요, 부인. 뭐라고 하셔도 솔직하게 말할 수는 없습니다." 그러고는 용서를 구하듯, 거의 속삭임에 가까운 목소리로 말했다. "전화를 끊어야겠어요. 손님이 있는데, 이상하게 생각하실까봐."

펜마크 부인이 전화를 끊었을 때, 평소에는 단아하던 그녀의 이마에 주름이 잡혀 있었다. 대화 중에 그녀가 이해하지 못한 함축적인 말이 있었다 해도, 그녀가 눈치 채지 못한 암시가 있었다 해도 그것이 별 것 아닌 무의미한 것이라고 그녀는 스스로 다짐했다. 실수로 로다를 빼먹은 것이라고 스스로에게 일렀다. 남편에게 편지를 쓸 때도 그런 말은 하지 않을 생각이었다. 결국에는 그녀 스스로 그 일을 곱씹을 터이고, 케네스는 그렇잖아도 골치 아픈 업무가 많을 터였다. 그런 남편에게 짐을 지우고 싶지 않았다. 그녀는 책상 앞에 앉아서 남편에게 그들과 친분이 있는 사람들에 대해 소식을 전하며 밝은 내용의 편지를 썼다. 남편이 너무 그립다고, 하지만 앞으로 오랜 시간을 부족함 없이 평온하게 함께 살아갈 수 있는 희망이 있기에 위안을 받는다고 썼다. 남편에 대한 변함없는 사랑도 전했다. 데이글의 익사 사고와 관련된 것은 전부 잊겠어. 그녀는 스스로 다짐했다. 슬프고 불행한 일이야. 하지만 그렇다고 내가 이리도 신경 쓸 이유는 없잖아?

그로부터 일주일 후, 펜마크 부인은 페른 스쿨로부터 편지 한 통을 받았다. 편지는 간략하고 정중했으며 직설적이었다. 요지는 유감스럽게도 다음 학기의 정원이 마감되어 9월부터 시작하는 새 학기에는 로다의 자리를 마련할 수 없다는 것이었다. 편지를 작성한 사람은, 펜마크 부부가 로다를 다른 학교에 입학시키는데 전혀 문제가 없을 거라고 확신하고 있었다. 또 한번의 유감 표명과 진심으로 잘 되길 바란다는 소망에 이어 버제스 위더스푼 페른이라는 서명이 적혀 있었다.

크리스틴은 무엇에 홀린 사람처럼 갈피를 잡지 못했고, 그 편지는 계속해서 그녀의 마음을 사로잡고 있었다. 그날 오후, 그녀는 브리드러브 부인에게 편지를 보여주면서 조언을 구했다. 브리드러브 부인이 말했다. "내가 점점 나이를 먹고 세상사를 더 알게 될수록 페른 자매처럼 꽉 막힌 족속들은 정말이지 이해할 수 없더라고!" 그녀는 턱에서 어깨까지 자갈을 옮기는, 예의 그 독특한 몸짓을 하고 말을 이었다. "문제의 본질은, 그 여자들이 감당하기에 로다가 너무 매력적이고 영리하고 비범하다는 거야! 로다는 무슨 말이든 듣는 대로 믿고 자기만의 독창적인 생각은 아예 못한 채 헤헤거리는 꼬마 신경증환자들과는 다르잖아. 게다가 로다는 독립적이고 스스로 판단을 내릴 수 있잖아. 로다는 흔들림이 없는 한결같은 아이야. 로다에 비하면 다른 아이들은 멍청하고 답답해 보이거든. 그게 바로 그들의 진짜 불만이라고. 내가 장담해!" 그녀가 담뱃불을 붙이는 동안, 잠시의 침묵 속에서 크리스틴은 생각했다. 모니카는 로다와 나를 좋아하고 있어. 좋아하는 사람들에게서 결코 잘못을 들추지 않는 분이야. 한번 좋게 보면 끝까지 변함이 없는 성격이니까. 이런 분을 가까이 둘 수 있어서 참 다행이야.

브리드러브 부인이 말했다. "내가 자기라면, 다음 학기부터 로다를 공립학교에 보내겠어. 하지만 공립학교에서 로다와 수준이 맞는 아이를 찾기 어렵다면, 그때 가서 우리가 로다를 위해 개인 교사를 알아보자고. 어쨌든, 나라면 당분간은 그 문제를 잊어버리겠어. 버제스 페른의 무례한 편지 따위에 답장조차 하지 않을 거라고."

하지만 로다가 볼티모어에서 학교를 다닐 때 벌어진 사건이 금방이라도 재연될 것처럼 크리스틴의 가슴에는 섬뜩한 공포가 똬리를 틀었다. 그녀는 스스로 마음을 다잡았다. "아닐 거야. 그랬다면, 페른 자매가 훨씬 전에 이야기를 했을 거야." 그럼에도 불구하고 그녀는 알 수 없는 묘한 느낌, 그러니까 페른 자매는 알고 있으면서 자신에게는 숨기는 뭔가가 있는 것만 같았다. 편지를 받은 지 사흘째 되는 오후, 그녀는 불현듯 생각이 난 것처럼 학교에 전화를 걸었고, 페른 자매와 상의할 것이 있다면서 약속을 잡았다.

클라우디아 양이 그녀를 커다란 응접실로 안내하면서 탓하듯이 말했다. "예년 같았으면 우리는 지금쯤 베네딕트 별장에 가 있을 거예요. 하지만 데이글 학생의 죽음으로 우리의 여름 계획이 엉망이 됐답니다."

"난 거기 다시는 안갑니다." 옥타비아 양이 결연하게 말했다. "거기라면 이제 넌덜머리가 나니까요." 그녀가 벨을 울리자마자 여자 사환이 차와 버터 바른 빵을 가지고 들어왔다. 사환이 나갔을 때, 크리스틴은 소년의 익사 사고와 로다의 퇴교 조치가 어떤 관련이 있다는 생각을 지울 수 없다고 불쑥 말을 꺼냈다. 미심쩍은 부분이니, 그녀의 말이 사실인지 아닌지 솔직하게 말해달라고 말이다.

"하지만 두 가지 일이 관련이 있다고 생각하는 이유가 무엇인지요?" 옥타비아 양이 딱딱한 어투로 물었다. "우리 자매는 그런 식의 말을 비친 적도 없습니다만."

"그렇다면 아무 관련이 없다고 생각해도 되겠죠?"

옥타비아 양이 차를 마시면서 솔직히 이번 일은 그냥 묻어두고 싶었다고 말했다. 그 문제를 더 자세히 말한들 이득이 될 것이 없다는 판단 때문이었다. 하지만 펜마크 부인이 문제를 끄집어내고 진실을 원하는 마당이니 그 두 가지 일 사이에 관련이 있음을, 그것도 더없이 명확한 관련이 있음을 털어놓아야 겠다고 덧붙였다.

버제스 양이 말했다. "버스가 떠나기 전부터 로다는 그 아이를 괴롭히기 시작했어요. 로다는 한시도 그 아이를 가만히 내버려두지 않았거든요. 로다가 숨결이 목에 닿을 만큼 그 아이 옆에 착 달라붙어서 그 메달을 뚫어지게 노려보더군요. 결국에는 클로드의 옆자리에 앉아있던 아이가 참다못해 자리를 옮겼고, 로다는 냉큼 그 자리를 차지해 버렸죠. 로다는 클로드에게 메달을 떼어주면 자신이 잘 보관해주겠다고 하더군요. 하지만 클로드는 손으로 메달을 가리고는 '날 내버려 둬! 날 내버려 둬!'라고 말했어요."

"로다는 너무 집요했습니다." 클라우디아 페른이 말했다. "그래서 할 수 없이 내가 로다를 떼어내어 운전사와 가까운 원래의 자리에 앉혔습니다. 가능한 클로드와 멀리 떨어뜨린 셈이지요. 하지만 그 자리에 앉아서도 로다는 고개를 돌려 계속해서 그 메달을 쳐다보았습니다."

펜마크 부인이 한숨을 쉬고 말했다. "로다는 분명히 공격적이고 이기적인 아이예요. 맞아요. 하지만 우리가 사는 세상도 이기적이고 공격적인 사람들로 가득하잖아요. 남편과 저는 언젠가 딸아이가 그런 점을 극복할 거라고 믿었어요."

"유감스럽게도 그게 전부가 아니에요." 버제스 페른이 말했다. "만에 도착해서 다른 아이들이 함께 소리치고 뛰놀 때, 로다는 그 아이를 졸졸 따라다니며 괴롭혔어요. 로다는 한마디 말도 안한 채 그냥 메달만 뚫어져라 쳐다보았죠. 결국에는 예민하고 심약한 데이글이 온몸을 마구 떨어대기 시작하더군요. 그래서 내가 데이글을 불러서 로다에게 신경 쓰지 말라고 말해주었답니다. 그 아이가 죽은 후에 생각하면 아주 특이해 보이는 행동을 한 것도 바로 그때였어요. 그 아이는 셔츠에서 메달을 떼더니 소풍이 끝날 때까지 내가 맡아달라고 부탁했거든요."

"그렇게 하셨나요? 메달은 끝내 찾지 못한 걸로 아는데요."

옥타비아 양이 벨을 눌러 뜨거운 물을 더 시켰는데, 사환이 나간 후에 버제스 양이 말을 이었다. "아뇨. 아이의 부탁을 들어주지 않았어요. 메달을 다시 아이의 셔츠에 달아주면서 자신감을 가지라고 말해주었답니다. 그 메달은 누구의 것도 아닌 바로 데이글 자신의 것임을 상기시켰어요. 메달을 공정하게 탔으니, 당연히 그 아이의 것이라고. 메달을 달 권리는 그 아이에게 있다고." 그녀는 창가로 걸어가서 정원 너머를 내다보았다. "그리고 로다를 불러서 알아듣게 말했답니다. 로다의 행동은 용서받지 못할 만큼 무례한 것이고, 우리 학교 학생들에게는 있을 수 없는 일이라고 말이죠."

뒤를 이어 말한 이는 클라우디아 양이었다. "그쯤에서 저도 형제들을 거들어서 로다에게 놀이에 있어서 정중하고 공평한 행동에 대해 말해주었어요. 하지만 로다는, 우리 모두가 익히 잘 아는 그 어리둥절하고 계산적인 표정으로 저를 빤히 바라볼 뿐 아무 말도 하지 않았어요."

"로다가 이해하기 쉬운 아이는 아니에요." 크리스틴이 말했다. "딸아이와 잘 지내지 못했다고 해도 놀랄 일은 아니라고 생각해요."

"내가 한 말을 듣고 로다가 달라지기를 바랐어요." 클라우디아 양이 말했다. "그런데 한 시간도 채 지나지 않았을 때, 상급생 한 명이 와서 로다와 데이글이 저쪽 끝에 있다고 말하더군요. 남자아이는 마음이 상해서 울고 있고, 로다는 그 앞에 버티고 서서 길을 막고 있더라고요. 그 상급생 아이는 나무 사이에 서 있어서 그 두 아이의 눈에 띄지 않았대요. 상급생이 둘 사이에 개입하려고 하는 순간, 로다가 데이글을 밀치고 메달을 낚아채려고 했대요. 하지만 데이글이 용케 피해서 해변을 따라, 나중에 시체로 발견된 낡은 부두 쪽으로 도망쳤는데, 로다가 뛰지는 않고 유유히 그 뒤를 따라갔대요. 상급생 여자아이의 말에 따르면, 아주 여유가 있어 보이더래요."

"혹시 그 상급생이라는 여학생이 거짓말을 하지는 않았을까요?"

"그럴 리 없어요." 클라우디아 양이 말했다. "하급생을 지켜보고 돌봐주라고 우리가 직접 뽑은 학생인걸요. 열다섯 살이고, 유치원 이후 줄곧 우리 학교에서 공부했어요. 우리는 그 아이 성품을 잘 아는데, 나무랄 데 없는 아이랍니다. 절대 아니에요, 펜마크 부인. 그 아이는 자기가 본 그대로를 말하고 있었어요."

옥타비아 양이 말했다. "얼마 후, 그러니까 정오쯤에 경비원 중에 한 사람이 부두 쪽에서 로다를 발견했습니다. 그가 소리쳐서 경고를 한 뒤에 그쪽으로 가려는데, 로다가 마침 해변으로 접어들기에 별일 아니라고 생각한 겁니다. 그 상황에서는 그리 문제랄 것도 아니었으니까요."

경비원이 당시에 로다라는 이름을 모르고 있었던 것은 사실이라고 옥타비아 양은 말을 이었다. 그 경비원이 이름을 아는 학생은 한 명도 없었고, 거리가 멀어서 이름을 알든 모르든 학생의 신원을 정확히 알아내기에는 무리가 있었다. 그는 그저 붉은색 드레스를 입은 여자아이라고만 말했는데, 그날 그런 옷차림을 한 아이는 로다뿐이었다. 그래서 경비원이 본 아이가 로다라는 데 이견이 없었다.

옥타비아 양의 애완견인 늙은 스패니얼이 낑낑거리며 뒤뚱뒤뚱 주인에게 다가왔다. 개를 집어 들어 무릎에 앉힌 옥타비아 양이 말을 잇는 동안, 개는 힘없이 혀를 내밀고 연신 주인의 뺨을 핥으려고 들었다. "말했듯이, 경비원이 부두에서 로다를 본 시간이 정오쯤이었습니다. 정각 한 시에 점심 식사를 알리는 종이 울렸을 때, 인원 점검을 하다가 클로드가 없어진 것을 발견했습니다. 그 후에 어떻게 되었는지는 부인도 알고 있을 겁니다."

크리스틴이 말했다.

"아, 예, 라디오에서 들었어요."

그녀는 손가방의 죔쇠를 열었다 닫았다하다가 일 년 전에 볼티모어에서 벌어진 사건을 불현듯 떠올렸다. 그들이 살던 아파트에서 어느 집 아이가 강아지를 키웠는데, 그것을 본 로다도 갖고 싶어 했다. 로다가 고른 대로 털이 뻣뻣한 테리어를 사주었고, 드디어 자기 자신 이외의 것에 관심을 쏟는 로다의 모습을 보며 그들 부부는 행복했다. 로다는 처음부터 강아지와 즐겁게 지냈다. 어디를 가든 데려갔고, 심지어 로비에서 만나는 사람들에게 강아지를 보여주며 값비싸고 혈통이 좋은 종이라고 자랑까지 했다. 하지만 나중에 스스로 애완견을 돌보기를 바라는 부모님의 기대를 깨닫고—케네스는 로다에게 책임감과 다정함을 가르칠 수 있는 가장 좋은 방법이 애완견을 직접 돌보게하는 것이라고 생각했다—때때로 독서나 직소 퍼즐이나 피아노연습까지 방해받더라도 로다가 개를 직접 먹이고 산책을 시켜야 한다는 것을 알았을 때, 강아지가 아파트 창문에서 아래 뜰로 떨어져버리는 일이 벌어졌다.

크리스틴은 애처로이 죽어가는 강아지의 흐느낌을 듣고서 딸아이의 방으로 갔다. 창가에 기댄 로다가 아래의 뭔가를 무표정하게 바라보고 있었다. 크리스틴이 로다의 옆에 서서 내려다보니, 삼 층 높이의 바닥 아래에 등뼈가 박살난 채 그 조그만

테리어가 늘어져 있었다. 크리스틴이 말했다. "어떻게 된 거니? 강아지가 어떻게 된 거야?" 하지만 로다는 아무 관심도 없다는 듯이 저쪽으로 자리를 피해버렸다. 로다는 문간에 잠시 멈춰서서 이렇게 말했다. "창문에서 떨어졌나 봐."

그 말이 그녀와 케네스가 로다에게서 들을 수 있는 설명의 전부였다. 하지만 지금, 그때의 일을 떠올리면서 동시에 현재의 사고와의 모호한 관련성을 감지하던 펜마크 부인은 갑자기 마음속으로 치솟는 분노를 느꼈다. 손이 부들부들 떨렸고, 받침에 놓인 찻잔이 달그락거렸다. 그녀는 누군가의 공격에 노출된 사람처럼 주위를 두리번거렸다. 조심스럽게 잔을 내려놓고 눈을 감은 그녀는 페른 자매들처럼 차분하고 상냥한 목소리를 낼 수 있을 때까지 기다렸다가 말을 꺼냈다.

"로다가 데이글의 죽음에 관련이 있다는 뜻인가? 지금까지의 말이 전부 그걸 알려주기 위함인가?"

그녀의 말은 페른 자매에게 묘한 동요를 주었다. 마치 펜마크 부인이 정신착란이라도 일으킨 것처럼 그들은 소스라치게 놀라서 서로를 바라보았다. "에구머니, 물론 아닙니다!" 옥타비아 양이 겁에 질린 채 말했다. "당치 않아요! 고작 여덟 살짜리 아이가 그런 일에 연루되다니요? 맙소사! 우린 그런 일은 생각조차 하지 않았습니다."

"우리가 그렇게 생각했다면 말이에요." 클라우디아 양이 말했다. "우리의 의지와는 상관없이 경찰에 알렸을 겁니다."

버제스가 미소를 짓고 말했다. "그럼요, 그런 허무맹랑한 생각은 마세요, 펜마크 부인. 우리의 불만이라면, 로다가 이도 저도 아닌 태도로 일관하면서 우리에게 사실을 말하지 않는 데 있답니다. 우리의 생각에는 로다가 아무에게도 말하지 않은 뭔가를 알고 있거든요."

옥타비아 양이 샌드위치를 조금 떼서 애완견에게 주었다. 그러고서 말하길, 그들 자매는 로다에게 지극히 공평하게 대했고 스스로 설명할 수 있는 기회를 주기위해 무던히 애썼다고 했다. 그 사고가 있은 후, 그들이 그 일에 대해 물었지만 로다는 눈썹 하나 까닥하지 않은 채 모든 것을 부인했다는 것이다. 로다는 버스에서 데이글을 괴롭힌 것도, 숲에서 메달을 빼앗으려고 한 것도, 낡은 부두에 간 적이 있다는 것까지 전부 아니라고 잡아뗐다. 그런 로다의 태도가 너무도 순진하고 너무도 그럴 듯해서 그들 자매는 한동안 그들이 아는 증거마저 잘못된 것이 아닐까 의심했다고 했다.

크리스틴이 말했다. "알겠어요. 알겠어요." 페른 자매가 계속해서 그 사건에 대해 말을 하는 동안, 크리스틴의 마음은 로다가 볼티모어의 학교에서 퇴학당했던 일로 거슬러갔다. 그녀의 남편은 그 일을 대수롭지 않게 생각했는데, 그것은 아마도 자기 자신과 크리스틴의 정신적 안정을 위해서였을 것이다. 많은 아이들이 물건을 훔치곤 한다고, 그는 말했었다. 어린 시절에는 자기도 물건을 훔친 적이 있다고도 했다. 그의 말은 적어도 이치에 맞는다는 점에서 옳은 것 같았다. 그 일이 사실이라고 해도 신경 쓸 만한 문제는 아니었다. 거짓말하는 것이 문제라면,

그것은 성장의 일부분, 특히 상상력이 풍부한 아이가 커가는 과정의 한 부분일 터였다. 남편과 크리스틴은 그런 식으로 받아들이고 서로를 위로했지만, 둘 다 속으로는 그 차이를 알고 있었다. 아이들은 과수원에서 서리를 하고 정원에서 꽃을 따기도 한다. 그리고 아이들이 하는 거짓말은 어느 순간 동안 그들이 살고 있는 상상의 세계에서 나온 마법의 거짓말이다. 그런데 그들의 딸아이 로다에게는 그런 것이 없었다. 로다는 물건 자체가 좋아서 그것에 관심을 가졌고, 거짓말을 할 때는 혼란을 주고 판단을 그르치게 하려는 어른의 거짓말처럼 견고하고 사실적으로 했다.

크리스틴은 자기를 둘러싼 현실로 되돌아왔다. 버제스 양이 말을 하고 있었다. "이런 일이 생기고 로다와 우리 학교와의 관계가 이렇게 끝나게 되어 유감이에요. 하지만 우리가 로다만큼 소중히 대해야할 다른 학생들에게 로다가 영향을 미치지 않기를 바란 것이지요."

면담을 끝내려는 듯이 옥타비아 양이 일어서서 말했다. "다른 학교에서 로다가 더 행복해지길 바랍니다. 솔직히 우리 학교에 로다를 더 놔두기를 원치 않습니다."

집에 돌아왔을 때, 크리스틴은 침울하고 조금은 초조해졌다. 마음을 가라앉히려고 차를 만들어 식탁에서 마셨다. 식탁이 있는 곳에서 아파트 건물 뒤쪽의 놀이터와 포장이 된 너른 뜰이 보였다. 공원에서 아파트와 이웃에 사는 아이들이 그네를 타거나 수련 연못에서 첨벙거리기도 하고 뜀박질을 하면서 소리치고 놀고 있었다. 로다도 공원에 있었다. 하지만 요란스러운 아이들과 떨어진 곳에 혼자였다. 흰색의 늙은 석류나무 아래 벤치에 앉아서, 결석 없이 시험 성적이 좋다고 하여 상으로 탄 『엘시 딘스모어』를 읽고 있었다. 그때 리로이 제섭이 소각로의 재를 담은 통 하나를 들고 지하실에서 나왔다. 그는 지하실 문가에 서서 연못 속을 덤벙덤벙 걸어 다니는 아이들을 향해 또한 번 수련을 망쳐놓는 날에는 입안에다 벌레를 하나 가득 처넣어주겠다고 윽박을 질러댔다. 그러고는 자신이 감당해야하는 시련을 알아달라는 듯이 하늘을 올려다보더니, 펜마크 부인의 시야에서 벗어나 있는 오솔길로 사라졌다.

거실로 돌아온 그녀는 모니카에게 전화를 걸어, 그녀의 조언대로 다음 학기에 로다를 공립 학교에 보내겠다고 말했다. 브리드러브 부인이 유쾌한 목소리로 잘 한 결정이라고 말했다. 곧이어 목소리를 낮춘 그녀는 지금 아파트에 밀드레드 트렐리스와 이디스 마커슨이 와 있다고 말했다. 그녀가 최근에 건립하려고 애쓰는 알코올중독 클리닉 문제로 상의할 것이 있어서 두 사람을 불렀다고, 둘 다 명문가 출신의 매력적인 여자들이라고 했다. 무엇보다 중요한 것은 두 여자가 엄청난 재력가라는 데 있었다. 그런데 문제는, 생각보다 일찍 들어온 에모리가 레지널드 태스커까지 달고 와서는 그녀의 계획을 방해하고 있다는 것이다. 두 남자는 시내에서 술을 마시다가 왔는데, 에모리는 얼큰하게 취한 상태라고 했다. 그들이 품위 없이 굴거나 불쾌한 언사를 한다고 문제 될 것은 없었다. 그런다고 해서 조금이라도 마음 상해할 여자들이 아닌데, 그만큼 둘 다 박식한 부인들이란다. 지금 고비 주변에 모여앉아 있는 두 놈팡이가 말도 안 되는 트집을 잡으려고 혈안이 되어 있는데, 이따금씩 에모리가 백포도주를 가져다가 그녀의 손님들에게 따라주고 있다고 했다. 그녀가 킥킥거리면서 말하길, 돈 많은 친구들을 구워삶을 때까지만 크리스틴이 올라와서 두 놈팡이의 주의를 끌어달라고 했다.

"새로 산 하이힐 펌프스를 신고 와. 앞코에 작은 가죽 장식이 달린 거 말이야. 스타킹에 헤진 곳은 없는지도 확인하고. 에모리가 자기를 열광적으로 흠모하는 거 알잖아. 그 녀석이 그러는데, 이 도시에서 각선미가 최고인 여자가 바로 자기래."

남자들이 크리스틴을 맞아 주방으로 데려가더니 그녀를 위해 마실 것을 준비했다. "알다가도 모를 일입니다." 레지널드가 말했다. "크리스틴처럼 진짜 아름다운 여성들은 왜 속내를 말하는 법이 없을까요?"

에모리가 그녀의 뺨에 요란스레 입을 맞추고 말했다. "이 여성분도 속에 뭔가를 담고 있는데, 안 그래, 친구? 이 여성이야말로 진짜 매력적이잖아."

거실에서 모니카의 말소리가 들려왔다. "감수성이 예민한 남자들이니 그들의 첫 경험이니 하는 따위를 시부렁대는 소설은 정말이자 넌덜머리가 나요. 말 안 해도 그 수준을 알잖아요, 이디스. 그런 애들은 집에 좀도둑처럼 숨어들어와 자기가 타락했느니 혐오스럽다느니 하며 자책하죠. 그러다가 게 중에는 자제심을 잃기도 하고 창문에서 뛰어내리기도 하는데, 그런 애들은 전부 지나치게 순응적이고 반듯하게 커서 그런 거죠."

마커슨 부인이 포도주를 한 모금을 홀짝이고는 진지하게 말했다. "섹스는 건전하고 정상적인 경험이죠."

레지널드의 길쭉하고 흐릿한 눈 하나가 벌어진 가자미의 눈처럼 슬그머니 아래쪽으로 향해졌다. 그가 크리스틴의 어깨를 두드리면서 말했다. "그 검은 새틴 옷에 감싸여 있는 게 전부 크리스틴의 것인가요?"

크리스틴이 음료수를 마시고 말했다. "재봉사 덕분이죠. 재봉사가 일주일에 두 번씩 와서 저를 볼록볼록 부풀려놓거든요." 그녀는 웃음을 터뜨리면서도 이런 생각이 들었다. 로다가 데이글을 쫓아 해변에 갔을지도 몰라. 데이글은 부두 쪽으로 도망갔을 테고, 로다는 그 뒤를 쫓아갔겠지. 그리고 쫓아오는 로다에게서 뒷걸음질 치다가 말뚝 사이에 떨어졌을 거야. 실제로 그렇게 됐는지 아닌지 도무지 모르겠어. 하지만 그게 맞는다면 정말이지 최악의 상황이야—

"내가 읽고 싶은 책이 뭐냐면," 브리드러브 부인이 말했다. "섬세함이라고는 눈꼽만큼도 없는 남자애들 이야기에요." 그녀는 포도주를 한 모금 마시고는 낄낄거리면서 말했다. "내가 좋아하는 남자애들은 말이죠, 평범하면서도 성질이 더러운 아이인데 어른이 돼서도 역시 평범하고 성질이 더러운 그런 타입 말이에요. 그런 녀석은 방과 후에 식료품점에서 아르바이트를 하겠죠. 첫 경험을 하려고 돈을 모아서 시내의 매춘부를 찾아갈 거예요. 세계1차 대전이 끝난 후로는 목욕을 한 번도 하지 않는 늙다리 뚱보 매춘부 말이죠."

트렐리스가 숨넘어가듯 웃어젖혔다. 그러다가 문득 웃음소리가 너무 큰 것을 깨달았는지 자세를 고쳐 앉고서 말했다. "당신이 그걸 소설로 쓴다면, 내가 천 권은 사겠어요."

크리스틴은 생각했다. 하지만 데이글이 뒷걸음질 치다가 물에 빠졌다면, 그리고 로다가 그곳에 있었다면, 왜 로다는 부두에서 본 경비원에게 소리쳐 도움을 청하지 않았을까? 왜 도망쳐버린 걸까? 왜 데이글을 죽게 놔둔 걸까? 그녀는 고개를 떨어뜨리고 속으로 진저리쳤다. 하지만 자꾸 이런 생각을 할 수는 없어. 그녀는 마음을 다잡았다. 너무도 이상하고 끔찍해. 다시는 이런 생각은 말자.

"내가 좋아하는 고약하고 평범한 아이는 말이죠." 브리드러브 부인이 말했다. "능글맞게 주변을 흘깃거리면서 그 현장에서 나오죠. 휘파람을 불면서 갈지자로 걷죠. 학교를 그만두고 가방 공장에 취직하겠다는 말을 아버지한테 할 수 있을까 고민하면서 말이죠. 그래야 돈을 더 벌어서 방금 전에 자신의 동정을 가져간 기름기 줄줄 흐르는 늙은 매춘부를 더 자주 찾아갈 수 있으니까요. 내가 좋아하는 아이는 그렇게 '평범한' 아이라고요!"

에모리가 고개를 쭉 빼고 말했다. "거기 여자분들, 자꾸 그렇게 지저분한 얘기를 할 거면, 레지널드와 난 나가버릴 거야."

여자들이 한바탕 웃음을 터뜨렸고, 에모리와 눈이 마주친 모니카는 사업 얘기를 시작하기 전에 술 한 잔 더 하게 포도주나 한 병 더 내오라고 소리쳤다. 그러고는 마커슨 부인을 바라보며 말했다. "에모리가 까탈스레 굴어서 미안해요. 쟤가 지금 취했거든요." 에모리는 얼음 한 개를 떨어뜨렸다가, 그것을 스토브 밑으로 차버리고 말했다. "흥, 술주정하는 게 누군데!"

에모리가 포도주를 가져간 동안, 크리스틴과 레지널드는 거실에 자리를 잡았다. 크리스틴은 저번에 만났을 때 화제에 올랐던 사건이 생각난다고 말했다. 보험금을 노리고 조카를 독살한 여자 이야기를 말하는 것이었다. 크리스틴은 문득 생각해보니 그런 사람들이 언제부터 범죄를 시작했는지 궁금하다고 말했다. 어린 아이들이 살인을 저지를 수 있는지, 아니면 자기의 생각대로 어른이 되어서야 그런 끔찍한 짓을 저지르는지 말이다.

레지널드는 그런 심각한 문제를 논하기엔 분위기가 영 아니라고 말했다. 하지만 정말 그것이 궁금하다면, 언제든지 자기에게 전화를 하거나 점심 식사나 할 겸 자기의 아파트에 들르라고 했다. 호들갑스럽고 정신없는 상황이긴 하지만, 당장 말할 수 있는 부분은, 아이들이 종종 살인을 저지르는데 간혹 그 방법이 아주 교묘할 때도 있다는 것이다. 특히 나중에 악명을 떨치게 되는 살인자의 일부는 대개 어린 시절부터 범죄를 저지르기 시작했다고 한다. 마치 걸출한 시인이나 수학자 혹은 음악가처럼 일찍이 천재성을 보여준다고.

그가 잠시 말을 멈춘 사이 침묵을 타고 모니카의 말이 또렷하게 들려왔다. "내가 왜 노먼 브리드러브와 결혼했을까 종종 생각에 잠기곤 해요. 최근에 결론을 내렸는데, 그건 바로 그 사람의 이름에 끌려서였어요." 그녀는 남동생을 흘긋하더니 말을 이었다. "그러니까, 노먼(Norman)에서 제일먼저 연상되는 것은 '노멀(Normal, 정상적인)'이에요. 따지고 보면 글자 하나만 다르잖아요. '노멀'이라는 단어는 대단히 안정감 있어요. 근심이 많았던 우리 세대의 사람들이 갈구하던 게 바로 그거잖아요."

트렐리스 부인이 손가락을 흔들면서 말했다. "포도주는 어떻게 됐죠? 포도주를 만들어 오나봐, 에모리?"

마커슨 부인은 그녀의 재력과는 달리 야채 행상을 하는 늙은 촌부처럼 보였는데, 그런 그녀가 낡고 헤진 모자를 손등으로 툭 치면서 말했다. "요즘 젊은 사람들은 무슨 얘기를 할까요? 우리가 젊었을 때는 적어도 성적, 사회적인 개선이 중요한 문제였는데 말이죠. 요즘 젊은이들은 텔레비전과 카드놀이 얘기만 하는 것 같아요."

손님들이 할 말을 끝낼 때까지 무던히 기다리던 모니카가 좀 전에 하던 말을 다시 꺼냈다. "그 다음, '브리드(breed, 새끼를 낳다)'는 '인크리스(increase, 증가하다)', '러브(love, 사랑)'은 자연스럽게 그냥 '러브'와 연상되죠. 그래서 노먼 브리드러브(Norman Breedlove)는 아주 순응적이고 정상적일뿐 아니라 계속해서 애정이 더해간다는 의미를 주게 되죠. 결혼 당시에는 전혀 떠오르지 않았는데, 생각해보면 아주 간단한 연상이잖아요."

에모리가 말했다. "내 생각에는, 누나가 노먼 브리드러브와 결혼한 이유는 누나한테 청혼한 유일한 남자여서야."

모니카가 뭐라고 대꾸를 하기도 전에 에모리가 웃으면서 말했다. "반면에, 커다란 회색 눈과 금발을 한 크리스틴은, 내가 장담하는데, 몰려드는 남자들을 우산으로 떠밀어버려야 했을 거야."

크리스틴이 말했다. "그거야말로 잘못된 정보네요. 난 아예 인기가 없었거든요. 남자들이 좋아하기에는 내가 너무 솔직하고 고지식했거든요."

트렐리스 부인이 웃음을 터뜨리자, 마커슨 부인도 따라 웃었다. 트릴레스 부인이 말했다. "아주 자극적인 오후네요, 모니카. 자자, 긴장 풀어요. 이디스와 나한테서 얼마나 받아낼 수 있을까 하는 걱정도 잊어요. 꽤 많이 받게 될 테니까. 여기 오는 길에 우리끼리 그 문제를 의논했거든요. 아마도 당신이 마음먹은 만큼은 아니어도 적잖은 액수일 거예요."

에모리가 다 들리게 말했다. "저기 세 할망구들이 인사불성으로 취했네그려. 일 리터짜리 포도주를 한 병 반이나 퍼마셨잖아." 세 사람이 고개를 치켜들고 그를 차갑게 노려보았다. 화를 꾹 참은 모니카가 안경을 쓰고 말했다. "여러분, 우리끼리 좀 있게 서재로 갑시다. 서재에 펜과 종이는 물론이고 시중은행에서 발행하는 백지수표도 다 있답니다." 서로의 허리를 껴안고 걸어가던 세 사람은 커다랗고 예스러운 접이문을 지나가면서 일제히 뒤를 돌아보더니 미친 듯이 웃어댔다.

크리스틴은 거의 입에 대지도 않은 음료수 잔을 내려놓고 또 생각에 잠겼다. 하지만 만약에 로다가 부두 끝까지 데이글을 쫓아갔다면, 그리고 데이글이 메달을 로다에게 주지 않고 물속에 던져버렸다면 말이야. 만약에 로다가 눈에 보이는 막대 같은 걸 주워들고 데이글을 때려 물속에 빠뜨렸다면, 그리고 기절을 한 데이글을 죽게 내버려두었다면 말이야. 만약에……

그녀는 고개를 숙이고 의자의 팔걸이를 움켜잡았다. 절망과 죄의식이 쥐떼처럼 이미 그녀의 마음을 갉아대고 있었다. 의자에서 일어선 그녀가 돌아가 봐야겠다고 말했다. 곧 다섯 시 인데, 로다가 놀이터에서 돌아올 시간이었다. 그녀가 서재를 향해 가봐야겠다고 소리치자, 브리드러브 부인이 친구들을 서재에 놔두고 냉큼 거실로 나왔다.

"당신처럼 아름다운 여자가 보호해줄 남자도 없이 일 층에 사는 게 무섭지 않나요?" 레지널드가 물었다.

"정확히 말하자면 일 층이 아니지." 모니카가 말했다. "건물의 현관 계단이 꽤 높잖아. 그 밑에 지상까지 거의 올라와 있는 아주 커다란 지하실이 있어. 크리스틴의 창가는 지상에서 높이가 삼 미터는 족히 될걸."

"조금도 무섭지 않아요." 크리스틴이 말했다. "케네스가 나를 위해 권총을 마련해줬어요. 필요할 때 사용하는 방법도 알려주었고요." 그녀가 미소를 머금고 말했다. "이곳에서는 권총을 구비해 두는 게 흔한 일이라고 해서 무척 놀랐어요. 뉴욕에서는 권총을 지니고 있어야 할 정도라면 최악의 상황이거든요."

"허가증은 꼭 구비해두세요." 에모리가 말했다. "내 말은, 범죄자뿐 아니라 다른 사람들도 누구든 권총을 가져야 한다는 거예요. 이곳은 미국에서도 개화된 지역이에요. 미래의 희생자에게도 기회를 줘야한다고 생각해요.”

자신의 아파트로 돌아온 펜마크 부인은 우두커니 서 있었다. 그녀는 스스로를 구원하는 주문처럼 아니라는 말을 작은 소리로 되뇌었다. “아무 문제없어. 아무것도 걱정할 게 없어. 버릇처럼 아무 근거도 없이 나 혼자서 소설을 쓰고 있는 거야. 난 정말이지 바보천치야.” 동향인 아파트 내부에 서서히 어스름이 내려앉자, 그녀는 불을 켰다. 내가 늘 과장이 심하다고 어머니는 웃곤 하셨어. 언젠가 런던에 있을 때 어느 호텔에서 어머니는 앙상한 내 어깨를 보듬어 안고 아는 분들과 한창 이야기꽃을 피웠어. 어머니는 정말이지 언제나 다정하고 포근한 분이었어. 그때 이런 말을 하셨지. ‘크리스틴은 낯선 것을 불안해해요!’ ……. 무슨 얘기 중에 그런 말이 나왔는지 기억은 안 나지만, 당시에는 내가 그 이유를 분명히 알고 있었을 거야.

집안을 서성이는 그녀는 늦은 오후의 일상적인 일을 끝내고 또 거실에 가만히 서 있었다. 그녀는 고집스레 고개를 저으며 생각했다. 로다가 데이글의 죽음에 관련이 있다고 생각하다니, 말도 안 돼. 로다가 무슨 짓을 했다는 아무런 증거도 없잖아. 내가 왜 이리 이상하게 구는지 모르겠어. 난 지금 일말의 증거가 아니라 나 자신의 우둔함을 근거로 내 딸아이를 죄인으로 만들고 있는 거야……

그녀는 갑자기 서 있을 힘조차 없는 것처럼 털썩 주저앉아서

의자의 팔걸이에 머리를 올려놓았다. 죽어도 기억하지 않겠다고 결심했던—단 한 번도 정면으로 맞서서 생각해본 적이 없는—사건이 거부하려는 그녀의 몸부림에도 아랑곳없이 또다시 그녀의 마음에 들어와 버렸기 때문이다. 이런, 안 돼! 그녀가 지금껏 힘겹게 유지해온 평정을 크게 뒤흔들어놓은 것은 데이글의 설명할 수 없는 죽음 뿐은 아니었다. 사실, 데이글의 죽음은 아주 독특하면서도 역시나 설명할 수 없는, 그리고 유일한 목격자로서 역시나 로다가 관련된 또 다른 죽음에 겹쳐져 있었다. 두 가지 사건을 따로 생각해볼 때는 어디에서나 누구에게든 일어날 수 있는, 불행하지만 불가피한 사고로 치부할 수 있을 터이다. 하지만 두 가지 사건에 공통된 모호함으로 관련시켜 보면, 그 양상은 더욱 흥미로울 뿐 아니라 상식적인 추론으로는 더더욱 설명하기 어려워졌다.

볼티모어에서 그 첫 번째 죽음이 일어난 것은 일 년여 전, 로다가 일곱 살 때였다. 당시에 크리스틴 가족이 살던 아파트 건물에 클라라 포스트라는 아주 늙은 부인과 과부가 된 그녀의 딸이 있었다. 그 노부인은 지나치다싶을 정도로 로다에게 애정을 쏟았다(같은 또래의 아이들은 근접하지 못하는 로다에게 나이든 사람들이 극진히 대하는 것이 이상하다고, 펜마크 부인은 생각했었다). 로다는 오후에 유치원에서 돌아와서 위층에 사는 나이 지긋한 친구를 찾아가는 일이 잦았다. 팔십 대 중반에 약간은 어린애 같았던 그 노부인은 자신의 물건을 로다에게 보여주기를 좋아했다. 그녀가 장신구 중에서 가장 아끼는 것 중에

투명한 액체가 들어있는 수정 구슬이 있었다. 그 작은 구슬 안에 오팔 알갱이들이 떠다니며 반짝였고, 손목의 움직임에 따라 빛이 밝아지기도 하고 다양한 무늬가 나타나기도 했다. 수정 구슬의 위쪽에는 말뚝 고리처럼 조그만 금반지가 박혀 있었는데, 노부인은 거기에 리본을 달아서 목걸이에 오팔 장식을 하고 싶을 때 착용하고는 했다.

그녀는 종종 잠이 오지 않을 때, 수정 구슬을 들여다보면서 떠다니는 오팔이 만들어내는 다양한 무늬를 감상하노라면 기분이 좋아진다고 말했다. 그녀의 딸 에드나는 가끔씩 이웃들에게 고개를 저으며 말했다. "엄마는 그 오팔을 통해서 어린 시절을 볼 수 있다고 생각해요. 그렇다고 내가 뭐라 하지는 않아요. 가능한 장단을 맞춰주죠. 늘그막에 엄마가 달리 무슨 낙으로 살겠어요."

로다도 오팔이 떠 있는 그 구슬에 넋이 나가 있었다. 아이와 노부인이 함께 있을 때면, 포스트 부인이 곁에 로다를 앉혀두고 탁자 위로 구슬을 집어 들고 이렇게 말하고는 했다. "봐라, 너무너무 예쁘지 않니, 얘야? 네가 갖고 싶어 하는 거 다 알지."

로다가 안달이 나서 갖고 싶다고 말하면 포스트 부인은 슬며시 웃으면서 말했다. "우리 예쁜이, 언젠가 너한테 주마. 내가 죽으면 이걸 너한테 주라고 유서를 남길 거야. 하늘땅 별땅 각개별땅 약속하마. 에드나, 너도 내 말 분명히 들었지?"

"예, 엄마, 들었어요."

노부인은 거보란 듯 깔깔 웃으면서 이렇게 덧붙였다. "하지만 김칫국부터 먼저 마시진 마라. 내가 도무지 금방 죽을 것 같지는 않거든. 우리는 대대로 장수 집안이었어, 안 그래, 에드나?"

　"맞아요, 엄마. 우리도 오래 살 거예요. 내 생각에는 엄마가 우리 집안에서 최장수 기록을 세울 것 같아요."

　노부인은 기쁨의 미소를 머금고 말했다. "내 아버님은 아흔 셋까지 사셨지만, 나무에 깔리지만 않았다면 그렇게 일찍 돌아가시지는 않았을걸."

　"알아요." 로다가 말했다. "할머니가 전에도 말했잖아요."

　"어머니는 아버지의 기록마저 깨셨지." 노부인이 말했다. "어머니는 아흔 일곱에 돌아가셨어. 그 추운날 밤에 펜들턴의 집을 방문했다가 폐렴에 걸리지만 않았더라면 더 오래 사셨을 거라고 다들 그랬어."

　그러던 어느 날 오후, 에드나가 슈퍼마켓에 물건을 사러간 사이, 로다와 단둘이 있던 포스트 부인은 나선형의 바깥 계단에서 떨어져 목이 부러지고 말았다. 에드나가 돌아왔을 때, 로다가 문간에 나와 그 소식을 알렸다. 로다는 꾸밈없이 그리고 이치에 맞게 자초지종을 설명했다. 바깥 계단참에서 길 잃은 새끼 고양이의 울음소리 같은 것이 들려왔다. 할머니가 나가서 살펴보자고 고집하기에, 로다는 그 뒤를 따라갔다. 그런데 다섯 계단을 올라간 할머니가 그만 발을 헛디뎌 바닥이 시멘트로 된 아래의 작은 뜰로 떨어졌다. 로다는 시체가 떨어져 있는 곳을 가리켰다. 그리고 펜마크 부인이 소식을 듣고 달려왔을 때, 로다는 시체 가까이서 이웃사람들에게 둘러싸여 사고의 경위를 되풀이해 말하고 있었다.

에드나는 야릇하고도 강렬한 눈빛으로 로다를 쳐다보았다. 그녀가 말했다. "엄마는 고양이를 싫어하셨어. 평생을 고양이라면 질색을 하셨다고. 볼티모어에 있는 고양이가 몽땅 저 계단참에서 울어댄다고 해도 엄마는 절대 가까이 가려고 하지 않았을 텐데."

로다가 놀라서 휘둥그레진 눈으로 말했다. "하지만 할머니가 보자고 했어요, 아주머니. 내가 말한 대로 할머니는 저기로 나와서 새끼 고양이를 보자고 했어요."

"그런데 그 새끼 고양이는 어디 있니?" 에드나가 물었다.

"도망갔어요." 로다가 솔직하게 말했다. "저 계단을 달려 내려갔어요. 발은 희고 털은 회색빛이 나는 새끼 고양이었어요."

그런데 갑자기 얼굴이 굳어진 아이가 에드나의 소매를 끌면서 말했다. "할머니가 죽으면 유리 구슬을 나한테 준다고 약속했어요. 구슬은 이제 내 거죠, 네?"

펜마크 부인이 말했다. "로다! 로다! 어떻게 그런 말을 하니?"

"하지만 할머니가 약속했단 말이야." 로다가 조바심을 꾹 참고 말했다. "나한테 준다고 했어. 에드나 아주머니도 같이 있을 때 그랬단 말이야."

에드나는 어색하게 로다를 쳐다보고 말했다. "그래, 할머니가 구슬을 너한테 준다고 약속했지. 이제 네가 가지 거라. 지금 가서 구슬을 갖다 줄게."

크리스틴은 그 일을 쓰릴 만큼 또렷하게 기억하고 있었다. 지금 생각해 보니, 다른 이웃들이 장례식에 참석했음에도 그녀와 그녀 남편은 장례식에 초대받지 못했다. 그리고 또 떠오르는 것이 있었으니, 나중에 엘리베이터에서 마주친 에드나에게 말을 건 적이 있는데, 언제나 쾌활하고 상냥하던 그녀가 못 들은 척 등을 돌려버렸다……. 한동안 로다는 밤마다 잠자리에 들면서 그 구슬을 지니고 있었다. 그 한동안 로다는 베개에 머리를 기댄 채 노부인을 회상하듯 입술을 오므리고 실눈을 뜨고 있었다. 마치 고인이 된 할머니의 노리개뿐 아니라 할머니 자체까지 손에 넣은 것처럼 말이다.

크리스틴은 불현듯 로다의 방으로 달려갔다. 오팔 구슬이 침대의 한쪽 기둥에 부적처럼 매달려 있는 것이 보였다. 크리스틴은 그것을 잠시 손에 쥐고 있었다. 하지만 그것이 사악한 물건처럼, 마치 손을 데인 것처럼 화들짝 손에서 놓아버렸다.

공원에서 돌아온 로다가 책을 채 내려놓기도 전에 크리스틴이 불쑥 물었다. "너, 데이글에 대해서 페른 선생님들에게 한 말 진짜니?"

"응, 엄마. 전부 진짜야. 엄마가 그러면 못쓴다고 해서 더는 거짓말하지 않는 거 엄마도 알잖아."

크리스틴이 잠시 뜸을 들인 후에 말했다. "데이글이 물에 빠졌을 때 네가 눈곱만치도 아무 짓 안 한 거지?"

로다가 정색을 하면서 엄마를 빤히 쳐다보다가 조심스럽게 말했다. "나더러 자꾸 뭘 말하라고 하는 거야, 엄마?"

"엄마는 무슨 일이든, 진짜 있었던 일을 알고 싶어서 그러는 거야. 우리가 아무 문제없이 생활하려면, 엄마가 그걸 꼭 알아야 해." 그녀는 아이의 어깨에 손을 올려놓고 충동적으로 말했다. "엄마 눈을 똑바로 보고 말해 봐. 엄마는 진짜 무슨 일이 있었는지 알아야 하니까."

아이는 해맑은 눈으로 엄마를 응시하고 말했다. "아니, 엄마. 난 아무 짓도 안 했어."

"넌 다음 학기부터 페른 스쿨에 다니지 않을 거야." 펜마크 부인이 단도직입적으로 말했다. "로다가 다른 학교에 다녔으면 좋겠다고 선생님들이 그랬어."

아이의 얼굴에 경계심이 비쳤다. 아이는 잠자코 기다리다가, 엄마가 그 문제에 대해서는 말을 하지 않자 천천히 자리를 뜨면서 말했다. "괜찮아. 괜찮아." 아이는 곧 자기의 방으로 가더니 책상 앞에 앉아 직소 퍼즐을 하기 시작했다.

얼마 후 크리스틴은 타자기 앞에서 남편에게 평소보다 긴 편지를 쓰기 시작했다. 1952년 6월 16일자 그 편지는 이렇게 시작되었다. "사랑하는 케네스! 사랑하는 케네스! ……. 그녀는 계속해서 타자를 쳤다. 마치 그것만이 지금의 고뇌에서 벗어날 수 있는 유일한 방법처럼. 처음의 결심과는 달리 로다가 타지 못한 펜맨십 메달에 대해서 자세히 썼다. 데이글의 죽음에 대해서도 썼다. 페른 스쿨이 다음 학기부터 로다의 등록을 꺼린다는 것도 썼다. 그리고 볼티모어에서 죽은 노부인에 대한 이야기를 끄집어냈다.

> 이런 일들이 왜 이리도 무서운지 모르겠어요. 나 자신이 언제나 차분한 사람인 줄 알았거든요. 당신의 이모님 댁에서 우리가 처음 만난 날, 모두들 마음에 맞는 이야기 상대를 찾아 분주했을 때 당신이 나한테 그랬죠, 내가 차분해서 좋다고. 지금도 그때 기억나요? 다음날 저녁, 우리가 함께 춤을 추러 갔을 때 당신이 내게 뭐라고 했는지 기억나요? 사랑하는 케네스, 난 기억해요! 전부! 내가 당신을 사랑한다는 것을, 또 앞으로도 영원히 사랑하리라는 것을 처음 깨닫던 순간도 기억해요. 내가 실없이 군다고 웃지 말아요. 그때가 언제냐면, 당신이 동전을 집어 들고 슬쩍 나를 곁눈질 했을 때였어요.
>
> 그날 밤은 얼마나 행복했는지 몰라요. 하지만 지금은 꿈에도 생각하지 못했고 빠져나올 수도 없는 덫에 걸린 기분이에요. 내 힘으로는 감당할 수 없는 뭔가를 똑바로 직시해야하는 기분. 너무도 복잡하고 너무도 많은 일들이 있건만, 당신에게 설명할 길이 없군요. 아니, 날마다 생각하는 나 자신마저 이치에 맞게 설명할 수 없는 그런……
>
> 이 장문의 편지에서 내가 말한 것을 근거로 섣부른 판단은 하지 말아줘요. 이번 일들은 당신도 눈치 챘겠지만, 한 가지만으로 해석할 수 없는 것들이에요. 하지만 로다와 함께 있다가 추락사한 포스트 부인이 지금도 눈앞에 아른거려요. 또 데이글의 이마와 손에 난 멍 자국도 계속 아른거리고. 왜인지 모르겠어요. 모른다는 말밖에 할 수 없어요.
>
> 지금 이 순간 당신과 함께 있다면 얼마나 좋을까. 그래서 당

신이 날 꽉 안아주고 터무니없는 생각이나 한다고 웃어준다면 얼마나 좋을까. 당신은 포근하고 근사한 웃음과 함께 내 뺨에 볼을 비비며 너무 걱정하지 말라고 말해주겠죠. 하지만 당신을 당장 내 곁으로 돌아오게 하는 마법이 있다 해도 난 그걸 사용하지 않을 거예요. 정말이에요. 그런 마법이 있다 해도 난 사용하지 않겠어요. 사랑해요, 여보.

사랑해요! 사랑해! 너무 걱정이 돼요. 내가 어떡해야 할까요? 내가 어떡해야 할지 당장을 서서 말해 줘요. 당장 편지를 써줘요. 내가 이토록 나약한 줄은 몰랐어요.

그녀는 편지를 다 썼지만 진작부터 그것을 보내지 않을 것임을 알고 있었다. 남편이 지금 하고 있는 일이 그의 경력에서 얼마나 중요한지 잘 알기에 그랬다. 그 일의 성공 여부가 이 새로운 곳에서 남편의 경력뿐 아니라 그와 영원히 묶여있는 그녀 자신의 삶에 전환점이 될 터이다. 안 돼! 케네스는 지금 일에만 집중해야 하고, 그녀는 스스로 자신의 일에 최선을 다해야 했다. 로다의 문제는 근본적으로 그녀의 문제이니 그녀가 풀어야했다. 어떡해서든 풀어야 했다.

그녀는 주소를 쓴 편지봉투를 봉한 뒤 그녀의 책상 서랍에 집어넣었다. 언제나 자물쇠로 잠가두는 그 서랍 속에는 권총이 보관되어 있는데 편지는 그 옆에 나란히 놓아두었다. 시간이 지나자 기분이 한결 좋아졌다. 그녀가 너무 복잡하게 생각하고 있었는지 모른다. 어쩌면······.

# 제5장

주말 무렵 브리드러브 부인이 전화를 해서 이렇게 말했다. "로다에게 로켓을 주고 깜박하고 있었으니, 주책이지 뭐야. 하지만 오늘 아침에 시내에 갈 일이 있는데, 시간을 내서 로켓을 고칠 수 있겠어. 로다에게 말해줘. 내가 시내에 가는 길에 로켓을 가지러 간다고."

지금 로다는 컨켈 집 포도나무 아래서 놀고 있으니, 자기가 직접 로켓을 찾아보겠다고 크리스틴이 말했다. 로다는 스위스제 초콜릿 깡통에 아끼는 물건을 넣어두는데 로켓도 그 안에 있을 것이었다

크리스틴의 예상대로 로켓은 초콜릿 깡통 속에 있었다. 그녀가 깡통을 제자리에 갖다놓는데, 서랍 바닥에 깔아놓은 유포

밑에서 납작한 금속성의 물체가 만져졌다. 물체의 윤곽을 따라 손가락으로 눌러보던 그녀는 대체 무슨 물건인가 싶어 유포를 들어올렸다. 그 순간, 그녀는 멍하니 그 물건을 쳐다보았다. 그것은 사라진 펜맨십 메달이었다.

잠시 동안 그녀는 로다의 서랍에서 발견된 메달이 암시하는 바를 애써 모른 척 했다. 마치 소설 에나 나옴직한 상황처럼 그녀에겐 무의미하고 아무런 관련도 없는 것처럼 보였다. 하지만 이내 뜻밖의 장소에서 발견된 메달이 무엇을 의미하는지 분명해졌다. 그녀는 메달을 도로 유포 밑에 집어넣고 두 손바닥으로 얼굴을 꽉 누른 채 우두망찰 방안에 서 있었다. 로다가 메달에 대해 한 말은 다 거짓이었어. 그녀는 생각했다. 전부. 로다는 계속 그 메달을 갖고 있었던 거야.

그녀가 창가로 걸어가 그 앞에 섰을 때, 길 맞은편에서 로다의 목소리와 컨켈네 아이들의 째지는 아우성이 들려오고 있었다. 성마른 서글픔 같은 것이 그녀를 사로잡았다. 너무도 부당한 대우를 받고 있는 기분, 그녀가 하지 않은 일 때문에 억울하게 벌을 받고 있는 기분……

도대체 로다에게 무슨 문제가 있는 걸까? 왜 그 아이는 또래의 여자애들처럼 행동하지 못하는 걸까? 아이의 낯설고 반사회적인 행동은 어디에서 비롯된 것일까? 그녀는 딸아이가 태어났을 때부터 되짚어보기 시작했다. 혹시 자기가 아이를 양육하고 애정을 주는 방식에 잘못된 것은 없었는지, 혹시 실수를 저지르지는 않았는지 알아내려고 애썼다. 스스로 많은 실수를 저지른 것이 분명해 보이기에 자기 비하의 감정에 사로잡힌 그 순간, 그녀는 어떠한 태만이든 어떠한 판단 착오든 그것이 아무리 사소하고 악의 없이 행해진 것이라고 해도 간절히 스스로를 자책하고 싶었다. 하지만 아무리 생각을 곱씹어도 진정으로 중요한 것은 전혀 알아낼 수 없었다.

그녀가 여전히 창가에 못 박힌 듯 서서 어찌해야 할지 결정을 못 내린 채 근심과 의혹 때문에 발작적으로 손을 쥐었다 폈다 하고 있을 때, 모니카에게서 전화가 걸려왔다. 그녀는 곧 문을 열고 모니카에게 로켓을 건네주었다. 모니카는 꽤 기분이 좋아 보였다. 그녀는 로켓에 대해, 그것을 갖게 된 추억에 대해 마치 케틀바움 박사의 소파에 앉아 자유 연상에 빠져 있는 사람처럼 말했다.

크리스틴은 미소를 머금고 귀 기울이며 고개를 끄덕였지만, 마음은 다른 곳에 가 있었다. 그녀는 생각했다. 로다에게는 태어나는 순간부터 애정과 안정된 환경이 주어져왔어. 방치되거나 학대를 받은 적은 단 한순간도 없었다고. 부당한 대우를 받은 적도 없어. 로다가 우리에게 얼마나 소중하고 필요한 존재인지 스스로 느끼도록 케네스와 나는 늘 신경을 써왔잖아. 난 로다의 마음도 성격도 이해하지 못하겠어. 이해하지 못하겠어.

브리드러브 부인이 말했다. "내 모노그램을 로켓에 새긴 적은 없지만, 자기가 괜찮다면 로다의 모노그램을 반대쪽에 새겨둘까 하는데."

크리스틴은 고개를 끄덕이며 건성으로 대답했다. "그럼요, 괜

참고말고요." 그러고는 그녀는 반쯤 돌아서서 문틀에 이마를 댔다. 환경이 로다에게 큰 영향을 미쳤다고는 볼 수 없어. 뭔가 그보다 훨씬 더 깊은 근원이 있어. 그녀는 한숨을 쉬며 고개를 들고 브리드러브 부인을 쳐다보았다. 뭔가 음침한 것, 음침하고 불가사의한 것 말이야.

"참, 로다 이름에 중간 이니셜이 있지?" 모니카가 명랑하게 물었다. "이상해. 그런데 내가 왜 전에는 그걸 물어보지 않았을까 몰라."

크리스틴은 퍼뜩 정신을 차리고, 로다의 풀 네임은 로다 하우 펜마크라고 말해주었다. 대단히 명망이 높았고 형식을 중시했던 시어머니의 이름을 딴 것이었다. 그녀의 시어머니는 브라보 집안과의 혼사를 극구 반대했었다. 브라보 혈통이 어디에도 뿌리를 내린 적이 없는 국제 부랑자 집안이라는 게 반대의 이유였다. 시어머니의 말에 따르면, 브라보 집안은 어디서나 불화를 일으키는 보헤미안인데, 크리스틴의 아버지인 리처드 브라보만 보더라도 그가 쓴 글로 됨됨이를 짐작할 수 있고 또 다른 가족도 그와 비슷한 성향, 다시 말해 대대손손 착실한 사람일수록 존경을 받고 안정을 누릴 수 있었던 사회 근간과 기존 질서에 대해 사사건건 시비를 거는 집안의 가장과 크게 다르지 않을 거라고 전제해도 무리는 아닐 거라고 했다.

시어머니는 아들 케네스가 계속 '망나니' 집안의 크리스틴과 결혼을 고집한다면 최악의 상황을 맞게 되리라 경고했다. 뿐만 아니라 스스로 입장을 분명히 했고 의무를 다했음을 알리기 위해 그 같은 경고를 기록으로 남기기를 바랐는데, 그것이 본인에게 아무리 고통스럽더라도 또 어미로서 부득불 결혼을 반대해야하는 상황이 상처로 남을지언정 그리하겠다고 했다. 로다의 이름을 그렇게 질투어린 시어머니의 이름에서 따온 것은 그녀의 허영심을 채워줌으로써 관용과 호의를 얻으려는 노력의 부분이었다. 하지만 지금까지 그런 노력이 온전히 성공한 적은 한 번도 없었다.

로켓을 가방에 집어넣은 모니카가 말했다. "아참, 이 가방, 최신 영국 타입이야. 그 방면에는 내가 또 일가견이 있잖아, 자기."

모니카가 간 후, 크리스틴은 공원이 보이는 창가에 앉아서 의자의 팔걸이를 따라 건성으로 집게손가락을 움직이고 있었다. 그녀는 딸아이를 생각하며 앞으로 어떡해야할지 고민했다. 그러다가 문득, 오래전부터 똑같은 문제를 고민하면서도 아무런 해결 방법을 찾지 못했고 이번에도 역시 해결책은 요원한 것처럼 예의 익숙하고 오래된 피로감이 밀려왔다.

또다시 자기 자신이 딱하다는 생각이 들었다. 남편이 대놓고 말은 하지 않았지만, 볼티모어에서 그 노부인이 죽고 연이어 로다가 도둑질을 했다는 이유로 학교에서 퇴학을 당한 일이 남편으로 하여금 낯선 사람들과의 경쟁과 전보다 중요하지 않은 직책을 감수하면서까지 이곳으로 전근을 신청한 이유임을 그녀는 알고 있었다. 하지만 자기연민과 왜 이런 일을 당해야 하는지 푸념하는 데 지쳤을 때, 그리고 행복하게 사는 여자들, 그러니까 평범하고 예측 가능한 아이들의 엄마들과 자신을 비교하게 되자, 그녀는 냉정을 되찾았고 더불어 뭔가 정상성과 선함에 대한 희망 같은 것을 되살려냈다.

지금부터는 근거도 없이 지레 결론부터 내리지 않을 생각이었다. 어쩌면 로다가 그 펜맨십 메달을 가지고 있게 된 합당하고 논리적인 이유가 있을 터였다. 어쩌면 페른 자매가 다그치듯 상처가 될 만한 온갖 질문들을 퍼붓는 상황에서 그 메달을 갖게 된 것이 로다로서는 너무도 무서웠는지 모른다. 적어도 이번에는 로다가 직설적으로 말하지 않았을 뿐 거짓말은 하지 않았다는 생각이 들었다. 그녀가 아는 한, 로다에게 그 메달을 가져갔는지 아니면 그것이 어디에 있는지 물어본 사람은 없었기 때문이다.

그녀는 차가운 물에 세수를 한 뒤에 립스틱을 새로 바르고, 십 분 정도 앉아서 마음을 가라앉혔다. 그리고 길을 건너 컨켈네 뒷마당으로 가서 로다에게 따라오라고 말했다. 집에 돌아왔을 때, 그녀는 서랍의 숨겨진 곳에서 메달을 꺼내와 테이블 위에 올려놓았다. 깜짝 놀란 로다의 눈이 휘둥그레지더니 조심스레 주변을 살피기 시작했다.

"이 메달이 어떻게 네 서랍장 안에 들어가 있는 거니?" 크리스틴이 말했다. "로다야, 솔직히 말해."

로다는 신발 한 짝을 벗어 천천히 살펴보고는 다시 신었을 뿐, 크리스틴의 질문에 바로 대답하지 않았다. 그러더니 살포시 미소를 머금은 채, 로다는 시간을 끌만큼 아주 매력적인 것을 찾아낸 사람처럼 춤을 추다가 이렇게 말했다.

"새집으로 이사 가면 우리도 포도나무를 기를 수 있어? 응? 응, 엄마?"

"엄마가 묻는 말에 대답해, 로다! 하지만 알아둬. 너는 엄마가 소풍에서 무슨 일이 벌어졌는지 하나도 모른다고 생각하는 모양인데, 그렇지 않아. 엄마가 학교에 찾아갔을 때, 옥타비아 페른 선생님이 아주 많은 얘기를 해주셨거든. 그러니까 이번에는 엄마를 위한답시고 거짓말이나 꾸며낼 생각은 마." 하지만 아이는 잠자코 뭔가를 궁리하면서 엄마가 계속 말하기를 기다리는 눈치였는데, 결국은 아무 대답을 하지 않았다. 하지만 크리스틴은 대답을 회피하려는 계산적이고 서툰 아이의 꿍꿍이에 기분까지 상한 터라 이렇게 말했다.

"클로드 데이글의 메달이 어떻게 네 서랍장 안에 있냐고? 메달에 발이 달려서 혼자 그 안에 들어가진 않았을 거야. 대답해 봐, 로다."

크리스틴은 자리에서 일어나 방안을 왔다 갔다 하다가 갑자기 속에서 화가 치밀어 오르는 것을 느꼈다. 아이를 따끔하게 혼내야겠다고 그녀는 생각했다. 로다는 여태 혼이 난 적이 한 번도 없었고, 어쩌면 그것이 진짜 문제인지 몰랐다. 따끔하게 또 효과적으로 아이를 혼내야했다. 더 늦기 전에 다른 사람에 대한 배려와 호의를 가르쳐야 했다. 하지만 그녀의 분노는 금세 사그라졌고, 로다가 아무리 나쁜 짓을 했다 해도 딸아이의 마음을 상하게 할 자신이 없음을 깨달았다. 로다도 그것을 모르지 않았다. 어쩌면 로다가 그것을 알기에 지금까지 공손하면서도 집요한 고집에 힘을 얻었는지 모른다.

"그 메달이 왜 거기에 있는지 나도 몰라, 엄마." 로다가 천진스레 눈을 동그랗게 뜨고 말했다. "메달이 왜 거기에 있는지 내가 어떻게 알아?"

"넌 알고 있어. 메달이 왜 거기에 있는지 너는 잘 알고 있어."

다시 의자에 앉은 크리스틴은 한층 부드러워진 목소리로 말했다. "엄마가 가장 알고 싶은 게 뭐냐면, 로다가 혹시 그 부두에 간 적이 있냐는 거야. 소풍날 단 한번이라도 부두에 간 적이 있니?"

"으응, 엄마." 아이가 머뭇거리면서 말했다. "거기에 갔어."

"클로드를 괴롭히기 전이니 아니면 그 다음이니?"

"엄마, 난 클로드를 괴롭히지 않았어. 엄마는 왜 그렇게 생각해?"

"부두에 언제 갔니, 로다?"

"아주 일찍. 우리가 거기에 간 건 처음이야."

"부두에 가지 말라는 선생님 말씀 들었지, 응? 그런데 왜 거기에 갔지?"

"덩치 큰 남자애가 그랬는데, 그 부두의 말뚝에 조그만 조개가 자랐댔어. 난 나무에서 조개가 자란다는 말 안 믿어. 그래서 정말인지 보고 싶어서 거기에 갔지."

크리스틴이 고개를 끄덕이고 말했다. "아무튼 로다가 부두에 갔다고 솔직하게 말해줘서 엄마는 기쁘단다. 페른 선생님이 그러셨거든, 경비원 아저씨 중에서 부두에 있는 너를 본 사람이 있다고. 그런데 그 아저씨는 네가 말한 것보다 훨씬 늦은 시각에 널 보았다고 했어. 점심시간 바로 전이라고 했거든."

"하지만 그 아저씨 말이 틀려. 페른 선생님한테도 내가 똑같이 말했어. 내가 말한 대로야." 아이는 마치 유리한 고지를 선점한 것처럼 말했다. "그 아저씨가 나한테 막 소리쳤어. 거기서 빨리 나오라고. 그래서 난 아저씨 말대로 했단 말이야. 잔디밭으로 돌아왔더니 거기에 클로드가 있었어. 하지만 난 클로드를 괴롭히지 않았어. 그냥 말만 했어."

"클로드에게 무슨 말을 했니?"

"내가 뭐라고 했냐면, 내가 메달을 타지 못했지만 클로드가 타서 기쁘다고 했어. 그랬더니 클로드가 다음에는 꼭 내가 탈 거랬어. 왜냐면 메달은 한 번씩만 탈 수 있어서래."

크리스틴은 지친 기색으로 고개를 저었다. "이러지마! 제발, 로다! 이건 게임이 아니야. 엄마한테 솔직하게 말해주렴."

"하지만 그게 진짜인걸, 엄마." 로다가 꾸밈없이 말했다. "내가 한 말 다 진짜야."

크리스틴이 잠시 침묵했다가 말했다. "페른 선생님이 그러셨어. 상급생 한 명이 네가 클로드의 옷에서 메달을 낚아채려고 하는 걸 봤다고. 그 상급생 언니의 말이 사실이니?"

"그 언니는 메리 베스 머스그로브야." 로다가 말했다. "그 언니가 나를 봤다고 사람들한테 말하더라. 그 언니가 말한 걸 리로이 제섭 아저씨까지 알고 있단 말이야." 잠시 말을 멈춘 로다는 이제 숨기려야 숨길 것도 없다는 듯이 맑은 눈을 크게 뜨고 있었다. "클로드와 난 우리끼리 만든 게임을 하고 있었어. 클로드가 그랬어. 내가 십 분 안에 그 아이를 잡아서 메달에 손을 대면, 그러니까 진 빼앗기 놀이처럼 말이야, 한 시간 동안 내가 메달을 달게 해준댔어. 그런데 메리 베스 언니는 왜 내가 메달을 가져갔다고 말했대? 난 안 그랬는걸."

"메리 베스는 네가 메달을 가져갔다고는 안 했어. 네가 그 메달을 붙잡고 빼앗으려고 했다고 말했어. 그 언니가 너를 부르려고 하는데 클로드가 해변을 따라서 도망쳤다고 했어. 그럼 그때부터 메달을 네가 가지고 있었니?"

"아냐, 엄마. 그때는 아냐."

질문에 답하는 과정에서 더욱 자신감을 얻었을 뿐 아니라 엄마가 거의 아는 것이 없거나 아예 모른다고 확신한 로다는 그쯤에서 지친 기색으로 참고만 있는 엄마의 목을 끌어안고 볼에 뽀뽀했다.

이윽고 크리스틴이 말했다. "로다, 네가 어떻게 그 메달을 가지게 됐지?"

"아, 나중에 갖게 됐어."

"그 메달을 어떻게 갖게 됐는지 말해보렴, 로다."

"클로드가 약속을 지키려고 다시 왔을 때." 로다가 말했다. "내가 해변까지 그 애를 쫓아갔거든. 그때 그 애가 멈춰 서서, 내가 엄마한테 받은 용돈 십오 센트를 자기한테 주면 하루 종일 메달을 달게 해준댔어."

"얘야, 그게 진짜니? 진짜야?"

너무 쉽게 그 메달을 손에 쥐었다는 듯이 로다는 코웃음까지 치면서 말했다. "응, 엄마. 다 진짜야. 내가 십오 센트를 줬더니 그 애가 메달을 빌려줬어."

"그런데 돈을 내고 메달을 빌린 거라면, 페른 선생님이 물었을 때는 왜 그렇게 말하지 않았니? 왜 계속 잠자코 있었지?"

아이가 칭얼거리기 시작하더니, 짐짓 근심어린 표정으로 주위를 흘깃거렸다. "페른 선생님은 날 좋아하지 않는단 말이야. 날 안 좋아한다고, 엄마! 선생님은 진짜 진짜 날 안 좋아해! 내가 메달을 갖고 있다고 말하면 선생님이 나쁘게 생각할까봐." 갑자기 엄마의 품으로 뛰어든 로다가 엄마의 어깨에 머리를 기대더니 뭔가 신호라도 기다리는 것처럼 가늘게 실눈을 뜨는 것이었다.

"데이글 엄마가 얼마나 애타게 그 메달을 찾았는지, 너도 알고 있었잖아? 물속에서 메달을 찾아달라고 아저씨들한테 돈까지 준 것도 알고. 전에도 엄마랑 이런 얘기를 했으니까. 데이글 엄마는 혹시 그 메달을 찾으면 데이글과 함께 묻어주려고 장례식까지 미뤘잖아. 너도 다 알고 있었잖니, 로다, 안 그래?"

"응, 엄마. 그랬던 것 같아."

"데이글 엄마가 그리도 애타게 메달을 찾고 있는걸 알면서도 왜 메달을 주지 않았지? 로다가 직접 돌려주기가 무서웠다면, 엄마가 대신 갖다 줄 수 있었는데 말이야."

아이는 아무 말도 하지 않았다. 그저 엄마를 달래듯 가르랑 거리는 소리를 내면서 엄마의 목덜미를 부드럽게 쓰다듬었다. 크리스틴은 눈을 감고 기다렸다가 말했다. "데이글이 죽어서 그 아이 엄마가 얼마나 마음아파 하는데 그러니. 데이글 엄마 한테는 모든 게 엉망이 되어버린 거야. 그 아줌마는 앞으로 계 속 슬퍼할 것 같구나." 그녀는 목에 감긴 아이의 팔을 풀고 아 이를 좀 떨어뜨린 뒤 말했다. "엄마가 무슨 말 하는지 알겠니? 아는 거니, 로다?"

"알 것 같아, 엄마. 음, 그런 것 같아, 엄마."

하지만 크리스틴은 한숨을 쉬면서 생각했다. 로다는 전혀 이 해하지 못해. 내가 무슨 말을 하는지 조금도 알지 못하는 거야.

로다가 고개를 젓더니 인상을 찌푸리면서 말했다. "클로드의 옷에 메달을 달아서 불태워버린다니 웃겨. 클로드는 죽었잖아, 그렇지? 클로드는 메달을 달고 있는지 아닌지 모르잖아."

아이는 갑자기 엄마에게서 까닭 모를 반발심을 느꼈다. 그래 서인지 아이는 잃어버린 진지를 탈환하려는 것처럼 조금은 안 달이 난 듯이 엄마의 뺨에 입을 맞추는 것이었다. "아이, 우리 엄마가 세상에서 제일 예뻐!" 아이가 말했다. "우리 엄마가 세 상에서 제일 예쁘다고 내가 다 말하고 다닌다!"

하지만 크리스틴은 아이를 떼어놓고는 창가에 홀로 앉아 가 로수 길을 내다보았다. 한편, 지금까지는 틀림없이 자기가 원하 는 대로 통하던 방법이 이번에는 이상하게 어긋났다고 생각한 로다가 엄마에게 다가와서 고개를 갸웃했다. "그 아줌마가 데이글 같은 아이를 그렇게 보고 싶어 하면 고아원에서 한 명 데려오면 되잖아?"

갑자기 소름이 끼친 크리스틴은 로다를 밀쳐냈는데, 그런 일은 처음이었다. 크리스틴이 말했다. "저리 좀 가! 나한테 자꾸 말하지 마라! 너랑은 더 할 말도 없어."

로다는 어깨를 으쓱해 보이고 참을성 있게 말했다. "후우, 알았어, 엄마. 알았다고."

피아노 앞에 앉은 로다는 지난주에 배운 곡을 연주하기 시작했다. 아이는 혀까지 내밀고 완전히 몰입해서 연주를 하고 있었다. 그러다가 음정을 하나라도 틀리면 못마땅하게 고개를 젓고는 그 곡을 처음부터 다시 연주했다.

얼마 후에 크리스틴은 점심 식사를 준비하면서 분주히 움직였다. 로다와 함께 식사를 하고 설거지까지 마저 끝냈을 때, 흘깃 쳐다본 주방 창가로 뜰에 있는 리로이의 모습이 보였다. 그는 지저분하고 비뚤비뚤한 치아를 드러내고 능글맞게 웃으면서 추파를 던지더니 사라졌다. 그는 간밤에 아내와 맥주를 마셨고, 아직 취기가 다 깨지 않았다. 정말 삼삼한 계집이야, 크리스틴 펜마크 말이지, 그는 생각했다. 아찔한 금발! 비가 와도 들어갈 생각은 않고 쫄딱 빗물에 젖는 여자 말이야. 영락없는 금발의 멍청이지. 멍청한 엄마니까 로다한테 늘 속아 넘어가지.

시원한 지하실로 들어간 그는, 호스 사건과 그 일이 있던 날 브리드러브 부인이 그에게 무례하다고 한 말을 떠올렸다. 무례

126

한 말이라고는 한 적이 없지만, 앞으로 그렇게 될 거라고, 두고 보라고, 그는 생각했다.

브리드러브의 차고 문이 열려져 있고, 차도 없었다. 그 여자는 틀림없이 시내에 나가 돈을 쓰고 수다를 떨 거라고 그는 생각했다. 종이가방에 든 점심 따위는 입에 대지도 않을 여자라고 그는 장담했다. 기막히게 근사한 식당에서 갖은 폼을 다 잡아가면서 조잘 조잘 조잘 떠들어댈 여자라고 그는 장담했다.

지저분한 지하실 안을 이리저리 힐끔거리는데, 못 쓰는 대형 스크레이퍼가 한쪽 구석에 세워진 것이 눈에 띄었다. 그는 갑자기 일을 벌일 생각에 박장대소를 터뜨렸고, 스크레이퍼를 밀고 나가 브리드러브 부인의 차고 앞에 팽개쳤다. 그래도 성이 차지 않는지 근처에 있는 통에서 걸레를 가져와 스크레이퍼 위에 널어놓았는데, 마치 고의성이 없이 어쩌다가 그리 된 것처럼 보였다. 자기가 해놓은 짓을 살펴보다가 예술가적 자의식에 만족을 느낀 그는 지하실로 돌아와 점심 식사를 끝냈다. 그리고 뜨거운 뙤약볕 아래 차에서 내려, 차고 앞의 장애물을 치워야 할 브리드러브 부인의 얼굴 표정을 떠올리며 앉아 있자니, 연신 킬킬거리는 웃음이 나왔다.

리로이는 지하실에 임시 침대를 만들어 놓았다. 혹여 아파트 주민들이 지하실 안을 들여다보더라도 쉽게 눈에 띄지 않도록 한쪽 구석에 망가진 소파를 놓고 그 뒤에 종이와 고운 대팻밥을 쌓아서 만든 침대였다. 그래서 괜찮은 시간이다 싶으면 언제든지 침대에 숨어들어서 아무도 모르게 잠을 자고는 했다.

그는 종이와 대팻밥 위에 깔아놓은 낡은 퀼트 천을 잘 펴고 벌렁 누워서 호색한처럼 숨을 씨근거리며 되는대로 공상에 잠겼다. 남편과 멀리 떨어져 지내는 그 아찔한 금발은 대체 무슨 재미로 살까 궁금해졌다. 누군가 해보라고만 한다면, 당장이라도 그녀를 품에 안고 싶었다. 느끼는 대로 그 자리에서 그런 짓을 할 수 있는 사람은 리로이 자기뿐이라고 생각했다. 그 멍청한 금발이 자기와 한바탕 즐기고 나면, 남편에게 편지를 써서 영원히 돌아오지 말라고 할 터이다. 그는 한쪽으로 누워 천장을 가로지르는 파리 한 마리를 쳐다보았다.

그 아찔한 금발은 예쁘게 생긴 삼삼한 여자였다. 웬만한 여자 배우들도 그녀에 비하면 한참 밑일 정도였다. 하지만 그의 수준에 비해 너무 멍청했다. 그녀는 너무 물렁하고 미련했다. 그런 여자는 단숨에 길들이고 굴복시킬 수 있는 것이다. 뭐든 시키는 대로 하게 만들어서 늘 명령해달라고 애원하게 만들 수 있는 것이다. 그의 아내와 너무도 닮은 여자……. 하지만 저 비열한 계집애 로다는 달랐다. 누구도 그 비열한 계집애를 통제할 수 없다. 그 계집애가 자라면 아마도 대단한 물건이 될 터이다. 남자가 조금만 수틀리게 굴면 가차 없이 프라이팬으로 남자의 머리통을 후려칠 계집애였다. 그는 흡족하게 미소를 머금었고, 온몸을 질펀하게 휘감는 상상의 정욕 속에서 곧 잠이 들었다.

공원에서 놀라고 로다를 내보낸 뒤, 펜마크 부인은 딸아이를 위해 사온 옷감을 내다가 첫 번째 옷을 만들기 시작했다. 옷감을 잘라 시침질을 하고 있는데 브리드러브 부인이 찾아왔다. 그녀는 시내에 갔다 오느라 피곤한 기색이었고, 어딘지 화가 나 있었다. 크리스틴이 건네는 냉차를 들이켜더니 그녀가 말했다.

"리로이라는 인간, 더는 못 참겠어. 날이 갈수록 구제불능이 된단 말이야. 그 사람의 불쌍한 아내와 자식들만 아니라면 그냥 콱—"

그녀가 말을 멈추었다가 어깨를 으쓱해 보이고 말했다. "하긴 하나마나한 소리지? 자기도 나만큼 그 인간을 잘 알잖아. 아예 말도 꺼내고 싶지 않아!"

하지만 그녀는 물론 말을 꺼냈다. 그것도 아주 자세하게. 말을 다 끝내자, 특유의 유머러스한 분위기를 되찾은 그녀가 히죽 웃고는 고개를 획 돌렸다. "하지만 나 자신을 자꾸 속일 필요는 없겠지, 크리스틴? 난 리로이에게 소리치는 게 즐겁고, 리로이도 그걸 알고 있거든. 나한테 욕쟁이의 기질이 있는데, 그걸 끄집어내서 해소해주는 사람이, 내가 아는 한 리로이밖에 없어."

그녀는 모자를 벗어 소파에 던지고 불쑥 말했다. "로다의 로켓! 그것 때문에 들른 건데, 리로이 제섭 얘기나 하려는 게 아니고."

그녀는 시내에서 가장 괜찮은 보석상이라고 평가해온 페이지슨 상점에 로켓을 가져갔고, 오랫동안 알고 지내온 늙은 상점 주인 페이지슨 씨와 직접 얘기를 했다. 페이지슨 씨는 그녀의 주문을 귀담아듣고 고개를 끄덕였다. 하지만 일이 밀려서 로켓을 찾아가려면 최소 이 주 이상은 걸린다고 말했다. 그녀는 이 주 후가 아니라 오늘 당장, 솔직히 말해서 두 시간 정도 후에 로켓을 찾아갈 생각이었다고 말했다. 하지만 페이지슨 씨는 희끗한 머리를 흔들면서 그건 도저히 불가능한 일이라고 말했다.

크리스틴은 미소 띤 얼굴로 말했다. "부인이 그 가여운 페이지슨 씨에게 뭐라고 말했을지 짐작이 가네요."

"에이, 모를걸!" 브리드러브 부인이 신이 나서 말했다. "자기처럼 나를 잘 아는 사람이라도 내가 이번에 그 남자를 어떻게 요리했는지는 모를걸!" 그녀는 두툼한 다리를 쭉 펴면서 말을 이었다. "이번에는 아주 간단한 방법을 썼어. 글쎄, 영감을 받았다고나 할까 뭐 그런 거야. 내가 아주 합리적인 목소리로 그냥 이렇게 말했거든. '페이지슨 씨, 올해에도 내가 공동기금을 운영한다는 걸 잊지 마세요. 속히 집으로 돌아가서 수많은 개인과 업체로부터 예상되는 기부금을 계산해야 하니까 로켓을 오랫동안 기다릴 수 없다고요. 어쨌든 댁의 상점에 들러서 오히려 잘 됐네요. 댁의 상점이 그 정도로 잘되는지 몰랐거든요. 댁의 상점에 대해서는 이미 천 달러로 기부금을 정해놓았었는데, 금액을 올릴 수 있을 것 같아 기쁘군요. 그럼요, 당연히 올려야죠!'

"모니카! 모니카! 창피하지 않았어요?"

"천만에!" 브리드러브 부인이 소리쳤다. "아무렇지 않았어, 크리스틴! ……. '상점의 운영 상황을 고려해서 이천오백 달러는 되어야 기부금액이 공평하겠는걸요.' 내가 그리 말했지. 물론 내가 그 말을 하면서 페이지슨 씨에게 눈을 찡긋해 주었어. 그가 말귀를 알아듣고서 이렇게 말하더군. '기부금액을 얼마로 정하든, 그건 부인 맘대로 하세요. 아시다시피, 내가 그 돈을 낼 필요는 없으니까요. 원치 않는 상황에서 공동기금에 한 푼이라도 기부를 해야 한다는 법은 없으니까요.'"

브리드러브 부인은 안경을 내려놓고 손수건의 가장자리로 눈가를 눌렀다. "내가 이렇게 물었어. '그렇게 생각하세요, 페이지슨 씨? 정말 그렇게 생각하세요?' 그 양반이 대답하더군. '그렇게 생각할 뿐 아니라 그렇다고 알고 있소!' 그래서 내가 그와 비슷한 사례를 어떻게 처리하는지 알려주었지. 페이지슨 씨와 같은 사람들을 '불량 기부자' 명단에 올려놓으면 우리 자원봉사자들이 본격적으로 일을 시작하지. 그래서 내가 이렇게 말했어. '우선은 작년에 지원한 새내기 봉사자들을 무리지어 보내죠. 자선을 위해서라면 물불 안 가리는 아가씨들 말이에요. 우리가 가르친 대로 한다면, 그 봉사자들이 댁의 카운터 앞에서 흐느껴 울면서 댁의 마음을 돌리려고 애쓸 거예요. 물론, 이 상점에 손님이 많을수록 좋죠. 하지만 그 방법도 소용이 없으면, 내가 만나본 사람 중에서 최고의 애원 전문가인 미니 프링글 양을 파견합니다.' 내가 미니 양의 이름을 들먹이는 순간, 페이지슨 씨가 꼼짝없이 걸려들었구나 감이 오더군."

크리스틴이 미니 양을 모르는 터라, 브리드러브 부인은 몇마디 덧붙이면서 크리스틴도 나중에 한번 만나보라고 했다. 미니 양의 목소리는 칼날처럼 날카롭고, 무적처럼 강하고 단조롭다고 했다. 무소처럼 흔들림 없는 감성과 거북이의 끈기를 지닌 여자로서, 이 도시에서 모니카 자신보다 더 앙칼진 늙은 여자들도 겁을 먹는다고 말이다.

"페이지슨 씨는 속이 타는 눈치더라고." 그녀가 계속 말했다. "하지만 나를 떼어낼 속셈으로 이렇게 말하더군. '미니 프링글 양이 나를 괴롭힐 리 없소. 내가 그분을 얼마나 좋아하는데요. 언제고 그분이 우리 상점에 들른다면 우린 대환영이오.'"

"그래서 내가 이렇게 상기시켜 주었지. 미니 양이 이곳을 방문한대도 그저 문가에 서서 페이지슨 씨는 물론이고 손님들이 이해할 수 있도록, 사업이 날로 번창하는 이 작은 노다지가 전부 페이지슨 씨 본인의 노력이 아니라 하느님의 관용 덕분임을 일깨워줄 겁니다. 하느님이 페이지슨 씨에게 괜찮은 사업을 허락하셨으나, 동시에 사회적인 책임을 저버리고 공동기금에 기부를 기피한다면 언제든지 번개와 돌풍으로 벌하고 누린 것을 전부 가져가버리신다, 이렇게 말이죠."

"정말 그렇게 말씀하셨어요?" 크리스틴이 깜짝 놀라서 물었다.

"그렇고말고!" 브리드러브 부인이 말했다. "에모리가 안다면 아마 나를 욕조 속에 처박아서 죽이려 들 거야. 그럴 생각은 아니었어. 상대가 페이지슨 씨여서 농담 삼아 그런 거라고. 그런데 페이지슨 씨는 내가 어떤 사람인지 확신을 못하는 것 같더라고. 알잖아, 사람들이 나를 괴팍하다고 평하는 것 말이야.

사실, 괴팍한 사람이라는 평가 덕분에 사람들을 상대하는 데 이점이 많거든. 사람들은 괴팍한 사람을 두려워하잖아. 괴팍한 사람이 갑자기 어떻게 돌변하는지 또 무슨 짓을 할는지 모르니까 말이야."

"자, 이 지루한 얘기를 끝내야겠군." 브리드러브 부인이 말했다. "나는 어깨 너머로 슬쩍 말을 던지고는 상점을 걸어 나왔어. 뭐라고 했냐면, '일이 바빠서 이만. 하지만 정각 열두시 반에 다시 올게요. 그때 오면 로켓을 가져갈 수 있을 거라고 믿으니까요.'"

크리스틴이 웃으면서 말했다. "그 시간에 갔더니 정말 로켓을 끝냈던가요?"

"오, 이런, 자기는 너무 순진하다니까!" 브리드러브 부인이 말했다. "당연히 끝내놓았지!"

그녀는 핸드백을 열고 로켓을 꺼냈다. 말끔해지고, 죔쇠도 고쳐져 있었다. 보석알도 바뀌어져 있었다. 뒤쪽에 아름답게 새겨진 글자는 R. H. P라는 로다의 이니셜이었다. 로켓을 펜마크 부인에게 건넨 그녀가 신이 난 목소리로 계속 말했다. 일을 마치고 돌아오는 길 내내 선량한 페이지슨 씨를 협박했다는 자책이 들었다고 했다. 그런데 문득 페이지슨 씨가 코코넛 파이라면 사족을 못 쓴다는 생각이 떠올랐다. 하지만 코코넛 파이를 좋아해도 취향이 아주 까다로웠다. 상자에 담겨서 축 처지고 시든 코코넛이 아니라 갓 구운 코코넛으로 만든 파이를 좋아했다. 파이를 굽기 직전에 남겨놓은 약간의 코코넛에 커스터드를 곁들인 우유도 좋아했다. 파이 위에 뿌려놓은 코코넛을 좋아했고, 파이는 뜨거운 오븐에 재빨리 갈색으로 구워야 했다. 수년 전에 그런 얘기를 그녀에게 들려주면서, 페이지슨 부인이 죽기 전까지 자기가 원하는 맛 그대로 파이를 구워냈다고 말했다. 하지만 아내가 죽고 난 뒤에는 제대로 된 코코넛 파이를 먹어 본적이 없는데, 요즘처럼 지름길과 손쉬운 방법만 찾는 세태에 서 그런 식으로 파이를 만드느라 애써 고생할 사람은 아무도 없기 때문이라고 말이다.

브리드러브 부인은 쇼핑백을 열어서 커다랗고 꺼칠꺼칠한 코코넛을 끄집어냈다.

"디미트리오 네 과일가게에 들렀거든." 그녀가 말했다. "가게에서 가장 좋은 코코넛을 고른 거야. 지금 올라가서 그 착한 페이지슨 씨를 위해 코코넛 파이를 만들 거야. 그 양반은 어떻게 생각할지 모르지만, 아마 페이지슨 부인이 만들어준 파이보다 훨씬 맛있을걸. 그 양반이 칭찬일색으로 말하지만 솔직히 말해서 페이지슨 부인은 요리에 그리 감각이 없었거든. 이번에 내 덕분에 그 양반은 생애 최고의 파이를 먹게 될 거라고. 내가 굽는 요리에는 이 도시에서 최고거든."

브리드러브 부인이 나간 뒤, 크리스틴은 다시금 아침나절처럼 우울해졌다. 그날 저녁, 식사를 끝낸 후 그녀는 로다에게 말했다.

"엄마는 하루 종일 그 메달을 생각했어. 그걸 데이글 엄마에게 돌려줄 생각이야. 그리고 로다가 그걸 훔친 것에 대해 아주머니에게 사과할 거야."

"난 메달을 훔치지 않았다니까, 엄마. 왜 그렇게 말해? 클로드가 나한테 팔았다고 했잖아."

"로다가 무슨 수로 메달을 갖게 됐는지, 엄마는 모른단다." 크리스틴이 지친 기색으로 말했다. "하지만 엄마가 아는 게 있어. 네가 말한 대로 메달을 얻은 게 아니라는 거야. 설사 네 말대로 클로드에게서 빌렸다고 해도, 계속해서 네가 메달을 갖고 있는 건 옳지 않아."

아이는 엄마를 빤히 바라보았는데, 그 싸늘한 눈빛은 교활하게 뭔가를 계산하고 있음을 드러내고 있었다. 크리스틴이 이미 많은 것을 알고 있기에 아이는 굳이 계산적인 눈빛을 숨기지 않았다.

"메달은 데이글 아주머니 것이 아니야." 아이가 말했다. "데이글 아주머니가 메달을 탄 게 아니잖아. 아주머니보다는 내가 가져야 해."

크리스틴은 아이의 항변에 대꾸하지 않았다. 그저 이렇게 말했다. "오래 걸리지 않을 거야. 엄마가 나갔다 올 때까지 네가 집에 있으면 좋겠어. 알아듣겠니?"

처음에는 로다를 함께 데려가서 타인의 슬픔에 대해 객관적인 교훈을 주고 싶었지만, 그것이 당혹스럽고 부질없다는 생각에 마음을 고쳐먹고 메달을 손지갑에 집어넣었다. 그녀는 아무에게도 알리지 않고 혼자서 집을 나섰다. 문간에서 그녀를 맞은 데이글 씨, 이번에는 어딘지 주저하는 기색이었다. 그는 불

편한 긴장감 속에서 잠시 동안, 하지만 펜마크 부인이 충분히
느끼고 의아해할 정도로 충분한 시간 동안 멈칫하고 서 있었
다. 그러더니 두 손을 그러잡고는 그녀를 거실로 안내했다. 갑
자기 그가 돌아서서 침실에 있는 아내에게 펜마크 부인의 방문
을 알렸는데, 곧바로 복도 너머의 방에서 째지듯 히스테리컬한
데이글 부인의 목소리가 들려왔다.

"그 여자가 무슨 일로 또 왔대요?" 그녀가 말했다. "당신은
아무렇지도 않단 말이에요? 그만큼 우리 가슴을 갈가리 찢어놓
은 것도 모자라 우리를 보면서 고소해하려고 여길 또 왔단 말
이에요? 여기 와서 고작 확인시켜 주고 싶은 것이 자기 아이는
맘 편히 잘 지내고 있고, 내 아이는—"

그녀의 목소리는 거의 울부짖다시피 했고, 그녀의 남편이 초
조한 목소리로 말했다.

"제발, 호텐스! 제발! 밖에서 다 듣겠어."

"들으라고 해!" 데이글 부인이 말했다. "들으라고 해! 그런다
고 달라질 것도 없잖아?" 갑자기 그녀가 작아진 목소리로 힘없
이 말했다. "그냥 가라고 하세요. 보고 싶지 않다고, 당장 돌아
가라고."

데이글 씨가 거실로 돌아왔다. 그가 사과하는 투로 말했다.

"요즘 호텐스는 제정신이 아닙니다. 이해해 주실 거라고 믿
어요. 누구든 행복해 보이는 사람들에게 화가 나나 봐요. 사람
들이 정말로 행복하게 사는지는 신만이 알겠지만요. 클로드가
죽은 후로 분별력을 잃어서 지금도 의사의 치료를 받고 있는

중입니다. 오늘 오후에도 의사가 다녀갔어요." 그러고는 목소리를 더 낮추어서 이렇게 덧붙였다. "아내가 걱정이 됩니다."

크리스틴은 이해한다는 듯이 그의 손을 마주잡아준 후 문가로 향했는데, 그 순간 데이글 부인이 거실로 뛰쳐나왔다. 핏발이 서고 부은 눈과 얼굴에 달라붙은 젖은 머리칼, 그녀의 얼굴은 독충에라도 물린 것처럼 벌겋게 부풀어 있었다. 그녀가 크리스틴의 팔을 붙잡고 말했다.

"가지 마세요. 여기까지 왔으니 그냥 있어요." 울음을 터뜨린 그녀가 크리스틴의 어깨에 얼굴을 묻고 말했다. "와주셔서 기뻐요. 저번에 오셨을 때도 무척 기뻤어요. 그런 말, 남편에게도 자주 했어요. 의심스러우면 남편에게 물어보세요. 사실이니까요. 부인이 다시 찾아와줘서 정말 기뻐요. 펜마크 부인이 또 찾아주면 좋겠다고 저이에게 말했을 정도니까요."

그녀는 크리스틴에게서 떨어져서 소파에 앉았다.

"여기 내 옆에 앉아요, 크리스틴. 크리스틴이라고 불러도 괜찮죠? 부인이 우리보다 지체 높은 분이라는 것 잘 알아요. 이곳에 이사 온 지 오래되지 않았다는 것도 알지만 신경 쓸 거 없어요. 아시다시피 난 미용실을 운영해요. 크리스틴, 참 고운 이름이라고 늘 생각했어요. 호텐스는 좀 투박해 보이잖아요, 그죠? 내가 어렸을 때, 아이들이 나를 놀리려고 노래를 지어 부르곤 했어요. '내 사랑 호텐스, 얼뜨기 소녀. 그 이름을 화장실 벽에다 쓰네.' 하고요." 그녀가 한숨을 쉬고 눈가를 훔쳤다. "아이들이 때때로 얼마나 고약하게 구는지 알죠?"

"호텐스! 호텐스!" 데이글 씨가 말했다. 그는 펜마크 부인을 향해 덧붙였다. "호텐스는 지금 제정신이 아닙니다. 의사의 치료를 받고 있어요."

"당신은 참 매력적이에요, 크리스틴. 물론 금발의 매력은 쉽게 사라지긴 하지만 말이죠. 옷을 고르는 눈이 남다른데, 그런 옷을 살 수 있을 만큼 돈이 많아서겠죠. 내가 처녀 적에는 늘 당신처럼 되고 싶었어요. 물론 헛꿈에 불과했지만."

그녀는 흐릿한 추억에 키득거리다가 말을 이었다.

"우리 클로드가 죽은 뒤에 옥타비아 페른 양을 찾아갔었죠. 하지만 내가 신문에서 읽거나 라디오로 들은 내용만 말해주더군요. 아주 음흉한 여자예요. 그 옥타비아 페른! 내게 아무 말도 하지 않겠노라 작정을 했더군요. 당신도 그녀를 알 거예요. 그녀가 뭔가 숨기고 있다는 생각이 들었어요. 남편에게도 줄곧 말했다시피, 이번 일에는 어딘지 말도 안 되는 부분들이 있어요. 남편은 사십 줄에 늦게 결혼했어요. 하지만 그때는 나 또한 막말로 '영계'는 아니었어요."

"제발 그만해! 호텐스! 내가 방으로 다시 데려다 주리다."

"이번 일에는 어딘지 말도 안 되는 부분들이 있어요. 크리스틴!" 그녀가 떠보듯 말했다. 그러더니 불쑥 펜마크 부인을 쳐다보고 말했다. "우리 아들이 살아 있는 걸 맨 마지막에 본 아이가 당신의 딸이라고 들었어요. 딸아이에게 우리 아들에 대해 물어보고 저한테 알려주실 수 있을까요? 사소한 일이라도 뭐든 기억하는 게 있을 거예요. 아무리 사소한 것이라도 난 좋아요.

옥티비아 선생님이 하도 말을 안 해서 아예 포기하고 있었거든 요."

"페른 선생님은 알고 있는 사실을 다 말해주었을 거예요, 호 텐스. 당신을 괴롭히고 있는 마음의 병을 물리쳐야 해요."

"페른 선생님은 나를 경멸하고 있어요. 내 아버님이 그 부두 근처의 성 세실리아 가에서 조그맣게 과일상을 하신 걸 알거든 요."

그때 크리스틴이 뭐라고 말하려는 것을 본 그녀가 자신의 축 축한 손을 크리스틴의 입술에 대고 상냥하게 말했다.

"에이, 사실이에요. 페른 선생님은 날 경멸하거든요. 선생님 대신에 내게 변명할 생각은 마세요. 내가 바보는 아니니까. 그 게 이유가 아니라면, 아마도 내가 결혼 전에 미용실을 운영해 서일 거예요. 내가 일하는 미용실에 페른 선생님 자매들이 자 주 들르곤 했거든요. 펜마크 부인, 혹시 그거 알아요? 버제스 선생님이 머리를 염색한다는 거. 내가 다른 사람에게 이런 말 했다는 걸 안다면 아마 그분은 기절하실 거예요. 하지만 사실 인걸요. 그분은 말 그대로 머리를 염색하고 다녀요."

크리스틴은 그 고뇌에 찬 여인을 안아준 뒤, 눈을 감고 생각 했다. 지금은 내 감정을 들어내서는 안 돼! 집에 돌아가서 나 를 보는 사람이 아무도 없을 때까지!

시가를 피워 문 데이글 씨는 이리저리 실내를 오가면서 꽃병 이나 사진의 위치를 바꿔놓기도 하고 흉측한 전등에서 거미줄 처럼 늘어진 구슬 장식을 손가락으로 쓸어내리기도 했다.

"호텐스는 제정신이 아닙니다, 펜마크 부인." 그가 말했다. "저 사람을 이해해 주세요." 그는 아내에게 돌아서서 사정하듯이 말했다. "당신이 다시 침대로 돌아간다면, 펜마크 부인이 옆에 앉아서 잠깐 동안 당신의 손을 잡아줄 거야."

데이글 부인이 침실로 향하면서 말했다. "정말 그리 해줄 건가요? 정말이요, 크리스틴?" 그러고는 겸손하게 말했다. "수수하게 옷을 입었는데도 당신은 참 돋보여요. 나는 죽어도 그런 옷은 못 입어요. 왜인지는 도통 모르겠지만……. 모든 엄마들이 이런 얘기를 하고 그 중에서 대부분은 팔불출이라고 웃어넘기는 걸 알지만, 우리 아들은 정말이지 사랑스러운 아이였어요. 얼마나 사랑스러운 아이였는지 몰라요. 내가 자기 애인이라고 말하곤 했죠. 어른이 되면 나랑 결혼하겠다고 말이죠. 그때마다 난 웃으면서 말했어요. '결혼하기도 한참 전에 생각이 바뀌어 있을걸. 어른이 되면 엄마보다 훨씬 예쁜 여자 친구를 만나서 결혼하게 될 거야.'"

그녀의 목소리가 다시 높아졌다. 남편과 펜마크 부인의 부축을 받으며 침실로 들어갈 때도 그녀의 목소리는 점점 더 커져 갔다.

"그랬더니 그 아이가 뭐라 했는지 아세요, 크리스틴? 이랬답니다. '아뇨, 난 다른 여자와는 결혼하지 않겠어요. 왜냐면, 이세상에 엄마만큼 예쁘고 귀여운 여자는 없으니까요!' 내 말을 못 믿겠으면 우리 집 요리사에게 물어봐요. 그때 마침 요리사가 함께 있다가 내 아들의 말을 다 듣고는 나와 함께 얼마나 웃었다고요. 아이의 두 손에 멍이 남았고, 특히 이마에 난 초승달 모양의 멍을 장의사가 안 보이게 해놓았죠. 죽기 전에 피를 흘렸던 게 틀림없어요. 시신을 확인한 의사도 그렇게 말했어요. 꽤 많은 피를 흘렸을 텐데, 바닷물에 다 씻긴 거라고요."

그녀는 베개에 얼굴을 묻고 거칠게 소리쳤다.

"펜맨십 메달은 어떻게 된 거죠? 어디에 있는 거죠? 내겐 그걸 알권리가 있다고요. 제발 내 말을 막지 말아주세요! 난 그아이의 엄마고, 그 아이가 탄 메달의 행방을 알 수 있다면 아이에게 어떤 일이 벌어졌는지도 짐작할 수 있다고요! 왜 아무도 그 메달을 찾아서 내게 가져다주지 않는 걸까요? 그렇게만되면 분명히 알 수 있을 텐데."

그녀는 침대 한쪽에 앉아서 말했다.

"굳이 부탁하지 않아도 그 메달을 내게 가져다줄 수 있잖아요. 펜마크 부인, 그런데 왜 당신은 그렇게 안 하죠? 당신이나를 기쁘게 해줄 마음만 있다면 얼마든지 그럴 수 있잖아요."

"호텐스는 제정신이 아닙니다." 데이글 씨가 말했다.

데이글 부인은 얼굴에 끈적끈적 달라붙은 머리칼을 쓸어 넘기고 말했다.

"난 구제불능이야! 역겨운 구제불능이라고!"

"호텐스는 의사의 치료를 받고 있어요." 데이글 씨가 말했다.

메달을 가방에 넣어둔 채로 크리스틴이 집에 돌아왔을 때, 로다는 등불 아래 조용히 앉아서 책을 읽고 있었다. 아이는 엄마의 얼굴에 드러난 혼란과 절망의 표정에서 자기를 향한 말없는 질책과 쓰라린 비난을 느꼈다. 아이는 미간을 잔뜩 찌푸린 채, 엄마가 데이글 아주머니에게 뭐라고 말했을까, 또 데이글 아주머니는 엄마에게 뭐라고 했을까 궁금해졌다. 미소 띤 얼굴로 고개를 약간 뒤로 젖히고 일어선 아이가 더없이 앙증맞은 몸짓으로 두 손을 마주잡았다.

"내가 엄마한테 하늘땅만큼 뽀뽀를 해주면, 엄마는 나한테 뭘 줄 거지?" 아이가 물었다.

하지만 크리스틴은 아무 말 하지 않았고, 로다는 허둥지둥 엄마에게 다가왔다. 아이는 두 손으로 엄마의 허리를 안고 말했다.

"뭘 줄 건데, 엄마? 나한테 뭘 줄 건데?"

크리스틴은 서 있을 힘조차 없는 것처럼 털썩 주저앉아서 로다를 품에 안았다. 그리고 자기의 뺨을 아이의 뺨에 비비며 말했다.

"오, 내 아가! 내 아가!"

하지만 그녀는 아이의 질문에 대답하지 않았다.

# 제6장

펜마크 부인은 또다시 잠을 이루지 못했다. 데이글 부인이 아들에 대해 쏟아낸 애틋한 말들이 때로는 날카롭게 때로는 거칠게 갈라져서 그녀의 귓가를 떠돌았다. 강박적인 절망감 속에서 데이글의 죽음과 관련해 풀리지 않는 의혹이 있다던 목소리도 떠돌았다. 그녀는 어렵사리 잠들었다가 떠올리기에도 섬뜩한 꿈을 꾸었다. 하지만 다음 날 눈을 떴을 때, 카펫에 은은한 무늬로 누워있는 햇살과 익숙한 아침의 소음을 대하고 그녀는 차분함을 느꼈다. 불현듯, 잊혀진 꿈속의 뭔가가 그녀 자신의 잊혀진 소망을 드러낸 것처럼 그녀가 지금 무엇을 원하는지 아니 그동안 내내 무엇을 원해왔는지 깨닫게 되었다. 그것은 베네딕트를 찾아가서 숲과 건물과 만과 그리고 그 낡은 부두를 그녀의 눈으로 확인하는 것이었다.

아홉 시에 그녀는 옥타비아 페른 양에게 전화를 했고, 페른 양은 무슨 말인지 이해한다고 말했다. 그래서 안내자가 되어 그곳에 흔쾌히 함께 가겠다고 말이다. 페른 양이 다음 날이 좋겠다고 하자, 펜마크 부인은 차를 가지고 아침 열 시까지 학교 정문으로 가겠노라 말했다. 크리스틴은 전화기를 내려놓으며 생각했다. 로다는 여느 아이들처럼 말을 안 듣거나 게으르거나 무례하지는 않아. 좋은 점이 참 많은 아이야. 딱 한 가지 기벽 같은 것이 있을 뿐.

시간이 지났을 때, 그녀는 창가에 앉아 혹시 케네스에게서 편지가 올까 싶어 우편배달부를 기다렸다. 평소처럼 골목으로 들어서는 우편배달부의 모습이 보였다. 이웃인 포사이드 부인도 내내 기다리고 있었는지 건물 앞까지 나와서 우편배달부를 맞았다. "자제분이 한국전쟁에서 실종됐다고 들었는데, 혹시 소식이라도 있나요?" 그녀가 물었다.

"아뇨, 부인. 소식이 더는 없네요. 그저 소식이라도 있기를 바라고 있죠."

"소식을 기다리는 건 무척 슬픈 일이에요, 크리크모스 씨. 도무지 남의 일 같지가 않아요. 댁의 아드님이 실종됐다는 소식을 듣고부터 기도를 하고 있답니다."

"고맙습니다. 부인은 정말 좋은 분이에요."

"세상에 왜 이리도 고통스럽고 잔인한 일이 많은지 이해하기 어려울 때가 종종 있지요. 하지만 그 역시 우리가 맞서야할 것들이지요."

우편배달부는 사람과의 만남에서 고통스럽거나 행복하거나 둘 중에 하나가 되더라고 말했다. "직접 맞닥뜨리기 전까지는 밝은 면을 보려고 노력합니다." 그가 말했다. "밝은 면을 보고, 또 모든 일이 내가 생각한 대로 될 거라고 되뇌곤 합니다."

"어두운 면을 보는 것보다는 훨씬 낫지요."

"전쟁의 기억이 아직도 또렷합니다. 너무도 잘 아는 사람들에게 슬픈 소식을 전해야 했으니까요. 내 평생 그렇게 힘든 일은 없었지만, 늘 마음속으로 다짐하고는 했어요. '누군가는 해야 할 일이고, 그 사람이 바로 나야.' 하지만 지금은 그리 할 수 없을 것 같군요."

그가 시야에서 멀어지고 포사이드 부인이 자신의 아파트로 들어갔을 때, 크리스틴은 기다려온 편지를 우편함에서 꺼냈다. 그녀는 애절히 편지를 읽었다. 편지에는 남편이 하는 일과 지금까지 이룬 성취 또 앞으로 해야 할 일에 대해 자세히 적혀 있었다. 남편은 그녀와 로다를 한없이 그리워하고 있었다. 속히 일을 끝내고 돌아가고 싶다고.

편지의 또렷한 여운이 가시기 전에 그녀는 침실로 가서 화장대에 있는 남편의 사진을 바라보았다. 사진 속의 남편은 서로 처음 만났을 때처럼 해군 군복을 입고 있었다. 짧게 자른 검은 머리칼과 순수한 열정으로 세상을 바라보는 갈색 눈, 그 눈빛은 언제나 그녀에게 감동적이고 매력적이었다. 그 순간 견딜 수 없을 만큼 남편이 보고 싶었고, 그의 부드러운 웃음소리와 넉넉한 품이 못내 그리워졌다. 그녀는 남편의 매끈한 구릿빛 얼굴을 손가락으로 더듬었다. 둘이 나누었던 사랑의 충만함에 가슴이 벅차올랐고, 둘만이 간직한 달콤하고도 소소한 비밀의 즐거움에 또 한 번 기억은 새로워졌다. 하지만 남편을 당장 곁에 둘 수 없기에 그녀는 애석히 돌아서서 로다의 옷을 만들기 시작했다.

하지만 또 다른 생각에 사로잡혀서 옷 짓는 일에도 금세 맥이 풀리자, 타자기를 책상에 올려놓고 남편에게 또 한 번 장문의 편지를 썼다. 그녀는 스스로 느끼고 있는 공포의 심각성에 대해, 단정하기에는 너무도 모호하건만 그런데도 끝없이 그녀를 괴롭히고 있는 두려움에 대해 자세히 써내려갔다. 메달을 발견했는데 그것에 대한 로다의 대답이 미심쩍다는 이야기도 썼다. 데이글 부부를 두 번째 방문한 일에 대해서도 설명했다. 한국전쟁에서 아들이 실종됐다는 우편배달부에 대해서도 썼다. 앞으로는 남편의 조언대로, 그가 달라질 것 없는 상황에 대처해온 방식처럼 그녀도 결연히 맞서나갈 것이라고 했다. 스스로 의혹거리를 만들지 않겠다고 했다. 그녀가 바라는 것은 행복이지 슬픔이 아니라고. 당신에게 보낼 수 없는 이런 편지들을 따로 보관하고 있어요. 당신이 내 곁으로 돌아와서 내 두려움이 전부 터무니없는 것으로 밝혀졌을 때, 우리 함께 이 편지들을 읽어도 좋겠죠. 그러면 당신은 나를 안고서 나약하고 어이없는 내 두려움을 웃어주겠죠. 당신의 달콤하고 부드러운 목소리로 과장된 내 상상력을 놀려주면서……

번민에 잠긴 채 계속해서 편지를 써내려가는 동안, 그녀는 위안을 찾았을 뿐 아니라 평소보다 더 강해지는 자신을 느꼈다. 사전적인 의미로서의 종교를 받아들인 적은 없으나, 천지를 창조하고 이끄는 힘의 존재에 대해서는 늘 믿음을 가져온 그녀였다. 그 힘의 존재가 은혜로운 존재라고 믿고 싶었다. 지금까지 그녀가 종교에 거부감과 거리감을 느껴온 이유는 신을 인간의 모습으로 형상화하고 인간의 말로 규정하며 강박적인 제식속에서 그 힘을 포착하고 인간이 스스로의 안전을 위해 만들어낸 법까지 혼란케 하는 제도적인 시도들 때문임을 극명히 깨달았다.

그녀는 이렇게 썼다. 내가 지금 모니카처럼 말하고 있죠? 오롯이 내 생각이고, 그것도 오래전부터 품어온 것이라고 한다면 당신, 깜짝 놀라겠죠? 나라는 사람, 평생을 스스로 주입해온 것처럼 전통적이거나 수동적인 사람은 사실 아니에요. 어머니덕분에 내 안에 있는 다른 모습을 깨닫게 되었죠. 당신도 알겠지만, 내 아버님은 매력적이고 영민하고 상냥하신 분임에도 간혹 너무도 돌출적인 행동을 하셨어요. 의증(疑症)과 신경 쇠약에 시달리신 적도 있는데, 그때 그 분이 마음의 평온과 신뢰를 회복하기 위해 의지한 사람이 바로 어머니였고 나중에는 나였지요. 아버님의 부족한 부분을 채워주고 아버님다운 모습을 되찾아준 것은 어머니에게 있어 가장 큰 기쁨이자 살아가는 이유였다고, 어머니는 언젠가 내게 말했어요. 난 어머니의 평온함이라고 할까 그런 것을 배웠는데, 아마도 나 또한 어머니를 진정으로 사랑하기 때문이었겠죠. 이 편지를 읽고 나를 달리 생각하지는 말아요. 오해하지도 말고요. 내 안의 깊은 곳에 있는 감정들이 어지러이 요동을 치고 있는 거니까. 들썩이는 감정들을 다시 진정시켜야겠어요.

당신이 너무도 그립군요. 지금 이 순간은 견딜 수 없을 만큼. 이 편지를 받는다면, 아무리 중요한 일이 있더라도 다 팽개치고 내게 돌아와 줘요. 그래서 내게 웃어줘요. 내가 근거 없는 의혹에 빠져있다고 말해줘요. 나를 안아줘요. 내게 돌아와 줘요! 사랑하는 케네스, 내게 돌아와 줘요! 제발 지금 당장!

그녀는 다 쓴 편지를 자물쇠 달린 책상 서랍 속에 넣었다. 한동안 창가에 서서 손으로 두 뺨을 지그시 누르고 있었다. 그러자 마음이 한결 가벼워져서 분주히 집안일을 하기 시작했다. 나중에 그녀는 앉아서 조간신문을 읽었다. 일면에는 최근에 재판이 진행 중인 살인 사건, 즉 범인 중에 일부가 이 지역 사람이라는 사건을 다룬 장문의 기사가 실려 있었다. 여느 때 같으면 그런 기사에 관심이 없어서 읽지 않았겠지만 이번에는 꼼꼼히 읽었다. 보험금을 노리고 아내를 살해한 호바트 L. 폰더라는 남자에 대해 자세히 나와 있었다.

브리드러브 부인이 들렀을 때 그녀는 그 장문의 기사를 다 읽지 못한 상태였다. 브리드러브 부인은 책 한 권을 탁자에 내려놓으며 말했다. "해쓱하고 피곤해 보이네, 자기. 정신이 나간 사람 같아. 무슨 일이야?"

펜마크 부인은 폰더 사건에 대해 읽고 있었는데, 아마도 그

때문인 것 같다고 말했다. 폰더라는 이름을 듣고 갑자기 혀가 꿈틀하는지, 브리드러브 부인은 한때 호바트 폰더의 모친을 알고 지냈다고 말했다. 아들이 둘인데, 지금 살인 혐의로 재판 중인 호바트가 장남이고 차남은 찰스라고 했다. 호바트는 어렸을 때부터 불행의 그림자가 따라다녔다. 그가 일곱 살인가 여덟 살 무렵에 동생 찰스를 낡은 냉장고 속에 집어넣고는 그런 사실을 까맣게 잊어버린 일이 있었다.

크리스틴이 말했다. "가져온 책은 뭔가요? 로다를 주려고요?"

"삽화가 있는 아동판 『로빈슨 크루소』야. 에모리가 어렸을 때 갖고 있던 거지. 로다에게 주면 좋아할 거라고 그러더군."

하지만 브리드러브 부인이 폰더 일가에 대한 이야기를 그냥 넘어갈 리 없었다. 그녀가 이어서 화제로 삼은 이는 호바트의 외할머니였다. 호바트의 어머니가 폰더 씨와 결혼한 후부터 함께 살아온 외할머니는 호바트가 열다섯 살 무렵에 그 아이의 골프채로 기묘하게 살해당했다.

크리스틴이 말했다. "나도 어렸을 때 『로빈슨 크루소』를 좋아했어요. 로다도 좋아할 거예요."

"그런데, 호바트가 스무 살 때였어." 브리드러브 부인이 아랑곳없이 말을 이었다. "그 애 아버지가 차고에서 목을 맸어. 그가 왜 자살했는지 의혹이 무성했는데, 지금까지도 그 진실을 아는 사람은 아무도 없을 거야. 그리고 얼마 후 그 애 어머니도 갑자기 죽었어. 사람들은 급체(急滯)로 죽은 거라고들 했지. 그런데 이번에는 그 애 아내와 엽총이라니, 정말이지 끔찍해!"

그녀는 한숨을 쉬고는 재빨리 말했다. "그런데 자기가 갑자기 살인 사건에 관심을 갖다니 웬 일이야?"

다음날 아침, 펜마크 부인은 베네딕트에서 돌아오는 대로 데려가겠다며 로다를 포사이드 부인에게 맡겼다. 『로빈슨 크루소』를 가져간 로다는 포사이드네 아파트 측면으로 초승달처럼 튀어나온 아담한 대리석 발코니로 갔다. 거기에 앉아서 책을 읽으려는데 리로이가 조심스럽게 혼잣말을 중얼거리며 웃어대는 소리가 들려왔다. 그는 아름다운 올리브 나무에서 가지치기를 하고 있었다.

위를 쳐다보지는 않았지만 로다의 시선을 느낀 리로이가 지그시 말을 흘렸다.

"포사이드 씨네 작은 발코니에서 책을 읽고 있는 여자애 말이야. 귀엽고 천진난만해 보이잖아. 입에는 자물쇠라도 채운 것 같구먼. 저 애는 순진한 척하면서 자기 맘대로 들었다 놨다 할 수 있는 사람들을 바보로 만든대. 하지만 나를 갖고 놀지는 못해. 어림도 없지! 어림 반 푼 어치도 없어!"

로다는 무표정한 얼굴로 리로이를 내려다보다가 흥미를 잃었다는 듯이 자리로 돌아와 책을 읽기 시작했다.

리로이가 웃으면서 나지막이 말했다.

"저 애는 똑똑한 사람과는 말을 안 하려고 해. 자기 엄마와 브리드러브 부인이나 에모리 씨처럼 자기가 속여 넘길 수 있는 사람하고만 얘기한대나 봐."

책을 덮은 로다가 집게손가락을 치켜들고 말했다.

"일이나 하시지. 항상 바보 같은 소리만 하고 있어."

로다의 차가운 눈빛과 마주치자, 리로이는 고개를 젖히고 커다란 가위를 지저분한 작업복에 문질렀다. 그러고는 마치 옛 연극에서 발코니 장면을 연기하듯이 말했다.

"난 지금껏 시대에 뒤처져 살았소만, 그대의 속마음을 훤히 들여다본다오, 아가씨! 그대가 못된 아이라는 소문을 많이 들었네. 그대가 불쌍한 클로드를 숲에서 때렸다고, 페른 자매들이 그대를 학교에서 쫓아냈다고 그러더이다. 그대가 클로드를 밀어버렸다고 많은 사람들이 말한다네. 겁에 질린 클로드가 부두까지 쫓겨 갔다고. 그것 말고도 내가 들은 이야기는 더 있네."

로다가 책을 내려놓고 그를 노려보았다.

"아저씨는 그렇게 거짓말만 하니까 죽어서 천국에 못가."

"내가 들은 얘기가 많거든." 리로이가 말했다. "사람들이 무슨 얘기를 하나, 나는 귀를 쫑긋 세우고 듣거든. 난 말이야, 너처럼 눈만 떴다 하면 허풍만 떨어대고 다른 사람은 입도 뻥긋하지 못하게 하는 족속들과는 차원이 달라. 난 말이야, 항상 남의 말에 귀를 기울이거든. 그게 바로 내가 배우는 방법이지. 그게 바로 나는 똑똑한데 너는 멍청한 이유거든."

"사람들은 언제나 거짓말을 해." 로다가 말했다. "그 중에서도 아저씨가 거짓말을 제일 많이 해."

리로이는 감탄하듯 커다란 동작으로 가위를 흔들어댔다. "부두까지 그 아이를 몰고 가서 네가 무슨 짓을 했는지, 나는 다 안다. 다른 사람은 속여 넘겨도 나한테는 어림없어. 난 바보가 아니거든. 네가 속으로 무슨 생각을 하는지 다 안다고, 아가씨. 지금부터 이 아저씨한테 잘 보여야 할 거야."

"내가 무슨 짓을 했는데? 그렇게 잘 알면 말해보시지."

리로이는 과장된 몸짓으로 가위를 아래로 휙 내려들고 말했다. "막대를 집어 들고 그 아이를 때렸어. 그거야 바로! 네가 달라는 메달을 안 주니까 그 아이를 때린 거야. 내가 어렸을 때도 야비한 계집애들이 있었다만, 내 평생 너처럼 야비한 계집애는 처음 본다."

로다는 발코니의 대리석에 팔을 올려놓고 말했다.

"거짓말. 아저씨가 거짓말 하는 거, 다른 사람들도 다 알아. 아저씨 말은 아무도 믿지 않을걸."

"그 아이를 때린 뒤에 네가 무슨 짓을 또 했는지 말해줄까? 좋아. 내가 말해주지. 넌 그 아이의 옷에서 메달을 뜯어냈어. 그런 다음, 부두에서 그 아이를 밀어버렸지. 그 말뚝 사이로." 그는 소리 없이 웃으면서 생각했다. 이제는 내 말에 귀를 기울이는군. 슬슬 걱정이 되기 시작한 거야.

맑게 빛나는 갈색 눈으로 그를 노려보던 로다가 천진하게 정색을 하면서 말했다.

"나라면 그런 거짓말을 하고 무서울 거야." 아이가 새침하게 말했다. "나라면 천국에 가지 못할까봐 무서울 거야."

"그렇게 순진한 척 하지 마시지, 로다 양. 난 다른 사람들처럼 멍청이가 아니야. 난 말이야—"

하지만 그 순간 포사이드 부인이 발코니로 들어섰고, 리로이는 급히 무릎을 굽히고는 향긋한 올리브 나무의 가지를 치기 시작했다.

"로다야, 누구랑 얘기하고 있었니?" 노부인이 물었다. 그녀는 조심스레 주변을 살피다가 아무도 없자 이렇게 말했다. "바깥에서 목소리가 들린 것 같았는데."

"소리 내서 책을 읽고 있었어요." 로다가 집어든 책을 펼치고 말했다. "큰 소리를 읽는 게 좋아요. 소리 내서 크게 읽으면 더 재밌어요."

아래쪽에서 리로이가 건물 벽에 바투 웅크리고 앉아서 자신의 교활함에 흡족하게 웃음 짓고 있었다. 저 야비한 계집애가 나를 거짓말쟁이라고 했겠다! 저 앙큼한 것이야말로 이 도시에서 제일가는 거짓말쟁이잖아! 로다와 막대에 대해 그가 꾸며낸 말은 아주 그럴 듯한 것이었다. 정작 본인은 그것이 사실일 거라고는 믿지 않았다. 여덟 살짜리 여자애가 그런 짓을 했다고 믿을 만큼 그는 바보가 아니었다. 하지만 어쨌든 그의 말은 그럴 듯했다. 아무나 단숨에 그런 이야기를 지어내는 것은 아니다. 그때 포사이드 부인의 목소리가 멈추고 발코니 문이 닫히는 소리가 들려오자, 그는 조심스레 일어서서 목소리를 낮추었다.

"내가 거짓말하지 않는다는 건 너도 알잖아. 무슨 일이 벌어졌는지 난 전부 안다고."

로다가 대리석 난간 위로 상체를 내밀고 말했다. "아저씨가 한 말은 전부 거짓말이야. 아저씨가 항상 거짓말만 한다는 건 사람들이 다 알아."

"항상 거짓말만 하는 사람은 내가 아니지." 리로이가 말했다.
"그건 너야."

그리고 그 증오에 찬 발코니 장면이 끝났다는 듯이 로다는
책을 들고 안으로 들어갔고, 리로이는 기분 좋게 올리브 나무
의 가지를 쳤다. 마치 그가 가위로 싹둑싹둑 자르고 있는 것이
나무가 아니라 로다인 것처럼.

펜마크 부인은 페른 스쿨 정문에 차를 세웠고, 창문 블라인
드로 내다보고 있던 옥타비아 양이 밖으로 나왔다. 차를 타고
가는 동안 두 사람은 침묵에 잠겨 있거나 아니면 둘 다 조금도
관심이 없는 화제로 이야기를 나누었다. 이윽고 자동차가 베네
딕트를 목전에 두고 싱그러운 떡갈나무와 진달래 가득한 긴 가
로수 길을 따라 달릴 즈음, 페른 양이 말했다.

"이곳에 오셨으니 협죽도를 꼭 보고 가세요. 아주 오래전에
심은 것이랍니다. 원래는 저희 아버님이 저택과 도로 사이에
울타리 삼아 심으셨는데, 지금은 나무처럼 자랐지요. 아시겠지
만, 이맘때쯤이면 꽃이 활짝 핀답니다."

그들이 차에서 내렸을 때, 페른 양은 전날 저녁에 이곳 관리
인에게 미리 전화를 해둔 터라 정오에는 점심 식사가 준비될
거라고 말했다. 점심은 조촐하게 차려질 것이라고 했다. 게를
넣은 오믈렛, 버터밀크 비스킷, 거기에 몇 가지 샐러드와 아이
스커피 정도라고. 펜마크 부인이 게를 좋아했으면 한다고 그녀
가 말했다.

"이맘때 게가 많이 잡힙니다. 해안 가까이 얕은 물에서 그냥 퍼 담기만 하면 되는 일이지요. 옛날 어느 땐가, 내가 로다처럼 어렸을 때, 아버님이 게 양식장을 만들자고 하셨지요. 양식장에서 통통하게 살을 찌워서 게가 많이 나지 않을 때 먹자고 말입니다. 하지만 아버님의 아이디어라는 것이 거의 대부분 그랬듯이, 그 역시 현실적이지 않았지요. 아시겠지만, 게를 양식장에 넣었다가는 우리가 먹기 전에 저들끼리 잡아먹을 테니까요."

그들은 주변을 꼼꼼히 살피면서 걸었다. 흐르다가 없어지는 아담한 강을 가로지르는 다리에 섰을 때, 검게 고인 물에 두 사람의 모습이 묘연하게 비치고 있었다. 그때 점심 식사를 알리는 종소리가 들려왔고, 그들은 저택으로 돌아왔다. 점심 식사를 마치자, 크리스틴이 페른 양의 허락 하에 혼자서 부두에 가보고 싶다고 말했다. 페른 양은 점잖게 고개를 끄덕이고 말했다.

"되고말고요. 괜찮다면 내가 나중에 그리로 가겠습니다. 주황색을 좋아하는 친구가 있어서 협죽도를 좀 꺾어갈 생각입니다. 식물의 돌연변이라고 할까, 어디서도 그런 색채를 띠는 협죽도는 없답니다. 느긋하게 있다 가세요. 나도 오후에는 다른 계획이 없답니다."

부두 끝까지 간 크리스틴은 거기에 우두커니 서 있었다. 이윽고 왜 그곳에 혼자 오려고 했는지를 떠올리자, 손가방에서 펜맨십 메달을 꺼내어 말뚝 사이에 떨어뜨렸다. 어찌 보면 자기도 로다처럼 죄를 지은 셈이라고 그녀는 생각했다. 자신이 얼마나 은밀해지고 부정해졌는지, 불안과 죄의식에 짓눌려 인간성까지 황폐화됐는지 생각하다가 그녀는 약간 움찔했다. 하지만 데이글 씨 부부를 방문하고 다시는 메달을 돌려줄 수 없으리라는 것을 깨달았기에 지금은 메달을 없애는 것만이 최선인 것 같았다. 그녀는 자신의 행동을 정당화하려는 듯 혼자 말했다.

"로다는 내 혈육이야. 그 아이가 해를 입지 않게 하는 것이 내 의무라고."

허리케인에 휩쓸려 거의 다 부서지다시피 한 정자, 거기로 들어간 크리스틴은 주저하면서도 이치에 맞게 생각을 정리하려고 애썼다. 그녀가 걱정할 만한 근거가 있기도 했고 없기도 했다. 하지만 그걸 어떻게 안단 말인가? 어떻게 확신한단 말인가? 의심은 무섭고 파괴적인 것이라고 그녀는 생각했다. 어떤 결론이 나더라도 확실하게 아는 편이 나았다. 그녀는 자리를 잡고 앉아서 자포자기식으로 손을 들어올렸다.

페른 양이 한 팔에 꽃바구니를 들고 나타났다. 그들은 말없이 앉아서 잔잔한 만을 바라보았다. 해안에서 이어진 사취(砂嘴, 해안을 따라 모래가 이동하다가 바다 쪽에 쌓여서 형성되는 해안 퇴적 지형─옮긴이) 너머로 숭어 떼만이 침묵을 깨면서 뛰어올라 길고도 우아하게 호를 그리고 있었다. 마침내 페른 양이 말했다.

"인상 좀 펴세요. 부인이 웃을 때 얼마나 아름다운지 아세요. 내 말을 믿으세요. 인상 쓰고 눈물지을 만한 일은 결코 없습니다."

크리스틴이 말했다. "소풍날 무슨 일이 벌어졌는지, 선생님의 생각을 말해주실 수 있을까요? 신경이 곤두서고 불안해서 못 견디겠어요."

페른 양이 정색을 하면서 말했다. "이런, 부인이 알고 있으리라 생각하는데요." 그러고는 꺾어온 꽃을 바구니에서 한 송이씩 집어 들고 가다듬었다. 클로드는 로다를 피해 도망치다가 부두에, 어쩌면 지금 그들이 앉아 있는 그 정자에 숨었을 거라고 그녀가 말했다. 하지만 로다에게 들키자, 정신없이 뒤로 물러서다가 물에 빠졌노라고.

크리스틴이 말했다. "예, 예. 저도 그건 생각했어요."

이어진 페른 양의 말에 따르면, 클로드는 심약하게 보이기는 해도 수영을 잘 했는데, 그것은 로다도 아는 사실이었다. 클로드가 물에 빠진다 해도 얼마든지 헤엄쳐서 나올 수 있다고 믿어도 무방했다. 하필 그 지점에 말뚝이 설치되어 있었으니, 페른 양이 그걸 어찌 알았겠는가? 아이들이 아주 이상하게 느껴질 때가 있다고 그녀는 말했다. 어른을 판단하는 잣대로 아이들을 판단해서는 안 된다고 말이다. 아이들은 종종 너무도 불안정하고 무력한 존재다. 클로드가 물에 빠지는 순간, 아마도 로다는 클로드의 새 옷이 다 젖어서 그 때문에 자기가 꾸지람을 듣게 되리라 생각했을 것이다. 때마침 경비원의 고함소리가 들려오는 바람에 로다는 더욱 겁에 질려서 해변으로 달아났을 것이다. 그리고 배롱나무 뒤에 숨어서 지켜봤을 것이다. 하지만 클로드가 곧바로 헤엄쳐 나오지 않기에 로다는 아이다운 사고방식으로 클로드가 부두 아래 숨어서 자기를 놀래키려 한다고 생각했을 것이다. 그러다가 나중에 손을 쓸 수 없는 상황에 이르자, 로다는 무서워서 그때 벌어진 일을 인정하지 않는 것이라고.

그녀는 바구니를 내려놓은 뒤 손 가리개를 하고 푸르게 일렁이는 만을 바라보았다. 그녀가 말했다.

"내가 솔직하게 말해주기를 바란다고 하시기에 말인데, 우리가 직면하게 될 최악의 상황은 이런 것이겠지요. 위급한 상황에서 로다는 전시에 겁을 먹고 도주한 병사와 같다는 겁니다. 허나, 많은 병사들이, 로다보다 더 오래 살고 현명한 사람들도 처음 당하는 위기 상황에서 도망칠 때가 많습니다."

그들은 일어서서 부두를 따라 걸었다. 그런데 페른 양이 불쑥 크리스틴의 팔을 잡고 말했다.

"난 부인의 적이 아닙니다. 나에 대해 다시는 그리 생각하지 마세요. 필요하면 언제든지 나를 만나러 와도 좋습니다."

"클로드의 죽음에 지나치게 신경을 썼나 봐요." 크리스틴이 말했다. "너무 걱정스럽고 너무 죄스러웠어요."

페른 양은 펜마크 부인의 기분을 충분히 이해한다고 말했다. 하지만 죄책감에 대해서라면, 그녀 자신도 평생 동안 까닭 모를 죄의식에 사로잡혀온 터라 남에게 충고를 해줄 입장은 아니라고 했다. 죄의식이라는 것을 냉정하게 살펴볼 때 그것이 자존심의 고통스러운 한 형태에 불과하기에 그런 식으로 느낀다는 것은 너무 우둔하고 불합리하다고 했다.

하지만 우리가 저마다 죄의식을 간직한 채 살아가는 것은 지극히 자연스러운 일인데, 그런 전제가 있기에 우리의 삶과 발전이 가능하기 때문이다. 우리는 태어나서부터 인간의 충동은 부끄럽고 비속한 것이며, 인간 자체는 더없이 사악한 존재이고, 인간의 태어남은 슬퍼하고 속죄해야 할 원죄의 결과라고 배워왔다. 페른 양의 생각에는, 주교와 설교자와 추기경 앞에서 압박감을 이기지 못하고 너무도 쉽게 온갖 악행과 온갖 모호한 죄들을 고해하는 사람들이 순진해 보인다고 했다. 사람은 요람에서부터 저마다의 죄의식을 받아들이도록 결정된 존재이기에 그렇다. 그녀가 보기에 놀라운 것은 사람들이 있을 법 하지 않은 기괴한 행위들을 그토록 쉽게 고백하는 것이 아니라 그토록 오랫동안 간직해왔다는 데 있다.

크리스틴이 말했다. "저는 모르겠어요. 지식이 부족해서이겠죠."

두 사람이 자동차로 향하는 동안, 페른 양은 같은 화제를 이어갔다. 인간이 무차원의 난해한 우주, 그 무한성을 이해하지 못한다면 신의 본질을 이해할 수 없다고 그녀는 말했다. 인간들이 우리 스스로의 도덕률을 분류하고 제한하여 신의 뜻으로 돌리려고 노력하거나 심지어 신의 본질까지 규정하려드는 건 우둔하고도 주제넘은 짓이라고 했다.

크리스틴은 생각했다. 로다의 말을 믿을 거야. 의심스러운 부분도 더는 캐묻지 않겠어. 볼티모어에서 있었던 노부인의 죽음과 클로드의 죽음이 서로 관련이 있다고 생각할 근거가 없잖아. 로다를 믿을 수밖에, 안 그러면 내가 병이 나고 말아.

페른 양은 나직한 소리로 계속 말을 하면서 간간이 진기한 나무를 가리키거나 그녀가 아는 역사적인 사건들에 대해 곁들였다. 그녀가 말했다.

"우리 인간의 선악 개념이 조금이라도 신과 관련이 있다고 어찌 알겠습니까? 신께서 우리의 취향과 규정을 이해하고 있다고 어찌 장담하겠습니까? 자연에도 동물의 조악한 습성 어디에도 신이 알고 있다고 믿을 만한 근거는 없지요."

크리스틴이 말했다. "그런 것 같아요. 하지만 전 모르겠어요."

"모니카 브리드러브가 한번은 내게 우스갯소리로 말을 한 적이 있지요. 그 여자가 즐겨하는 화제, 가만있자, '소박하고 로맨틱한 휘슬러의 어머니'(미국 출신의 미술가 휘슬러James McNeil Whistler의 가장 유명한 작품, 「회색과 검정색의 조화, 제1번 : 미술가의 어머니Arrangement in Grey and Black, No. 1 : The Artist's Mother」를 가리킨다. 보통은 「휘슬러의 어머니 Whistler's Mother」라고 함―옮긴이) 같은 이야기였던 것 같군요." 그녀는 옆에 놓아둔 꽃바구니를 물끄러미 바라보면서 코웃음을 쳤다. "사실은 정반대의 이야기였답니다. 모니카는 소파에 누워서 병자처럼 낙심한 사람들을 상대로 끝없이 수다를 떨다보면 인간의 마음이 변화될 수 있다고 생각하지요. 솔직히 말해서 모니카가 나보다는 훨씬 믿을 만하고 로맨틱하지요."

점심시간이 지난 뒤, 로다가 공원에 나가겠다고 허락을 구하자, 포사이드 부인은 그러라고 했다. 로다는 책을 들고 평소에 자주 가는 석류나무 밑에 자리를 잡았다. 로다가 책장을 펼치자마자, 그 아이를 좀처럼 가만 내버려둘 리 없는 리로이가 공원에 나타나더니 길을 쓰는 척 했다. 그는 같은 자리를 계속해서 쓸다가 이윽고 이렇게 말했다.

"저기 앉아서 책을 읽으면서 귀여운 척하는 꼬맹이. 너 지금 막대기로 클로드를 어떻게 죽였나 생각하고 있구나. 지금 속으로 생각하고 있는 거 맞지? 그 생각을 하기에 그렇게 신이 나고 행복한 거지?"

지루해하면서도 참을성 있는 어른의 말투로 로다가 말했다. "길을 다 쓸었으면 저리 가. 아저씨 말은 듣고 싶지 않아. 항상 바보 같은 소리만 하잖아."

빗자루를 내려놓고 잠시 종려나무를 살펴보던 리로이가 킬킬거리며 고개를 끄덕였다. 그는 죽은 나뭇가지를 집어 들더니 로라 앞으로 와서 나뭇가지를 손바닥에 지그시 대고 태연하게 말했다.

"그 아이를 때린 막대가 이만한 거였니?"

"길이나 쓸어. 그것도 싫으면 다른 사람한테나 가서 말을 거시지."

"클로드를 물속에 밀어버리고 나니까, 그 아이가 부두로 다시 올라오려고 버둥거렸지. 하지만 네가 그 아이의 손등을 계속 후려쳤잖아. 아이가 힘이 빠져서 물속에 가라앉을 때까지 말이야. 그런데 그 아이가 물속에 완전히 잠기기 전에 너는 아이의 관자놀이에 또 한 방을 먹인 거야. 그래서 아이는 피를 흘리며 죽은 거지.”

로다는 책 귀퉁이를 접어 책을 망가뜨리고 싶지 않아서 책갈피 할 만한 것을 찾아 주위를 두리번거렸다. 앞쪽 길가에 조그맣고 부드러운 비둘기 깃털이 보였다. 아이는 깃털을 집어 들고 후 불어서 먼지를 털어낸 뒤, 책에 꽂았다. 그리고는 벤치 옆에 책을 내려놓고 침착하게 리로이를 노려보았다.

“내가 무슨 말을 하는지 모르는 척 하는구나.” 리로이가 희희낙락 말했다. “하지만 내가 무슨 말 하는지 다 알잖아. 넌 다른 꼬맹이들처럼 바보가 아니니까. 네가 비열하기는 해도 똑똑하다는 건 내가 인정하마. 내가 시계를 볼 수 있듯이 너도 시계를 볼 수 있잖아. 사람들의 눈에 쉽게 띄도록 피 묻은 막대를 놔두고 오지 않았으니, 네가 바보가 아니라는 걸 인정해주마. 그럼, 절대 바보가 아니지! 넌 보통내기가 아니야. 너는 막대를 가지고 부두에서 냅다 도망쳤잖아. 나무숲에서 사람들이 있나 없나 확인하고는 해변으로 내려가 피 묻은 막대를 깨끗하게 닦았잖아. 그리고 아무도 찾지 못하게 막대를 숲 속에 던져놓았어.”

“아저씨는 진짜 멍청이인가 봐.”

“그럴지도 모르지. 그런데 너처럼 멍청하지는 않아.” 리로이가 말했다. 그는 갈수록 재미를 느끼고 있었다. 요 야비한 계집애는 관심이 없는 척 하지만 속으로 궁금해서 죽을 지경일

걸! 잔뜩 겁을 먹고도 아닌 척 하는 꼴 좀 봐! "멍청이는 내가 아니고 바로 너야." 그가 계속해서 말했다. "피를 씻어낼 수 있다고 생각하니까 네가 멍청이지. 사실은 아니거든."

"피를 왜 씻어낼 수 없지?"

"왜냐면 그럴 수 없으니까. 아무리 씻어도 피는 지워지지 않아. 하여튼, 완전히 지워지진 않는다 이 말씀이야. 다른 사람들은 다 아는데 너만 모르는 구나. 네가 만약에 말을 좀 적게 하고 똑똑한 사람들의 말에 귀 기울였다면 너도 알았을 텐데 말이야."

그가 기운차게 길을 쓸기 시작했다. "지금부터 내가 하는 말잘 들어라. 네가 앞으로 이 아저씨한테 고분고분하지 않으면, 가만있지 않을 거다." 그가 말했다. "경찰에 전화해서 숲에 막대가 있으니 찾아보라고 말할 거야. 그럼 경찰 아저씨들이 막대를 찾아보겠지. 막대 찾는 블러드하운드라는 경찰견이 있어서 찾는 건 어렵지 않을걸. 블러드하운드는 숲에서 피가 묻어있는 막대는 다 찾아낼 거다. 블러드하운드들이 그 막대를 물고 오겠지. 네가 아무도 모르게 감쪽같이 씻었다고 생각하는 그 막대 말이야. 그러면 경찰들이 막대에 가루 같은 약을 뿌리는데, 불쌍한 클로드의 피가 나타나서 너는 벌을 받게 되는 거지. 울새의 알처럼 진한 파란색이 나오면 그게 바로 피거든. 그런 다음에 경찰들이—"

그때 공원에 들어선 펜마크 부인이 딸아이를 발견하고 그쪽으로 다가오는 바람에 리로이가 재빨리 돌아섰다. 펜마크 부인이 곧 경계심을 드러내며 리로이에게 말했다. "지금 내 딸에게 무슨 말을 하고 있었죠? 왜 자꾸 딸아이를 귀찮게 하는 거죠?"

리로이는 빗자루에 몸을 기대고 말했다. "에이, 펜마크 부인, 저는 따님에게 아무 말 하지 않았는걸요. 별 얘기도 안 했다고요."

"아저씨가 너한테 뭐라고 하던?" 크리스틴이 물었다.

로다가 벤치에서 일어서서 책을 집어 들고 말했다. "아저씨가 그러는데 내가 더 많이 뛰어 놀아야 한대. 책만 보고 있으면 눈이 나빠진다고 그랬어."

하지만 펜마크 부인은 딸아이의 눈에서 차가운 분노의 빛을 보았다. 게다가 아이의 말을 듣고 리로이의 얼굴에 보란 듯이 능글맞은 표정이 떠올랐다. 그녀는 다시 화가 치밀어 올랐지만, 떨리는 손과 목소리를 진정시키고 말했다.

"어떤 상황에서도 다시는 로다에게 말을 걸지 말아요. 내 말 알겠어요?"

기분이 상하고 깜짝 놀란 표정으로 눈을 치켜뜬 리로이가 말했다. "따님을 귀찮게 할 만한 말은 전혀 하지 않았어요. 따님도 그랬잖아요."

"아무튼, 내 딸에게 다시는 말 걸지 마세요. 또다시 로다와 다른 아이들에게 귀찮게 군다면 이유를 막론하고 경찰에 신고하겠어요. 무슨 말인지 알겠죠?"

그녀는 딸아이의 손을 잡고 수련 연못을 돌아 건물 정문 쪽으로 걸어갔다. 크리스틴이 정문의 육중한 손잡이를 잡아당기는 순간, 로다는 돌아서서 차갑고 계산적이고 은근한 눈빛으로 리로이를 힐끔거렸다. 로다는 아이들답게, 하지만 현명하면서도 의미심장한 말을 내뱉었다.

"아저씨가 나보고 한 말, 그거 사실은 아저씨 얘기잖아."

그날 저녁 식사를 마치고 신발을 벗던 리로이가 크게 웃으면서 아내에게 그날 있었던 일을 말했다. 아이 셋은 무궁화 아래 벤치에 앉아서 발가락으로 분꽃과 주변의 딱딱한 땅을 툭툭 치고 있었다. 그가 말을 마치자, 델마는 아이들에게 들리지 않도록 목소리를 낮추고 말했다.

"내가 그 애를 가만 내버려두라고 말했잖아, 리로이. 그러다가 큰 일 난다고 말이야. 그 애한테 자꾸 집적대다가는 콩밭 먹기 십상이야."

"그냥 그 야비한 계집애를 골려주려는 거야. 전에는 눈 하나 깜짝 안 했지만, 지금은 고것이 내 말이면 끔벅하게 만들어 놨거든."

"당신 자꾸 그러다가 큰 일 난다는 얘기밖에는 할 말이 없네."

"큰 일 날 것 없어. 로다라는 고 계집애 정말 귀엽단 말이야. 징징대면서 도망치지 않는다고. 고 계집애는 야비하긴 해도 귀엽단 말씀이야." 그는 가만히 앉아서 피식 웃기도 하고 고개를 끄덕거리기도 하면서 저녁에 먹은 음식을 소화시켰다.

어딘지 모를 곳에서 비에 젖은 이부자리를 그늘에 내다 말리는 것처럼 쾨쾨하니 묘한 냄새가 났다. 집안으로 들어간 델마가 깡통 맥주 하나를 가지고 나왔다. 그녀가 돌아와서 말했다.

"로다는 말하지 않는다고 해도, 오늘 펜마크 부인이 그런 것처럼 누군가 당신의 말을 듣게 될 거야. 그랬다간 문제가 생길 거야. 부인이 오늘 당신의 말을 다 듣고, 말마따나 경찰이라도 불렀어 봐. 경찰서에 끌려갈 거고 그날로 당신은 끝장이라고."

리로이가 기지개를 펴고 태평스레 웃었다.

"나를 뭐로 보는 거야, 응? 내가 바본 줄 알아?"

# 제7장

페른 양의 확신 덕분에 의혹이 사라졌는지, 안도감을 느낀 크리스틴은 며칠간 요리며 바느질이며 로다를 보살피면서 집안 일에 분주했다. 어느 날 오후에는 브리드러브 부인과 동행한 어느 결혼식에서 함께 눈시울을 붉히기도 했다. 또 케네스가 자신의 침대에 놓고 싶어 하던 구식의 빳빳한 매트리스를 샀다. 케네스 회사의 회계사가 뉴올리언스에서 방문한 조카들을 위해 무도회를 열었는데, 그녀도 초청되어 그곳에 다녀왔다. 그녀는 두려움을 떨쳐버리고 불확실한 것들을 잊기 위해 될수록 바쁘게 지내거나 사람들과 어울리기로 마음먹었다. 하지만 밤에 로다가 잠들고 집안이 너무도 고요해서 미세한 떨림과 소음까지 마음속에 크게 울릴 때면, 의혹들이 또다시 그녀를 괴롭히는 것이었다.

어느 날 아침, 그녀는 잠에서 깨어나다가 불현듯 스스로를 돌보고 마음을 다잡아야지 안 그랬다가는 곧 데이글 부인의 신세처럼 될 거라고 생각했다. 그리고 로다가 정상적인지 계속 의문이 든다면, 또 로다에게 범죄자의 특성이 있다는 그녀의 느낌을 뒷받침할 만한 근거가 있다면, 그 문제를 더 회피하지 말아야겠다는 생각도 했다. 그녀의 두려움에 근거가 있다면, 과거에는 회피했던 것들을 읽고 연구하여 스스로 깨우쳐야 하고, 아무리 불편한 현실일지언정 용감하고 결연히 맞서 받아들이는 것이 그녀의 의무였다. 그래서 가능하다면 지금의 상황을 극복해야했다. 그럴 수 없다면, 현실과 최선의 타협이라도 해야 했다. 그것만이 로다를 도울 수 있는 유일한 방법이고, 그 아이를 이해와 지성으로 이끌어 사회에 좀 더 적합한 태도와 상식적인 목표를 갖도록 할 수 있었다.

그녀는 부지불식간에 레지널드 태스커와 그들이 함께 나눈 이야기를 떠올렸다. 당장이라도 그에게 전화를 걸어 조언을 구하고 싶었다. 하지만 이미 의혹 때문에 분별력에 조금은 상처를 입었고, 지금 전화를 했다가는 자신의 진짜 의도를 들켜버릴까 봐 두려웠다. 자신의 떳떳치 못한 교활함이 싫었지만, 그녀는 다른 방법으로 문제를 해결하기로 마음먹었다. 칵테일파티를 열어서 그 순간만큼은 조금도 관심이 가지 않는 몇몇 사람들과 함께 레지널드를 초대한다는 계획이었다. 그리고 레지널드와 단둘이 있는 기회를 엿봐서 불현듯 떠오른 생각처럼 자연스럽게 독서에 대해 조언을 해달라고 말할 생각이었다. 그런 상황에서라면 레지널드도 그녀가 별 생각 없이 꺼낸 말이라고 생각할 터이다. 하지만 그렇더라도 그녀는 또 다른 거짓말을 해야 할 것이다. 케네스가 멀리 출장 중이고 시간이 무료해서 소설을 읽어볼 생각이라고.

그녀가 파티를 연 것은 유월의 마지막 날이었다. 맞은편에 사는 포사이드 부인에게 로다를 맡아달라고 부탁해두었다. 하지만 로다도 잠시 동안만 손님들을 만나고 싶어 했다. 크리스틴은 그러라고 했고, 손님들이 모두 도착하자 포사이드 부인이 로다를 데려왔다. 로다가 입고 있는 원피스는 흰색 론('한랭사寒冷紗'라고도 하는 올이 얇고 성긴 천―옮긴이)에 노란색 수를 놓아 며칠 전에 엄마가 만들어준 것이었다. 흰색 구두와 노란색 양말을 신었고, 늘어뜨린 머리는 뒤로 땋아 노란색 나비매듭으로 묶고 있었다. 손님들은 로다를 보고 탄성을 질렀다. 로다는 예의 주저하는 듯한, 매력적인 미소를 지었다. 아이는 최근에 포사이드 부인에게 배운 대로 무릎을 굽히고 몸을 약간 숙여서 인사했다. 그러고는 쏟아지는 찬사에 아주 경건히 귀를 기울이더니 간사할 정도로 천진스럽게 눈을 동그랗게 뜨는 것이었다. 게다가 공손했고 도도했고 진지했다. 포사이드 부인이 그만 가자고 말하자, 아이는 엄숙하게 고개를 끄덕였다. 그러고는 느긋하고 배부른 동물처럼 나지막한 소리를 내더니 그래도 어쩔 수 없는 아이인 양 엄마에게 쪼르르 달려가 품에 안기는 것이었다. 아이는 시선을 떨어뜨리고 옅은 보조개가 사람들에게 보이도록 다시 미소를 머금은 뒤, 포사이드 부인의 손을 잡고 보호해달라는 듯이 노부인의 옆구리 춤에 착 달라붙어서 자리를 떠났다.

　손님들의 시선을 한 몸에 받던 로다가 사라지자, 레지널드에게 다가간 크리스틴은 모니카의 집에서 데니슨이라는 간호사에 대한 이야기를 접한 이후로 점점 그런 쪽에 관심이 가더라고 말했다. 그래서 폰더 재판에 관한 기사까지 읽었다고 말이다. 그녀는 레지널드의 팔에 살포시 손을 대고 기꺼이 그의 말에 귀 기울이겠다는 의미로 고개를 한쪽으로 기울였다가 약간 수그렸다. 그가 애초에 그런 사건들을 알려주지 않았더라면 그녀는 그처럼 충격적인 소재를 읽어볼 엄두는 내지 않았을 거라고 말했다. 그리고 물었다. 타락한 늙은 유부녀의 사건에 매달리는 것이 부끄럽지는 않느냐고. 레지널드는 조금도 부끄럽지 않다고 말했다. 그와는 반대로, 나이가 들어서 자부심을 느낄 만한 일이고, 자신의 회고록을 살찌우고 돋보이게 만들 유용한 소재라고 말했다.

　그들이 있는 발코니에서 레지널드의 목소리는 또랑또랑하고 지적인 여운으로 울리고 있었다. "뭔가를 말하고자 하는 위대한 작가는 문체나 표현의 기이함에는 신경 쓰지 않지요. 톨스토이 같은 작가가 그렇지요. 얼마 전에 『안나』를 다시 읽어봤어요. 톨스토이는 뻔한 것을 두려워하지 않았죠. 그는 진부함에 천착했으니까요. 그의 작품이 살아남은 이유가 바로 그것이죠."

　크리스틴이 말했다. "저번에 범죄에 대한 이야기를 했는데요,

아이들이 저지른 범죄 말이에요. 그때 당신은, 내가 믿기 어려울진 몰라도 아이들이 중범죄를 저지르는 예가 드물지 않다고 했어요. 유명한 범죄자의 운명을 타고난 사람들은 거의 대부분이 어렸을 때부터 범죄를 시작한다고도 했죠. 그 말이 사실인가요, 아니면 내가 순진해서 놀리려고 한 건가요?"

"글쎄요, 톨스토이가 장삿속으로 진부함을 이용했다고는 생각하지 않아요. 디킨슨은 그랬죠. 하지만 톨스토이는 아닙니다."

레지널드는 진심으로 사실을 말한 것이라고 대답했다. 그가 특히 흥미를 느끼는 범죄자의 유형이 있다고 했다. 그런 유형의 범죄자에 대해 오랫동안 스크랩을 해오고 지속적인 연구 목적으로 기록을 해왔기에 그의 전문 분야이기도 했다. 확연히 구분되는 이런 범죄자 중에는 남성의 수만큼 여성도 많은데, 그 출발점이 독특하다는 공통점을 지니고 있다. 이들이 지나치게 우둔하거나 불운하지만 않다면, 대량 살인범으로 생을 마감한다. 이들은 빈번하게 발생하는 감정적이고도 우둔한 이유 때문에 살인을 하는 법이 없다. 또 분노나 질투, 사랑의 좌절감뿐 아니라 복수심마저 느끼지 못하기에 이들은 격정에 휘말려 살인하는 법도 없다. 이들에게는 성적인 잔인함 같은 요소는 보이지 않는다. 이들이 살인을 하는 이유는 딱 두 가지다. 억제할 수 없는 소유욕을 해결하고자 돈이 필요해서, 그리고 안전이 위협받을 때 그 요인을 제거하기 위해서다.

"아주 흥미로운 걸요." 크리스틴이 말했다. "수집한 자료 좀 보여주실래요? 조심해서 볼게요."

마티니를 손에 든 브리드러브 부인이 사람들을 헤치고 그들에게 다가왔다. 그녀는 깜짝 놀란 표정으로 두 사람의 말을 듣고 있다가 불쑥 말했다. "그건 그렇고 크리스틴, 대체 무슨 일이라도 있는 거야? 완전히 딴 사람이 됐잖아?"

크리스틴이 수줍게 웃었다. "범죄의 원인이 궁금해서요."

브리드러브 부인은 고개를 저으며 두 사람 사이에 앉았다. "크리스틴, 원인은 있는 법이야. 우리가 하는 모든 행동에는 심리적인 원인이 있는 거라고. 다만 우리가 일일이 그것을 다 찾아낼 수 있느냐가 미지수지만." 그녀는 생뚱맞다는 표정으로 말했다. "내가 케틀바움 박사님의 정신분석을 받고 있을 때, 박사님과의 적극적인 감정 전이를 위해서 약속 시간보다 일찍 찾아가고는 했지. 매력적인 영국인 젊은이가 내 시간 바로 전에 상담을 받아서 우리 두 사람이 대기실에서 마주칠 때가 종종 있었어. 그래서 박사님이 환자들의 전화를 받느라 바빠서 나를 늦게 부를 때면, 대기실에서 그 영국인과 이야기를 나누곤 했어. 그 젊은 남자, 오래 전에 이름은 까먹었는데, 아무튼 자기들도 곧 감을 잡겠지만 증상성 장애환자였어. 한번은 나더러 한 가지만 빼면 더없이 매력적이라고, 자기의 이상형이라고 말하더군. 성격이 괴상한 사람이었어. 그 사람 하는 말이, 자기는 한쪽 다리만 있는 여자들을 흠모하는데, 나는 너무도 평범하게 다리가 두 쪽 다 있다는 거라."

레지널드가 킥킥 웃었다. "야아, 이거 새로운 환자 또 등장이

네."

모니카가 계속해서 말했다. "그래서 내가 그 사람한테 말했지. '댁은 정말 잘 생겼네요. 더 솔직히 말하자면, 지금까지 살면서 댁처럼 속눈썹이 예쁜 남자는 처음 봐요. 그런데 댁의 맘에 들려고 내가 한쪽 다리를 자를 거라고 생각한다면, 물론 댁이 아주 멋진 분이기는 해도, 그건 끔찍한 착각이에요.'"

레지널드와 크리스틴은 동시에 웃음을 터뜨렸다. 그때의 일을 떠올리며 킥킥거리던 브리드러브 부인이 말을 이었다. "그랬더니 그 독특한 취향의 젊은 남자가 글쎄 영국인 특유의 태연한 표정으로 나를 물끄러미 쳐다보다가 이렇게 말하지 뭐야. '그럴 거라고는 생각하지 않아요. 당연히 아니죠.'"

"그런데 그 사람은 한쪽 다리만 있는 여자들을 어디서 봤대요?" 크리스틴이 말했다.

"자기야." 모니카가 말했다. "자기하고 나는 어쩜 그렇게 마음이 잘 통한다니. 나도 그걸 물어봤거든. 그런데 그 사람이 아주 정색을 하고 나를 쳐다보더라고. '어디서라뇨? 부인, 그렇다면 부인은 그런 여성들을 안 보고 다닐 수 있단 말인가요! 부인도 분명히 봤겠지만, 런던은 다리가 하나뿐인 여성들로 가득하잖아요. 어디를 가나 눈에 띄는 걸요.'"

잠시 침묵이 흐른 뒤에 크리스틴이 말했다. "혹시 나를 위한 암시였나요? 마음을 사로잡고 있는 것이 눈에 보인다고 말이죠?"

"바로 그거야!" 브리드러브 부인이 말했다. 그녀가 평소에 생각하기를, 크리스틴이 불결하거나 범죄적인 자료를 증상적 장애로 받아들이는데 소극적으로 보인다고 말했다. 다시 말해서, 크리스틴은 그런 자료를 부정적인 반응 밑에 숨겨진 긍정적인 소망으로 간주하는 것 같다고 했다. 그녀가 한동안은 증오와 파괴에 대한 스스로의 정서적인 욕구를 담담하게 살펴볼 수 없었다는 의미다. 그런데 마침내 그것이 지금 가능해진 것은 불안 요소가 상당부분 감소했기 때문이라는 것이다. 에둘러 말하자면, 그녀는 갑자기 범죄에 관심을 갖고 어딘지 달라지고 활력이 있어 보이는 크리스틴의 모습이 보기에 좋다고 했다. 그것은 크리스틴이 전보다 더 아량이 넓어지고 훨씬 더 성숙해졌음을 의미한다면서.

모니카는 탐색하듯이 크리스틴을 쳐다보았다. 약간 당황한 기색의 크리스틴이 미리 생각해둔 설명, 다시 말해서 시간이 지난 뒤에 언제나 자신의 행동을 정당화해온 그런 설명을 하기 시작했다. 그녀는 재능이 있는지 없는지도 모르면서 소설을 쓰고 싶다는 생각을 늘 해왔다. 그러던 중에 레지널드로부터 전해들은 사건들이 너무도 신선하고 관습에서 벗어난 것이라―그녀에게는 그렇게 보여서―최근에 구상 중인 작품에 활용해 보고픈 마음이 생겼다. 실제 사건들을 구체적으로 삽입한다면 자서전에 더 무게와 생동감이 실릴 것이라고. 그런데 갑자기 피로를 느낀 그녀가 말을 멈추었다. 뚱딴지같이 자서전이라니? 내가 생각해도 이상한걸.

크리스틴은 그쯤에서 브리드러브 부인이 자리를 비켜주기를 기다렸지만 생각대로 되지 않았다. 그래서 그녀가 자리에서 일어나 다른 손님들한테 가봐야겠다고 말했다. 그때 레지널드가 지금까지 수집해온 사건 자료를 그녀에게 빌려주겠다고 말했다. 사건의 상당수는 요약하고 대충이나마 분류해놓았다고 했다. 아직 시작단계인 자신의 책도 사실에 바탕을 둔 것이라 자료들과 큰 차이는 없을 거라고도 했다. 그리고 그는 크리스틴에게 혹시 집필하려는 소설의 플롯을 결정했는지 아니면 아직 구체적인 구상은 없는 것인지 물었다. 그녀는 아직 구상조차 하지 않았다고 말했다. 여성이 대량 살인범으로 등장하는데, 그 비참한 결과를 희생자뿐 아니라 생존자에도 맞춰서 쓸 계획정도만 있다고 말이다. 별로 진척된 것은 없고, 지금까지 작업한 건 그게 다라고 했다.

다음날 아침 포사이드 부인은 특별히 로다를 데리고 가게에 가서 아이스크림을 사먹고 싶은데 괜찮은지 물었다. 마르고 키가 큰 포사이드 부인은 육십 대 후반으로 엉덩이는 펑퍼짐했고 어깨는 굽어 있었다. 한창때는 대단한 미인이었는데, 브리드러브 부인의 표현을 빌리자면 완벽한 '깁슨 걸'(깁슨이라는 화가가 그린 1890년대의 미국 소녀로 당대에 미인의 전형으로 통함—옮긴이)이었다. 그녀는 지금도 줄무늬 옷을 입었고, 미모를 떨치던 소싯적의 머리 모양을 약간 변형하여, 그러니까 좀 더 작고 덜 부담스러운 대신에 가운데를 꽉 묶어서 더 동그스름하게 올린 머리를 하고 있어서 언뜻 쿠션에다 서진(書鎭 책장이나 종이가 바람에 날리지 않도록 올려놓는 쇠나

돌 같은 물건—옮긴이)을 올려놓은 것처럼 보였다. 그녀가 로다를 데리고 나갔을 때, 리로이가 보도 가까운 곳에서 로다를 기다리고 있었다. 로다를 보는 순간, 리로이는 아이를 향한 비틀린 사랑의 한 형태인 증오심을 표출하고 아이를 괴롭힐 수 있는 또 다른 방법을 생각해냈다. 리로이 본인이 생각해도 교묘하고 기발한 생각이었다. 그는 지하실로 가서 아침부터 통속에 죽어 있던 쥐를 꺼냈다. 죽은 쥐의 목에 나비 리본을 달아서 전부터 꿍쳐두었던 크리스마스 선물 상자 속에 집어넣었다. 그러고는 컬러 포장지로 상자를 싸고 크리스마스 리본을 둘렀다. 로다가 가게에서 돌아왔을 때 그는 만반의 준비를 끝내고 있었다.

포사이드 부인이 돌아 서 있는 틈을 타서 리로이는 로다에게 아는 체 윙크를 한 뒤에 건물 뒤로 오라는 눈짓을 보냈다. 하지만 로다는 모른 체 했다. 로다는 더 분명한 설명을 기다리는 것처럼 판석에 서 있었고, 그동안 계단을 올라간 노부인은 뒤죽박죽인 핸드백 속에서 열쇠를 더듬더듬 찾고 있었다. 그때 리로이가 다가와서 로다를 향해 세레나데를 불러주듯이 작은 소리로 콧노래를 흥얼거렸다. "진짜 멋진 선물이 있는데! 그럼, 기막히게 멋진 선물이고말고! 너한테 주려고 준비해둔 선물이라 이거야!"

로다는 고개를 끄덕였고, 리로이는 지하실 문가에 몸을 숨기고 서 있었다. 로다가 곧 다가오자, 그는 주변에 아무도 없는데도 쓸데없이 귓속말로 이렇게 말했다. "나는 말이야, 너랑 나랑 아주 좋은 친구라고 생각한다. 그래서 너한테 듣기 싫은 말을 한 게 미안해서 선물을 주려는 거야. 이 선물을 보는 순간, 너한테 주어야겠구나 생각했다. 내가 상점 주인한테 이렇게 말했지. '그 선물을 보니까 로다 펜마크가 생각나는걸.' 하고 말이야."

"아저씨, 이게 뭐지? 나한테 뭘 줄 건데?"

"열어 봐. 어서 열어보라니까."

로다는 상자를 열었다. 아이는 고개를 들고 이상할 정도로 멍한 눈빛으로 리로이를 쳐다보았다. 리로이는 웃음을 터뜨리고 벤치에 앉아서 폭소를 참느라 기를 썼다. 그는 조심스럽게 웃었다. 마치 그와 로다가 알려져서는 안 되는 음모의 가담자들인 것처럼.

"내가 생각한 선물이 뭔지 이젠 알겠지?" 그는 웃음이 간신히 잦아들자 그렇게 말했다. "관 속에 누워있는 클로드의 시체가 생각났단다." 그는 로다의 반응을 기다렸지만, 아이가 아무 말이 없자 다시 말했다. "처음에는 향긋한 꽃다발을 선물로 주려고 했는데, 클로드의 조그만 무덤까지 가서 꽃을 훔쳐오기에는 시간이 없어서 말이야."

로다가 일어서자, 리로이가 아이를 손으로 잡아끌었다. "한 가지만 말해다오. 우린 다시 좋은 친구 사이가 됐으니까. 그렇게 열심히 닦은, 그 피 묻은 막대를 찾아봤니? 여태 안 찾아봤다면 당장 가서 찾아보는 게 좋을 거다. 네가 또 이 아저씨를 화나게 만들면 막대를 찾아보라고 경찰에 신고할지 모르니까."

그날 오후, 레지널드는 약속한 사건 자료를 빌려주기 위해 펜마크 아파트에 들렀다. 사건별로 스크랩하여 특징적인 내용을 요약해놓았고, 레지널드 자신의 의견도 첨부해놓았다. 레지널드가 돌아가고, 로다가 공원에서 책을 읽는 동안, 크리스틴은 자료집을 펼치고 그 중에서 세 개의 제목이 붙어 있는 사건들을 읽어보았다. 그 사건들이 포함된 항목에는 "어린 범죄자, 단순한 상황. 명석하지 못한 범죄자. 초기에 체포된 범죄자."라는 제목이 붙어 있었다.

레이먼드 월시, 열여섯 살, 단돈 몇 달러 때문에 후배를 총으로 살해. 뷸러 허니컷과 노마 진 브룩스, 둘 다 소녀, 평소 그들에게 친절히 대해준 농부를 이 달러 때문에 살해. 밀턴 드루어리, 쌈짓돈을 노리고 어머니를 살해 후 그 시체를 방화.

이 사건들이 들어있는 서류철에는 레지널드의 필체로 '단순한 사건들이며 비교적 건전한 편에 속함'이라고 쓰여 있었다. 이들 살인자들은 바보 천치처럼 행동했다. 모두 젊은 나이에, 아마도 첫 범죄를 저지르고 체포되었다. 탐욕이 이들의 범죄 동기이자 공통분모라고 레지널드는 의견을 적어놓았다. 이들에겐 도덕 개념이 없었다. 이들 중에서 신뢰와 애정과 감사 혹은 사랑을 이해하는 사람은 아무도 없었다. 이들은 모두 차갑고 무정하고 지극히 이기적이었다. 이런 범죄의 좀 더 일반적인 형태는 나중에 다루게 될 정교한 사건보다는 이처럼 단순하고 유아적인 사건들에서 더욱 명확해진다.

펜마크 부인은 한숨을 쉬면서 시가에 불을 붙였다. 다른 사건들은 읽지 않은 채 자료집을 내려놓았다. 그녀는 창가의 의자에 다리를 포개고 앉아서 오랫동안 푸르고 평화로운 거리와 유월의 뜨거운 태양 아래서 반짝이는 나무들을 내다보았다. 그러고는 책상으로 돌아와 다시 자료집을 읽기 시작했다. 이번에는 좀 더 노련한 범죄자들이 관련된 사건들로서, 이들은 첫 번째 그룹에 비해 지능적이었지만 그리 대단한 편은 아니었다. 적어도 이들은 운이 좋았고, 체포된 당시에는 다양한 범죄 기술을 터득한 후였다.

일리노이 주의 틸리에 클리멕, 보험금을 노리고 다섯 명의 남편을 독살. 미시시피의 휴스턴 로버츠, 금전적 이익을 노리고 두 명의 아내와 손자손녀들을 살해. 둘째 손녀를 살해하려 했으나 손녀가 살아나는 바람에 체포됨. 남아프리카의 데이지 드 멜커, 돈을 노린 독살범. 아들 이름으로 오백 달러의 보험을 들고 아들을 살해한 죄로 사형 당함.

펜마크 부인은 자료집을 책상 위에 밀쳐놓고, 뒤쪽 창으로 가서 점심을 먹으라고 로다를 불렀다. 로다가 천천히 걸어오면서 지하실을 지나치려는데, 리로이가 고개를 내밀고 이렇게 말했다. "경찰이 막대를 찾아서 파란색이 나오는지 확인하면, 너를 전기의자에 앉힐 거야. 전기의자에 앉으면 얼마나 천천히 튀겨지는지 모를 거다. 너희 엄마가 베이컨 요리를 할 때 지글지글 거리는 건 봤겠지? 네가 전기의자에 앉으면 바로 그렇게 되는 거야. 온몸이 갈색으로 변하면서 베이컨처럼 튀겨지는 거라고."

"전기의자는 나한테 너무 커." 로다가 말했다. "나한테 맞지 않아."

"오라, 그런 생각을 한 거로구나." 리로이가 웃으면서 말했다. "그런데, 내가 한 가지 가르쳐주마. 너처럼 야비한 꼬맹이한테 꼭 맞는 특수 의자가 있지. 너만 한 크기의 분홍빛 의자가 있단 말이야. 꼬마 아가씨, 내가 그런 의자를 얼마나 많이 봤는지 모르는구나. 기막히게 예쁜 분홍빛으로 칠해져 있어서 보기에 얼마나 근사하다고. 하지만 거기 앉아서 돼지 갈비처럼 튀겨지는 아이한테는 그렇게 근사하게 보이지는 않을 거야."

"막대가 파란색으로 변한다고 아저씨가 한 말은 거짓말이야. 자꾸 그렇게 이야기를 꾸며내면 죽어서 천국에 못 가. 아저씨는 죽으면 아주 나쁜 곳으로 갈걸."

"어서 집에 가서 점심이나 먹어라. 너희 엄마가 나랑은 얘기하지 말라고 하지 않던. 나한테도 너랑 얘기하지 말라고 그랬잖아. 그래서 너랑은 얘기 더 안 할란다. 하지만 그 막대를 찾아보는 게 좋을 거야. 네가 궁금해 하는 걸 많이 알려줄 수도 있지만, 너희 엄마가 나한테 너랑 얘기하지 말라고 했잖아. 자꾸 이 아저씨를 귀찮게 하지 말고 어서 집에나 가시지."

로다가 집에 간 후, 리로이는 임시 침대에 누워서 자신이 얼마나 똑똑한지 생각에 잠겼다. 이제 그는 로다를 다룰 수 있게 된 것이다. 그 야비한 계집애가 걱정할 거라고, 걱정이 되어 죽을 지경일 거라고 생각했다. 조만간 그 계집애는 그가 말만 걸어도 화들짝 놀라고 안절부절 못할 것이었다. 그런지 안 그런지는 두고 보면 알 일이었다.

로다는 집에 돌아와 점심을 먹었다. 피아노 연습을 한 뒤에 로다는 아무렇지 않게 엄마에게 물었다. "피를 닦아내도 경찰이 약 같은 것을 뿌려서 피가 묻어 있는지 알아낼 수 있다는데, 그게 정말이야? 피 묻은 자리가 파랗게 변해?"

"누가 그런 말을 하던? 리로이 아저씨니?"

"아니, 엄마, 그 아저씨가 아니야. 리로이 아저씨랑은 얘기하지 말라고 엄마가 그랬잖아. 공원 문을 지나다가 다른 아저씨들이 말하는 걸 들었어."

펜마크 부인은 핏자국에 대해서는 모른다고, 하지만 로다가 알고 싶다면 그쪽 방면에 전문가인 레지널드 삼촌에게 전화를 해보겠다고 말했다. 하지만 로다는 갑자기 잔뜩 긴장한 표정으로 도리질을 하고 말했다.

"됐어."

크리스틴은 설거지를 하기 위해 주방으로 갔다. 하지만 미심쩍은 느낌과 함께 왜 딸아이가 이상한 질문을 했을까 의아해졌다. 그저 스스로 그런 말을 하는 게 즐거워서 아무 말이나 하곤 하는 여느 아이들과는 달리 로다는 쓸데없는 질문을 한 적이 없기 때문이다.

나중에 로다는 자기 방에 들어갔다가 종이에 싼 꾸러미 하나를 들고 나왔다. 아이가 주변을 조심스럽게 살피고는 뒤쪽 복도로 나가서 소리 없이 문을 닫았다. 펜마크 부인은 역시 뒤쪽 복도로 연결되어 있는 주방문을 열고, 호기심 반 두려움 반으로 딸아이를 지켜보았다. 그런데 로다가 소각로 낙하구(落下口) 쪽으로 가는 것을 보자, 그녀는 서둘러 그 뒤를 쫓아갔다. 그녀는 딸아이를 붙잡고 소각로의 낙하구 앞을 가로막았다.

"그 꾸러미 안에 든 게 뭐지? 이리 줘봐! 어서 주지 못해!"

"아무 것도 없어, 엄마."

"그 안에 든 걸 태우려는 거잖아. 이리 주라니까!"

그녀는 골이 나 있는 아이에게서 꾸러미를 낚아채고 돌아섰다. 그런데 덫에 걸린 짐승처럼 갑자기 공황(恐惶) 상태에 빠진 아이가 그녀에게 달려들더니 미친 듯이 깨물고 발길질을 하기 시작했다. 아이의 날카로운 이에 팔목을 물리고 깜짝 놀란 그녀가 종이 꾸러미를 떨어뜨렸다. 로다는 그것을 잽싸게 집어 들고는 복도를 달려갔다. 아이는 소각로 낙하구의 뚜껑을 열려는 찰나에 엄마에게 붙잡혔다. 크리스틴은 또다시 꾸러미를 놓고 몸부림치는 아이와 실랑이를 벌였다.

로다는 결국엔 꾸러미를 빼앗기고 가만히 서 있었다. 아이가 싸늘하고 앙심에 찬 증오의 눈으로 노려보는 바람에 크리스틴은 그 상황이 믿어지지 않는 것처럼 자기도 모르게 가슴에 손을 갖다 댔다. 조그만 야생동물처럼 소리를 지른 아이가 미친 듯이 또 엄마에게 달려들었다. 하지만 이번에는 크리스틴이 아이의 어깨를 움켜잡고 아이의 앞 머리칼과 가늘고 여린 목이 요동칠 정도로 마구 흔들어댔다. 그녀는 아이를 밀어내고 거실로 들어와 꾸러미를 풀었다. 그녀가 이미 알고 있기라도 한 것처럼 꾸러미에는 로다가 소풍날 신었다가 그 후로는 신지 않던, 초승달 모양의 굽을 댄 구두 한 켤레가 들어 있었다.

크리스틴이 말했다. "네가 왜 자꾸 핏자국 이야기를 했는지 알겠어. 네가 이 구두로 클로드를 때린 거지, 그렇지?" 그녀는 그처럼 끔찍한 순간에 자신의 목소리가 너무도 차분하고 무감각한 것에 깜짝 놀랐다. "이 구두로 클로드를 때렸지, 그렇지?" 그녀가 다시 말했다. "말해! 엄마한테 사실대로 말해!"

로다는 즉답을 하지 않았다. 아이는 찬찬히 크리스틴의 눈치를 살피면서, 그런 와중에서도 또 한 번 자기의 의지대로 엄마를 굴복시키고 자기편으로 만들 계산에 한창이었다.

"엄마가 알고 있으니까, 또 거짓말을 해봤자 소용없어." 펜마크 부인이 말했다. "네가 이 구두로 클로드를 때린 거야. 그래서 클로드의 이마와 손에 초승달 모양의 멍이 남은 거지."

천천히 엄마에게서 물러서던 로다의 눈에 당황하는 빛이 스쳤다. 아이는 소파에 몸을 던지고는 베개에 얼굴을 파묻은 채 서럽게 흐느끼기 시작했고, 그러면서도 손가락 사이로 엄마를 훔쳐보았다. 하지만 아이의 그런 연기에 조금도 마음이 동하지 않았던 크리스틴은 오히려 더 냉담하게 다른 생각을 떠올렸다. 로다는 아직 아마추어야. 하지만 나날이 발전하고 있어. 자기의 행동을 완벽하게 처리해가고 있어. 몇 년만 지나면 빈틈없이 행동할 거야. 그때는 감쪽같겠지. 그래, 틀림없어.

"대답해!" 그녀가 갑자기 격분해서 소리쳤다. "대답해!"

엄마가 조금도 누그러지는 기색이 없자, 아이는 소파에서 일어서더니 천천히 크리스틴에게 다가와 멈춰 섰다. "내가 이 구두로 클로드를 때렸어." 아이가 침착하게 말했다. "이 구두로 그 아이를 때릴 수밖에 없었어. 엄마. 그럼 내가 어째야 했는데?"

더욱 화가 나고 극도의 절망에 사로잡힌 크리스틴이 아이의 뺨을 호되게 후려쳤다. 아이는 뒤로 비틀거리다가, 물건이 잔뜩 놓여 있는 커다란 의자 위로 벌렁 나자빠졌다. 크리스틴은 손으로 이마를 누른 채, 욕지기와 공포를 느꼈다. 간신히 마음이 가라앉고 분노가 사라지자, 속이 메스껍고 꿈결처럼 몽롱한 느낌만 남았다. 그녀가 힘없이 말했다. "네가 클로드를 죽였어. 내 말이 무슨 뜻인지나 아니?"

"그 아이 잘못이야." 로다가 차분하게 말했다. "그건 클로드의 잘못이지, 내 잘못이 아니야. 내가 하라는 대로 메달을 줬으면, 그 아이를 때리지 않았을 거야." 로다는 의자 팔걸이에 이마를 대고 울기 시작했다. "그건 클로드의 잘못이야." 아이가 말했다. "그 애 잘못이야."

크리스틴이 눈을 감고 말했다. "무슨 일이 일어났는지 말해. 이번에는 솔직하게. 엄마는 네가 클로드를 죽인 걸 알고 있으니까. 또 거짓말해도 소용없어. 어떻게 된 일인지, 처음부터 다 말해."

로다는 엄마의 품에 뛰어들면서 말했다. "다신 안 그럴 게, 엄마! 다시는 그런 짓 안 할게!"

크리스틴은 아이의 눈물을 닦아주고 앞머리를 쓸어내렸다. 그리고 조용히 말했다. "어서 말하렴. 엄마한테 말해. 엄마가 꼭 알아야 하니까."

"내가 메달을 달라고 했는데 클로드는 주지 않았어. 그래서…… 클로드가 부두 쪽으로 도망쳤지만, 내가 찾아냈어. 그리고 메달을 주지 않으면 구두로 때릴 거라고 말해 줬어. 그런데 그 애가 고개를 흔들면서 '싫어' 그러잖아. 그래서 내가 구두로 한 대 때렸더니 그 애가 메달을 나한테 줬어."

"그런 다음엔?"

"음, 클로드가 도망치려고 했어. 그래서 내가 구두로 또 때렸어. 그랬더니 그 애가 울면서 시끄럽게 굴기에 난 다른 사람들이 들을까봐 겁이 났어. 그래서 또 때려줬어, 엄마. 이번에는 더 세게, 그랬더니 그 애는 물에 빠졌어."

크리스틴이 눈을 감고 말했다. "이런, 세상에! 이런, 세상에!"

로다는 더 큰 소리로 울었고, 걱정으로 입가가 일그러져 있었다. "내가 메달을 빼앗은 게 아냐. 내가 달라니까 클로드가 준 거야. 그런데 메달을 주고 나서, 그 애가 옥타비아 선생님한테 가서 내가 메달을 뺏어갔다고 일러바칠 거랬어. 그러면 선생님이 메달을 다시 찾아주실 거라고. 그래서 내가 그 애를 계속 때린 거야."

크리스틴은 생각했다. 내가 무슨 말을 해야 할까? 당장 어떻게 하지?

갑자기 눈물을 훔친 로다가 엄마를 껴안고 앙증맞게 말했다. "아, 우리 엄마가 세상에서 제일 예뻐! 우리 엄마가 세상에서 제일 착해! 난 사람들한테 그렇게 말해. 내가 사람들한테 뭐라고 하냐면, '우리 엄마가 세상에서 제일—' "

"로다야, 그런데 클로드의 손등에 멍이 든 건 왜지?"

"클로드가 물에 빠지고 나서 다시 부두로 올라오려고 했어. 하지만 그 애가 자꾸 일러바치겠다는 말만 하지 않았으면, 더는 때리지 않았을 거야. 그 애가 부두로 못 올라오게 내가 막 때렸어. 그런데, 엄마, 내가 아무리 세게 때려도 아이가 부두에서 금세 손을 놓지 않는 거야. 그래서 머리랑 손을 더 때려줬어. 이번에는 아주 세게 때렸어. 그래서 내 구두에 피가 묻은 거야. 그랬더니 아이가 눈을 감고 부두에서 손을 뗐어. 하지만 그건 다 그 애 잘못이야, 엄마. 자꾸 그런 말을 하니까 그렇지, 그렇지 엄마?"

그때 문득 리로이가 한 말이 생각나자, 로다가 이번에는 겁에 질려서 또 울음을 터뜨렸다. 아이는 울먹이면서 말했다. "경찰 아저씨들이 정말 나를 작은 의자에 앉히고 전기를 켜는 거야?" 아이가 엄마에게 더 바투 다가와 말했다. "클로드가 물에 빠져 죽은 건 내 잘못이 아니야. 그 애 잘못이야."

크리스틴은 두려움 속에서 얼굴을 감싸고는 방안을 이리저리 오갔다. 그녀의 허리춤에 매달린 로다가 갑자기 두려움에 몸을 부들부들 떨면서 말했다. "엄마, 경찰 아저씨들이 날 의자에 앉히지 못하게 해줘, 응? ……. 엄마! 엄마! 사람들이 날 아프게 하지 못하게 해줘, 엄마, 응?"

크리스틴이 갑자기 멈춰 서서, 겁에 질린 아이를 쳐다보고 말했다. "아무도 널 아프게 하지 않아. 지금 당장 어떻게 해야

하는지 엄마도 모르겠구나. 하지만 아무도 널 아프게 하지 못하게 엄마가 지켜주마."

로다는 안심하고 눈물을 훔쳤다. 아이가 예의 익숙한 미소를 머금자, 얼굴에 인상 깊은 보조개가 나타났다. 아이는 엄마를 위해 갖은 아양을 다 떨었다. 그러다가 천진난만한 목소리로 속삭였다. "내가 하늘땅만큼 뽀뽀해주면, 엄마는 나한테 뭘 줄 거지?"

"그만!" 크리스틴이 말했다. "그만!"

"엄마, 대답해 줘! 내가 하늘땅만큼 뽀뽀해주면, 엄마는 나한테—"

"네 방에 가서 책을 읽도록 해." 크리스틴이 거칠게 말했다. 그녀는 이내 지친 목소리로 덧붙였다. "생각 좀 해야겠다. 어떡해야 좋을지 생각을 해야 돼."

하지만 그렇게 말은 하면서도, 그녀는 그 참담한 시련에 짓눌린 상태에서 지금까지와는 다르게 그리고 적절하게 딸아이를 대할 수 있을지, 설사 그런 결정을 내린다 해도 실천할 수는 있을지 자신이 없었다. 그녀의 정신은 이제 이성적인 사고의 틀 안에 있지 않았다. 그녀의 정신은 빠져나갈 수 없는 감정의 원심력으로 미친 듯이 회전하는 바퀴와도 같았고, 딸아이가 털어놓은 말들이 저절로 소리 없는 소리가 되어 교묘하게 그녀의 귓가를 맴돌고 있었다.

그녀는 어떡해서든 마음을 진정시키고 진실을 알고자 했다. 오래토록 상상 속에서 두려워한 것, 마침내 그녀는 상상이 아닌 확고부동한 사실에 직면해 있었다. 그리고 지금 그녀가 깨달은 것이 또 있었다. 그 혼란의 순간에도 그녀는 침착함을 되찾았고, 진실이 아무리 끔찍한 것이라 해도 상관없으며, 적어도 앞으로는 불확실한 추측이나 의심의 채찍에 쫓겨 자학하지는 않을 것이라고 자신했다.

잠시 후에 그녀는 아이의 방으로 가서 말했다. "공원에 가서 놀지 않을래? 엄마가 혼자 있고 싶어서 그래. 우리 모두를 위해서 어떡하면 좋은지 생각해봐야 하거든."

고개를 끄덕이고 웃으면서 현관문으로 가는 로다를 향해 그녀가 덧붙였다. "아까 엄마한테 한 말은 아무에게도 해선 안 돼. 아주 중요한 일이란다. 무슨 말인지 알겠지? 그러니까—" 딸아이의 눈에 드러난 인내와 경멸의 빛을 대하자, 크리스틴은 갑자기 자신이 미숙하고 서툴게만 느껴졌다. 그녀의 목소리가 떨리다가 멈추어졌다. 지금 경고를 해봤자, 크리스틴 자신의 미숙함과 무능만을 드러낼 뿐이고, 로다가 자기가 한 짓을 쓸데없이 떠벌릴 가능성은 없었기에 그랬다. 지쳐버린 그녀는 눈을 반짝이면서 기다리고 있는 아이에게 겉으로는 평소처럼 온화하게 말했다. "볼티모어에 있을 때 그 할머니는 어떻게 한 거니? 이제 엄마가 많이 알고 있으니까, 그때 일을 말해도 괜찮아." 로다가 의기양양하게 미소를 머금고 고분고분 말했다. "밀었어, 엄마. 할머니를 조금 밀었어."

아이가 밖으로 나간 뒤에 크리스틴은 욕실로 들어갔는데, 딱히 무슨 생각이 있어서가 아니었다. 그녀는 욕실에 우두커니

서 있다가 거울에 비친 자신의 모습을 손가락으로 가리키며 날카롭게 웃어댔다. 그러고는 거울에 머리를 대고 두 팔을 힘없이 늘어뜨린 채, 무슨 일이 있어도 비밀을 가슴에 묻고서 살아가야 한다고 생각했다. 그것이 최선이라고 낙관적인 기대를 해야 했다.

그녀는 로다에 대해서 다른 사람과 상의를 하고 싶은 마음이 간절했으나 그렇게 할 수는 없었다. 적어도 당장은 할 수 없었다. 당연히 상의를 해야 하는 케네스에게도 그것은 녹록치 않을 터이다. 결국, 속말을 더는 참지 못할 지경이 되었을 때, 그녀는 진의를 눈치 못하게 레지널드에게 털어놓기로 마음먹었다. 그녀는 레지널드에게 전화를 걸어서 꾸준히 소설의 뼈대를 잡는 중이라고 말했다. 지금까지 읽어본 여성 살인자들과는 다른, 아동 범죄자를 주인공으로 소설을 쓰기로 결정했다고 말이다.

"그 아이 어머니는요? 그 여자도 범죄자로 다룰 건가요?"

"아뇨. 아이 엄마는 상식적이고, 오히려 고지식한 인물로 그릴 생각이에요."

"모순인걸요." 레지널드가 말했다. "그 부분을 어떻게 다룰지 결정하면, 내게도 알려줘요."

그들은 둘 다 알고 지내는 지인들을 화제로 잠시 한담을 나누었다. 전화 통화가 끝난 뒤에 크리스틴은 창가에 앉아서 두 손을 무릎에 올려놓았다. 머릿속에서 일던 거센 소용돌이가 어느 정도 누그러져 있었기에 로다의 장래를 어떻게 처리해야할지 생각하려고 애썼다. 우선은 아이의 정신이 온전한지 따져보아야 했다. 로다가 실제로 정신에 이상이 있어서 자신이 한 짓을 책임지지 못하는 것은 아닐까? 그렇다면, 아이를 적절하게 대해줄 수 있고 이를테면 치료할 수 있고, 아이가 다시는 사람들에게 해를 끼치지 않도록 적당한 시설로 보내야하지 않을까? 하지만 그녀는 이내 아니라고 고개를 저었다. 로다는 정신이상자가 아니었다. 그 아이를 조금만 아는 사람이라면 그것을 잘 알고 있다. 설령 아이의 정신에 문제가 있다 해도, 또 그녀와 남편이 아이를 위해 최선의 방법을 택하기로 마음먹는다 해도, 과연 그 일을 어떻게 처리한단 말인가? 시댁에 알려야 할까? 그녀는 무기력하게 고개를 저었다. 그런 일을 어떻게 처리해야 하는지 그녀는 알지 못했다.

자리에서 벌떡 일어선 그녀는 집안을 오가며 무의식적으로 가재도구들을 정리하고 또 정리했다. 도저히 정리할 수 없는 마음속의 혼란이 그대로 행동으로 나타나는 것 같았다. 그녀는 다시는 범죄자 자료를 읽지 않겠다고 다짐했다. 그것은 그녀의 불안을 가중하고, 절망을 깊게 할 뿐이었다. 하지만 걸어 다니는 장난감처럼 무감각하고 정확하게 오가기를 오래, 문득 그것을 다시 읽고픈 마음이 간절해졌다. 마치 그 자료 속에서 그녀가 알고 싶은 것들이 곧 드러나고, 종래에는 그녀 자신의 존재와 삶에 대한 모종의 비밀까지 밝혀줄 것 같았다. 그 비밀을 더는 합리적으로 회피할 수 없다고 그녀는 생각하고 있었다.

그녀가 읽기 시작한 자료들은, 유명한 여성 대량 살인자들과 관련된 것인데, 그들은 전부 오롯이 자신의 이익을 위해서 범죄를 저지른 인물이었다. 아처길리건 부인, 양로원을 운영하면서 노인들이 일괄 생명 보험을 들게 한 뒤 적자가 나지 않게 미리 조치를 취했다. 인디애나 주의 벨 거니스, 자신의 환심을 사려는 남자들을 손도끼로 후려친 뒤에 사료처럼 썰어서 알뜰히도 돼지에게 먹였다. 버사 힐, '유쾌한 계곡'이라는 마을에 살았다는 인물이다. 영국인 소녀 크리스틴 윌슨, 아주 열성적으로 콜키쿰을 활용함으로써 당시 의사들로 하여금 신종 전염병이 영국에 발병했다고 생각게 했다. 그 밖에도 한 부인, 브레넌 부인, 제인 토판 양이 있었다. 거기에 덧붙여 수지 올라, 그녀는 거의 혼자 살다시피 하면서 헝가리 마을 두 곳에서 남자들을 모조리 죽여 없앴다.

남성 대량 살인자와 관련된 사건들도 있었으나 크리스틴은 그 중에서 하나만 읽어 보았다. 퀘벡 주의 보석상 앨버트 과이, 그는 아내 이름으로 든 여행자 보험금을 노리고 아내가 탑승한 비행기를 폭파했다. 과이 사건에 주석이 달려 있었다. 레지널드의 의견에 따르면, 스물세 명의 목숨을 앗은 과이는 사건의 특이성이 아니라 사고라는 우연성으로 일약 유명한 대량 살인자 명단에 이름을 올린 경우다. 앨프레드 클라인, 제임스 P. 왓슨과 같은 탁월한 예술가적 범죄자나 혹은 독보적인 살인자 베시 덴커와 비교할 때, 과이는 서툴고 우둔하기 짝이 없었다.

자료집을 밀쳐낸 펜마크 부인은 창가에서 공원을 내다보며 미심쩍은 목소리로 말했다. "베시 덴커, 베시 덴커. 어디서 들어봤더라?" 그녀는 베니션블라인드의 줄을 만지작거리면서 자기도 모르게 입술을 오물거렸다. "베시 덴커! 오거스트 덴커! 엠마 덴커! ……. 그리고 에이다 구스탑슨이라는 늙은 부인도 있었어."

크리스틴은 갑자기 어쩔 줄을 몰라 하며 공원에 있는 로다를 불렀다. 아이가 앞으로 다가오자, 그녀가 거칠게 말했다. "어서 구두를 가져다 소각로에 넣어!"

아이는 엄마의 말에 따랐고, 크리스틴은 날카로운 목소리로 정신없이 소리쳤다. "빨리! 빨리, 로다야! 구두를 소각로에 넣으라니까! 어서 태워버려!"

그녀는 문가에 서서 딸아이를 지켜보았다. 복도를 따라 간 로다는 낙하구의 문을 열고 아래의 소각로를 향해 피 묻은 구두 한 켤레를 떨어뜨렸다.

# 제 8 장

그날 늦은 오후, 브리드러브 부인이 평소처럼 억척스럽고 활기찬 모습으로 펜마크의 집에 들어섰다. 그녀는 쇼핑을 하고 오는 길이라면서 눈에 보이는 의자에 털썩 주저앉았다. "우리 두 사람을 위해서 작은 선물을 사왔지. 오래전부터 갖고 싶었는데 여태 찾을 수가 없더라고. 자기도 갖고 싶어 하던 물건일 걸. 자기네 주방과 우리 주방이 똑같으니까."

그것은 주방 개수대 위에 설치하는 세제 받침대였다. "이걸 설치하기 위해 타일에 구멍을 뚫지 않아도 돼." 그녀가 말했다. "흡착 식으로 타일에 붙이는 거야." 그녀가 흡착 지지대를 보여주면서 말했다. "피마자유를 이 안쪽에 바르고, 재빨리 타일에 대고 꾹 눌러주면 되는 거야. 못질한 것처럼 튼튼하다고."

하지만 로다의 문제로 충격에서 벗어나지 못한 펜마크 부인은 말없이 멍한 미소를 머금은 채 한 번씩 고개를 끄덕일 뿐, 모니카의 말을 듣는 둥 마는 둥 하고 있었다.

모니카는 부채질을 하면서 말을 계속했다. "외판원들이 얼마나 오만한지, 아직도 적응이 안 되고 깜짝 놀라곤 한다니까. 이걸 사는데 외판원이 말하더군. '부인, 설치 방법을 알려드려야겠네요.' 그래서 내가 말했지. '이봐요 아저씨, 내가 글씨는 좀 읽을 줄 알아요. 설치방법이 설명서에 잘 나와 있네요.' 그랬더니 그 작자가 남자들 특유의 뻐기는 태도로, 왜 있잖아, 주변에 다른 남자들이 듣고 있으면 더 그럴듯이, 능글거리면서 이러는 거라. '여자 분들은 기계 장치 같은 걸 잘 다루지 못하잖아요. 내 아내는 전구 하나를 제대로 갈아 끼우지 못하죠.' 그래서 내가 이랬지. '저기요, 나는요, 남자들이 할 수 있는 건 다 할 수 있거든요. 게다가 남자들이 못하는 걸 내가 못한다고 해서 놀라지는 않는다우.'

모니카는 유쾌하고 다정한 목소리로 그녀가 외판원에게 한 말과 외판원이 그녀에게 한 말을 들려주느라 바빴다. 크리스틴은 미소를 머금고 고개를 끄덕거리면서 앉아 있었다. 그녀의 두 손은 무릎에 둔중하게 올려져 최소한의 힘마저 느껴지지 않았다. 그녀가 골몰해 있는 생각의 배경처럼 모니카의 이야기는 아득하게 들려왔다. 그녀는 여전히 로다의 문제와 그 아이를 앞으로 어떻게 대해야 할지 생각하고 있었다……. 경찰서에 가서 로다가 한 짓을 알려야할까? 그것이 최선일까? 물론, 로다처럼 어린 아이가 체포되어 살인죄로 재판을 받지는 않을 것이다. 하지만 로다를 데려가서 시설에 가둘 것이다. 소년원이라고 하던가, 그녀는 생각했고, 또 고개를 끄덕이면서 모니카의 이야기를 계속 권했다. 하지만 지금도 소년원이라고 부르는지는 모르겠어.

"그런데 내가 어렸을 때 말이야." 모니카는 한결같은 다정함으로 말했다. "나중에 성홍열로 죽은 오빠가 하나 있었거든. 아버지의 이름을 따서 마이클 러너 웨이지스였는데, 아주 똑똑했어. 내가 어리고 숫기가 없어서 낯선 사람이 말만 걸어도 도망쳐 숨고는 했을 때 사람들이 이런 말을 했었지. '웨이지스 부인에겐 참 다행이지 뭐야. 자식 중에 멍청한 아이가 하나쯤 있을 수 있는데, 그게 저 계집애니까. 계집애는 멍청해도 별문제 아니잖아. 오히려 좋은 남편 만나기가 쉬우니 그리되면 만사형통이지. 솔직히 약간 덜 떨어진 게 저 아이한테는 복일지도 몰라. 하지만 남자가 세상에서 한 자리 꿰차려면 똑똑해야 하거든.'"

모니카는 말을 멈추고 크리스틴을 흘깃했다. 건성으로 이야기를 듣고 있던 크리스틴이 다소곳이 미소를 짓고 말했다. "그럼요, 모니카. 딱 맞는 말이죠, 안 그래요?" 그녀는 이내 시선을 떨어뜨리고, 경찰에 알린다면 당국에서 로다를 형무소에 준하는 시설에 가둘 것이고 언론과 여론에 알려질 것이 뻔하다고 생각했다. 전국적으로 모든 신문에서 이례적인 사건이라며 기사를 실을 테고······. 눈살을 찌푸린 그녀의 머릿속에 불을 보듯 뻔한 신문의 머리기사가 떠올랐다. '브라보의 손녀딸은 두 얼굴의 살인자' 혹은 '두 명을 살해한 어린이' 일단 경찰에 알리고 나면 사람들에게 알려지는 것을 피할 도리가 없다. 모니카와 에모리 그리고 페른 자매를 비롯하여 이 도시의 모든 사람들이 알게 되고, 그녀와 케네스를 측은히 여길 것이다. 그것은 생각만해도 견딜 수 없는 일이었다. 남편의 경력에 또다시 오점을 남긴 채, 그들은 피난처를 찾아서 그곳을 떠나야할 것이다. 평온을 얻지 못하고 영원히 도망자 신세가 되겠지? 그들은 언제까지 딸아이의 헛된 욕심에 희생되어야 할까?

미심쩍은 듯이 말을 멈추었던 모니카가 다시 입을 열었다. "자기 주관이라고는 눈곱만치도 없었던 우리 어머니는, 당시에 대부분의 여자들이 그랬겠지만, 아무튼 남들이 하는 말에, 특히 남자들이 하는 말에 무조건 수긍부터 하셨지. '맞아요, 머리 좋은 건 남자아이에게 큰 재산이죠.' 그러면 집에 찾아온 손님이 이렇게 말했지. '여자애들이야 얼굴 반반하면 그만이죠. 여자애들은 일단 예쁘고 봐야 해요.' 손님들이 그런 말을 할 때면 난 속으로 다짐했어. '난 예뻐지지 않을 거야. 뭐, 저절로 예뻐질 수밖에 없다 해도 난 싫어.' 물론 내가 저절로 예뻐질 팔자는 아니었지만."

그녀는 키득거리고는 턱에 있는 자갈을 어깨로 옮기는 듯한, 예의 그 독특한 몸짓을 하면서 걱정스레 크리스틴을 바라보았다. 크리스틴의 얼굴엔 여전히 거짓 미소가 무의식적으로 떠올라 있었다. 그녀는 탐색하듯 바라보는 모니카의 시선도 눈치채지 못하고 있었다. 그녀는 로다의 범죄 사실이 세상에 알려진다면, 그녀 자신과 남편 케네스는 물론이고 시어머니와 미혼의 시누이들까지 파멸할 것이라는 생각에 빠져 있었다. 한결같이 보수적이고 점잔을 빼는 시댁 식구들은 자기네와 다른 사람들을 이해하지 못했고 진심으로 용서할 줄도 몰랐다. 그들은 펜마크 가문에 범죄자가 있다는 사실을 결코 받아들이지 못할 것이고 로다의 비정상성이 크리스틴 때문이라고 비난할 것이다. 그것은 참담한 상황이었지만 그래도 그녀는 견뎌낼 수 있다고 생각했다. 하지만 남편은 그녀보다 훨씬 더 어려운 상황에 처할 것이다. 남편 자신은 깨닫거나 인정하지 않지만 그 또한 어떤 식으로든 시댁의 보수 성향과 긴밀한 끈으로 묶여 있었다. 시댁 식구들은 처음부터 그녀를 싫어했고, 두 사람의 결혼에 대놓고 분노했다. 비극에 직면한 뒤에 케네스가 보다 냉정한 눈으로 그녀를 판단하려든다면, 그의 어머니와 시누이들의 반대가 결국은 옳았다고 생각하지는 않을까? ……. 그녀는 또 한숨을 쉬면서 힘없이 머리를 흔들었다.

"그래서 속으로 다짐했지." 모니카가 계속해서 말했다. "남자의 잣대로, 그들만큼 똑똑해지겠다고." 그녀는 거북한 듯 몸을 움직이고 말을 이었다. "또 다짐했어. '남자들은 자기들이 대단한 줄 아나본데? 자기들이 마치 신이라도 되는 줄 알잖아! 남자들이 어디에서 멈춰야하는지 내가 알려주겠어.' 하고 말이지."

크리스틴이 멍하니 고개를 끄덕였다. 생각하면 할수록 지금

시점에서 로다의 일을 세상에 알려봤자 득 될 것이 없었다. 설령 로다가 소년원에 들어간다고 해도, 장기적으로 무엇이 달라진다는 말인가? 그런 시설에 대해 들리는 소문이 사실이라면, 그곳은 아이에게 범죄의 마지막 배경 역할만 하게 될 것이고, 결국은 로다의 생은 범죄로 끝나게 될 것이다. 그때 모니카의 시선을 느꼈는지, 고개를 든 그녀가 또 미소를 짓고 불분명한 소리로 말했다. "예. 예. 당연하죠, 모니카."

모니카는 좀 더 이야기를 했지만, 점점 목소리에서 맥이 풀렸다. 이윽고, 그녀는 남자들의 완벽성에 대해 스스로 어떻게 대처해왔는지 결말을 짓고는, 크리스틴을 물끄러미 살펴보았다. 그러고 보니, 크리스틴은 아예 듣는 척도 하지 않는 상황이라, 모니카는 농담 삼아 불쾌한 심정을 드러냈다. "무슨 일이라도 있는 거야? 안색이 창백하고 심란해 보이네. 뭔가 걱정거리가 있나보네. 누가 자기 기분을 상하게 한 거야, 크리스틴? 누가 자기에게 함부로 굴었어?"

그녀는 의자에서 약간 움직이더니, 두 발과 무릎을 쭉 펴고 여름 정장의 매무새를 고쳤다. 구두는 양탄자에 약간 볼썽사납게 올려놓은 상태였다. 그러고는 성미가 까다로운 아이를 달래듯이 카랑카랑하게 약간은 꾸민 목소리로 진심어린 걱정을 담아서 말했다. "크리스틴, 솔직하게 말할게. 에모리와 난 요즘 자기를 걱정하고 있어. 어제 저녁 식사 때에도 그런 얘기를 하다가 자기가 예전 같지 않다는 결론을 내렸어. 괴로운 일이 무엇인지 말해줄지 않을래? 내가 좀 도와주면 안 될까?"

크리스틴이 꾸밈없이 웃고는 상대를 우롱할 생각은 추호도 없이 정색하고 말했다. "아무 것도 아녜요, 모니카. 요사이 잠을 제대로 못 잤거든요. 더워서 그런가봐요. 저는 모니카와 에모리처럼 더위에 익숙하지가 않잖아요. 건강을 해칠 정도는 아녜요. 걱정하실 것 없어요."

"페른 학교의 소풍날 이후로 자기는 어딘지 달라졌어." 모니카가 말했다. "에모리가 어제 그러더군. 처음에는 동생이 잘못 봤지 싶었는데, 가만히 생각해보니까 일리가 있더라고." 그녀는 잠시 뜸을 들이다가 쾌활하게 덧붙였다. "그래, 알았어. 말하고 싶지 않으면 안 해도 돼." 그녀가 일어서면서 말했다. "자기야, 느긋하게 마음먹어. 자기가 곧 나한테 말해줄 거라고 믿어."

크리스틴이 말했다. "정말 별 일 없어요. 전혀 없는 걸요."

변했다는 모니카의 말을 부인하듯이 크리스틴은 한동안 즐겁게 이런저런 이야기를 꺼냈다. 하지만 대부분 미소를 짓고 물어보는 말이 많았고, 속으로는 모니카를 향해 연신 아니라고 말하고 있었다. '모니카, 당신이 틀렸어요. 로다에 대한 얘기는 당신에게도 그 어떤 누구에게도 하지 않을 테니까요. 그런 일을 어떻게 말하겠어요?'

크리스틴은 그날 밤에 오랫동안 잠 못 들고 뒤척였다. 하지만 새벽녘에 불안히 잠이 들었고 악몽을 꾸었다. 사람들이 가득했음에도 아무도 살지 않는 백색의 도시에 그녀는 홀로 있었다. 하늘은 위협하듯이 펼쳐져 있었고, 지평선에는 슬리퍼처럼 생긴 이상한 구름들이 가만히 떠 있었다. 사람들이 있는, 그러나 살아있지는 않은 사람들이 있는 작은 집들을 들여다보면서 돌아다녔다. 그녀가 말했다. "길을 잃었어요. 이 추운 곳에서 나가는 길을 알려주실래요?" 그때 도시는 사람들로 가득해졌다. 그들이 그녀를 뚫고 지나가듯 그녀도 그들을 손쉽게 지나갔다. 그들은 그녀에게 말을 걸지 않았고, 그녀가 있다는 것조차 모르고 있었다. 그래서 그녀가 말했다. "나도 저들이랑 같은 사람인데, 저들은 그걸 아직 모르고 있는 거야."

지치고 서글퍼진 그녀는 자기가 사는 곳이라고 생각되는 집 앞에 서서 울었다. 그러다가 결국에는 자기도 다른 이들처럼 실체 없는 유령에 불과한, 아무 것도 아닌 존재임을 깨닫고는 무작정 달리기 시작했고, 도시 너머의 작은 언덕에 다다랐다. 그녀는 그 언덕 꼭대기에 앉아서 두려움에 몸을 떨며 구두처럼 생긴 집 한 채를 쳐다보았다. 그 집 앞에는 로다의 깔끔한 필체로 '크리스틴 덴커'라는 이름이 쓰여 있었는데, 갑자기 잿빛 먼지가 일면서 집이 사라지더니 서서히 집터만 보이는 것이었다. 그 순간에 잠에서 막 깨어나려던 그녀는 이렇게 말했다. "로다가 우리 모두를 파멸시킬 거야. 난 벗어나지 못해. 로다가 곧 우리 모두를 파멸시킬 거야."

잠에서 깨었을 때, 그녀의 손은 부들부들 떨리었고, 잠옷은 땀으로 흥건히 젖어 있었다. 그녀는 어둠 속에 서서 담배를 피웠다. 그때 불현듯 멀지 않은 허름한 빈민촌에서 닭 우는 소리가 들려왔고, 그녀는 새벽이 가까웠음을 알았다. 그녀는 창가로 가서, 강어귀 위로 푸르스름한 분홍빛으로 변하는 하늘과 동쪽으로 복잡하게 얽혀드는 강과 만을 보았다. 그녀가 갑자기 울음을 터뜨렸다. 붉은 벽돌로 널찍하게 만들어놓은 바깥쪽 창선반에 손바닥을 올려놓자, 거기에 내려앉은 이슬방울들이 물집처럼 터졌다. 그녀는 거실로 가서 독서용 램프를 켰다. 꿈결 같던 여명이 불빛에 쫓겨 사라졌다.

타자기 소리에 잠이 깰까봐 딸아이의 방문을 닫아놓고 책상 앞에 앉아서 그녀는 세세하고도 격정적인, 그러나 남편에게 보낼 생각이 없는 편지 한 통을 또 쓰기 시작했다. 그 편지에 불안과 절망을 솔직히 털어놓았다. 그토록 알고자 했던, 그리고 지금은 알게 된 진실이건만, 그녀는 로다의 문제를 어떻게 마무리 지어야 하는지 알지 못한다고 썼다. 그 진실에서 유일하게 얻은 위로가 있다면, 앞으로는 의심 때문에 마음이 괴롭지 않으리라는 것이다. 하지만 지금 이 순간, 그녀는 차라리 진실을 몰랐더라면 좋았을 걸 후회가 된다고 썼다. 상식을 무시하더라도 로다가 결백하다는 일말의 가능성을 믿을 수만 있다면 좋겠다고.

그녀와 케네스가 지금 직면해 있는 문제—그녀는 다 알고 있지만 그는 모르는 문제—는 도무지 해결방법이 없는 크나큰 난제라고 썼다. 장차 로다뿐 아니라 이 사회에 두 사람은 어떤 책임을 져야하는 것일까?

그녀는 이렇게 썼다.

지금 당신과 함께 있을 수만 있다면, 당신이 내 곁에서 어찌해야 할지 충고를 해줄 수만 있다면. 하지만 당신은 여기에 없으니, 당신이 돌아올 때까지 어떻게든 내가 최선을 다해 해결해야겠죠. 또래의 아이들은 아주 잘 이해하는 일이건만, 로다는 너무 어려서 자신이 한 짓을 이해하지 못한다고, 그렇게 믿으려고 애쓰고 있어요. 로다가 교훈을 얻어서 다시는 그런 짓을 하지 않을 거라고 난 믿고 싶은데, 당신의 생각은 어떤가요? 지금으로서는 그럴 가능성은 없다고 봐요. 그저 일이 저절로 어떤 결론에 도달할 때까지 기다리는 수밖에.

여보, 미칠 것 같아요. 당장 어떻게 하죠? 어서 돌아와 줘요! 지금 당신과 함께 있고 싶어요. 미치도록 당신이 필요해요. 돌아와요! 이제는 용감한 척 허세를 부리지도 못하겠어요.

그녀는 다 쓴 편지를 서랍 속의 다른 편지 사이에 넣고 자물쇠를 잠갔다. 어느새 해가 높이 떠서 사위는 밝아져 있었다. 그녀가 커피를 타 마시면서도 꼬리를 무는 생각에 잠겨 있는 동안, 야릇하게 골똘한 표정이 그녀의 얼굴에 나타났다. 자기의 의견만 가치가 있는 것처럼 딸아이의 문제를 혼자서 결정하겠다니, 얼마나 우둔하고 오만한 여자인가…… 아니, 그렇지 않다. 그녀와 케네스가 아이에 대한 책임을 공유하고 있었다. 그래서 남편이 일을 마치고 돌아오면, 두 사람이 침착하게 그 문제를 상의할 것이었다. 그렇게 힘을 모아 최선의 방법을 찾아낼 것이다. 그들이 무엇을 해야 할지 결정할 것이다.

하지만 아이가 무슨 짓을 저질렀든, 두 사람의 피붙이인 아이를 매몰찬 세상으로부터 보호하는 것이 그들의 의무임은 분명했다. 로다가 저지른 일을 분명하게 알고 난 뒤에 케네스가 어떻게 생각할지는 그녀로서 알 수 없었다. 하지만 그녀의 생각만 말하라면, 무슨 일이 있어도 로다를 보호할 것이었다. 물론 타인의 행복에도 관심을 가질 것이다. 로다가 타인에게 해를 끼치지 않도록 지속적으로 지켜볼 것이다. 그런데도 그녀는 문제를 되풀이해서 생각하느라 애써 걱정거리를 만들고 있었다. 로다가 저지른 일을 그녀가 알고, 그녀가 알고 있다는 것을 로다가 인식하고 있으니 다시는 그런 일이 일어나지는 않을 것이다. 로다가 지금 어떤 상태에 있든, 훗날 어떤 모습으로 성장해 있든 그녀는 로다를 보호할 것이다. 그것은 분명했다. 아이를 보호하는 것이 그녀의 의무였다. 자식을 배신하고 파멸시키다니 그런 괴물이 어디 있단 말인가? 생각할 수도 없는 일이었다. 그녀는 절망적으로 머리를 흔들었다. 그때 그녀는 컵받침에 커피를 쏟는 바람에 무심코 소리쳤다. "그것 말고 내가 할 수 일이 뭐지? 맙소사, 로다를 보호하는 것 말고 내가 뭘 할 수 있냐고?"

그녀는 주방으로 컵을 가져가서 건조대에 올려놓았다. 그리고 다시 거실로 돌아와서 의자에 앉았다. 혐오스럽고 겁이 났지만 사건 자료집을 다시 집어 들었다. 두 번 다시 읽지 않겠다고 다짐했다. 하지만 계속 읽어야만 한다는 생각에 그녀는 이미 자료집을 펼치고 있었다. 그녀가 지금까지 오랫동안 간과

해온 것들을 이제야 알아가는 과정이라고 그녀는 읽어야만 하는 구실을 찾았다. 그녀가 좀 더 일찍 현실과 마주할 수 있다면, 로다를 더 잘 이해하게 될 것이고 그 시점도 훨씬 앞당길 수 있을 것이다. 그럼에도 그녀의 마음 한편에서는 그런 편리한 구실이 일부분만 진실이고 가장 중요한 이유가 아님을 알고 있었다. 더 알고 싶지 않다고 다짐했음에도, 주저하면서도 간절하게 자료집을 다시 읽고 있는 자신의 모습이 있기에 그랬고, 계속 알아내려고 노력한다면 딸아이의 심리에 도사린 진짜 수수께끼뿐 아니라 그녀 자신의 마음에 숨겨진 부분들도 명확해지리라는 생각이 있기에 그랬다. 그래서 한숨을 뱉어낸 그녀는 아직 접하지 못한 특별한 사건을 찾아 부지런히 자료집을 읽어갔다.

그때 그녀의 침실에서 여덟 시에 맞춰놓은 자명종이 울리는 바람에 로다가 잠을 깼고, 그녀는 아침 식사를 준비했다. 주방 창문으로 리로이가 출근하는 모습이 보였다. 그는 차고 문 가까이서 늘어지게 하품을 하고 기지개를 펴더니 숨죽여 웃으면서 로다의 방 창문을 올려다보았다. 그가 창 밑에서 속삭였다. "로다야! 꼬맹이 로다, 아직 안 일어났나?"

크리스틴은 리로이의 눈에 띄지 않게 안쪽으로 물러서 있었다. 리로이는 조심스럽게 주변을 살피고는 목소리를 낮춰 말했다. "로다야! 로다야! 한 가지만 묻자꾸나. 네가 찾던 물건은 찾았냐?" 아이의 인기척이 없자, 그는 돌아서서 조용히 그러면서도 의기양양하게 웃었다. "아직도 그걸 찾지 못했다면, 더 열심히 찾아야 할 거야. 한 가지 확실하게 말해주마. 내가 먼저 찾게 되면 안 되지." 그는 손가락을 입에 대고 조심스러운 듯 말했고, 계단에 앉고서도 로다의 창문에서 시선을 떼지 않았다. "스위치 딸깍! 우웅우웅! 내가 무슨 말 하는지, 잘 알지? 아직도 모르겠다면, 더 빨리 그걸 찾아야 할걸." 그가 또 웃어댔다. "스위치 딸깍! 우웅우웅!" 그는 지하실 쪽으로 향하면서 덧붙였다. "지금 커튼 뒤에서 내 말 듣고 있는 거 알지. 내가 한 말 다 들은 거 알지."

아이가 식탁에 앉자, 크리스틴이 말했다. "너와 리로이 아저씨가 얘기를 하더구나. 아저씨가 자꾸 이상한 소리를 내던데, 그게 무슨 뜻이니?"

"나와 리로이 아저씨는 얘기를 하지 않았어." 아이가 새침하게 말했다. "아저씨가 나한테 얘기 한 거야. 나는 리로이 아저씨한테 얘기 안 했어."

"우웅우웅 하는 이상한 소리는 뭐지?"

"몰라. 리로이 아저씨는 바보 멍청이야. 난 아저씨가 하는 말은 절반도 안 들어."

냅킨을 펼치는 아이의 얼굴은 평화롭고 태평해 보였고, 아직 잠이 덜 깬 눈을 하고 있었다. 아이는 하품을 하다가 우아하게 입가를 손으로 가리고는 수저를 집어 들었다. 크리스틴은 그런 딸아이를 보면서 생각했다. 로다는 후회나 죄의식을 느끼지 못해. 조금도 괴로워하지 않아. 시간이 지나, 로다가 공원에 나갔을 때, 크리스틴은 자료를 계속 읽어나갔다. 읽는 틈틈이 범죄자의 이상심리에 대해 생각하거나 그녀에게 도움이 될 만한 지침을 발견해내려고 애썼다. 그녀는 범상치 않은 이들을 범죄자로 만드는 요인이 무엇인지 궁금했다. 잘못된 훈육의 결과일까? 나쁜 환경 때문일까? 아니면 애초부터 범죄자로 태어났기에 아무리 노력해도 약간의 교정만 가능한 운명 때문일까?

그런 생각들이 좀처럼 머리에서 떠나지 않아서 점심이 가까울 무렵, 그녀는 레지널드에게 전화를 걸어서 그의 의견을 물었다. 레지널드는 오랫동안 사건 자료를 수집하고 연구 분석해 온 결과, 환경은 범죄의 외부적인 측면에 영향을 미칠 여지는 있으나 범죄의 지속성과는 관련이 거의 없는 것으로 보인다고 말했다. 범죄자를 이해하는 가장 간단한 방법은, 인간이 스스로를 교화하기 전, 그러니까 대중을 통제하기 위해 소수의 원칙을 도덕률로 일반화하기 전인 오만 년쯤 전에는 범죄자들도 평범한 인간이었음을 인정하는 것이라고 했다.

다시 말해서, 우리 대부분은 교훈과 본보기에 따라 도덕관념이라는 것을 발전시켜 나감으로써 이성적으로 수용 가능한 도덕적 인성을 획득할 수 있다. 하지만 어떤 사람들에게는 이런 능력이 전무한데, 주변 환경에서 주는 훌륭한 감화도 이들에겐 무용지물이다. 이들은 아주 조악한 육체적 표현 외에는 타인을 사랑할 능력조차 없다. 이들에게 선악을 구분하는 이해력은 있으나, 선악에 대한 도덕적인 이해의 기준은 완전히 제각각이다. 이들은 변화되거나 교정될 수 없는, 태생적 범죄자들이다.

그녀는 전화를 끊고 자료집을 다시 읽었다. 그러던 중, 레지널드의 주석이 딸린 사건 하나가 그녀의 눈에 들어왔다. '독보적인 범죄자 베시 덴커' 그녀는 그 사건 파일을 힘없이 펼쳐들고 인상을 찌푸렸다. 베시 덴커, 그 이름에서 집요하게 느껴지는 익숙함에 그녀는 난감해져서 고개를 저었다. 발췌된 글의 작성자는 매디슨 크러벳, 그는 한때 전문성과 재기 넘치는 필력으로 알려진 인물인데, 크리스틴도 그 이름을 들어본 적이 있었다.

그의 글은 이렇게 시작 되었다.

재능을 타고난 무수한 자매들 중에서 맘에 드는 여성 살인자를 한 사람만 꼽으라고 한다면, 나는 눈처럼 희고 희었던, 그 이름은 너무도 달콤한데 가슴은 너무도 무자비했던 에바 쿠를 꼽지 않을 것이다. 선웃음을 치면서 초콜릿을 들이마셨던, 영국인이 두루 흠모해 마지않던 메들린 스미스 양도 아니다. 지금은 졸렬한 광시(狂詩) 속에서 불멸의 이름으로 남은 리지 보덴, 자신이 기르던 애완 새끼 고양이들의 머리를 자름으로써 도끼 술을 연마한 그녀도 역시 사랑스러운 존재이긴 하나 내가 꼽는 단 한 사람은 아니다. 의심이 많은 대중으로부터 당연한 찬사마저 받지 못했던 미인, 리다 사우서드, 그녀도 아니다. 비소와 수면제와 스트리크닌 따위를 자유자재로 사용함으로써 미국 어휘 사전에 참신하고 치명적인 도구를―그중에서 파두유(巴豆油) 하나만 말해도 충분할 터!―추가한 성스러운 여인, 안나 한도 아니다.

이 여성들이 천부적인 재능으로 살인 기술에서 예술가적 경지를 보여준 것은 사실이나 나의 선택은 따로 있다. 나의

> 선택은 그중에서도 단연 여왕 자리에 있는, 타의 추종을 불허하는 베시 덴커. 아이스박스처럼 차가운 심장, 무쇠처럼 단단한 담력, 고성능 계산기처럼 정확하고 무정한 두뇌의 소유자. 나는 이 책에서 사랑스러운 여인 베시 덴커를 최고로 꼽는데 조금도 주저하지 않겠다. 이제부터 이 여인에 대해 살펴보자. 베시 덴커는 내 연인이었고, 그녀가 그것을 몰라줘도 나는 상관없다.

그 대목에서 크리스틴은 넌덜머리를 내면서 파일을 치워두고 집안일을 하기 시작했다. 그날 오후, 그녀는 기분전환이나 할 겸 로다와 극장에 갔다. 어두운 극장에 앉아서 빤한 이야기에 집중해 보았으나 뜻대로 되지 않았다. 그들은 제과점에 들러 아이스크림과 케이크를 샀다. 밤에 로다가 잠이 들 때까지 그녀는 사건 파일을 다시 꺼내들지 않았다. 이윽고 그녀는 또 한 번 덴커 파일을 집어 들고 그 섬뜩한 내용들을 읽어가기 시작했다.

베시 덴커는 1882년 아이오와 주의 한 농장에서 하인즈와 메이미(구스타프슨) 쇼버의 장녀로 태어났다. 그녀에게 남동생과 여동생이 한 명씩 있었다. 남동생은, 일곱 살의 베시가 설탕인 줄 알고 천연덕스럽게 빵과 버터에 발라놓은 비소를 먹고 죽었다. 여동생은, 언니 베시를 도와 물을 길러 갔다가 우물에 빠져 익사했다. 나중에 베시가 여타 범죄들로 기소되어 사형이 구형되었을 때, 베시의 활력과 결단력 덕분에 완전히 파멸된 그들 가족을 기억해낸 이웃들에 따르면, 베시의 할아버지 구스타프슨이 어느 일요일 오후에 뒤뜰의 안락의자에서 꾸벅꾸벅 졸다가 총격을 받고 사망했다. 누가 어떻게 그런 짓을 저질렀는지 알려진 것은 없었다. 사건이 일어났을 때 할아버지와 단둘이 있었던 조용하고 눈망울이 큰, 겨우 열한 살의 베시 쇼버를 의심한 사람은 당시에 아무도 없었다.

크러벳은 베시의 초기 사건들, 즉 그의 집필 목적과 관련하여 시사점이 많은 사건들을 충분히 제시할 수 없음을 사과하고 있다. 하지만 베시 쇼버 덴커의 어린 시절에 대해 좀 더 상세하고 심오하게 연구하려는 독자가 있다면, 작고한 리처드 브라보의 훌륭한 연재 기사를 참고하라고 조언했다. 덴커 부인의 재판을 취재하고, 그녀의 삶을 자세히 파고든 브라보는 그녀의 초기 기행에 대해 권위자로 통한다는 설명도 덧붙여 있었다.

크리스틴은 손에 땀을 쥐었다. 그녀는 사건 파일을 밀치고 담뱃불을 붙이면서 연신 고개를 저었다. 그녀의 아버지가 베시 사건의 권위자라면, 기자로서 경험한 여타 사건들에 대해서는 얘기하면서도 왜 유독 베시에 대해서만 함구했는지, 그녀는 의아해졌다. 아니면 아버지는 말을 했는데 당시에 관심이 없었던 그녀가 한 귀로 듣고 흘려버린 것일까? 그렇다면 덴커와 쇼버와 구스타프슨이라는 이름들이 옛날에 알았던 것처럼 왜 그리도 익숙하게 느껴지는지, 나아가 사건 자료를 읽으면서 나중에 어떤 일이 벌어질지 짐작이 가는 것까지 설명이 되었다. 분명하진 않았다. 갑자기 알고 싶지도 않아졌다. 치밀한 계산과 차가운 탐욕으로 점철된 사건 자료를 보고 있는 자신이 어리석게만 느껴졌다. 사실, 무의미한 자료에 불과했다. 모조리 잘못되어 있었다. 더는 읽지 않을 것이다.

하지만 의지와는 반대로, 그녀는 덴커 사건을 계속 떠올리면서 이렇게 혼잣말했다. "서니라는 남자아이도 있었던 것 같아. 본명이 루트비히, 아닌가? 그리고 엠마보다 나이가 많은 남자아이가 또 있었는데, 이름이 피터……. 그래, 피터였어. 그리고 여자아이, 그러니까 덴커 집안에서 막내둥이……. 아, 그 꼬맹이의 이름이 생각나지 않네. 전에는 분명히 알고 있었는데."

그녀는 거울에 비친 자신의 모습을 화들짝 놀라 노려보았다. 내가 미친 걸까? 내가 어떻게 그 사람들을 안단 말이야? 그녀는 사건 자료를 더는 읽지 않겠다고 또 말해보았다. 이번에는 단호했다. 집요하리만큼 그녀의 주의를 환기하려드는 암시들을 떨쳐버리기로 마음먹었다. 힐끔 본 벽시계가 자정을 넘어 있었다. 그녀는 침대에 누웠으나 또다시 뒤척일 뿐이지 잠들지 못했다. 그녀는 혼자 말했다. "베시 덴커가 왜 이리도 신경이 쓰이는 걸까? 그 여자에 대해서는 이제 아무 것도 알고 싶지 않아. 그러잖아도 해결해야 할 문제가 얼마나 많은데."

# 제9장

매년 7월 10일은 브리드러브 부인과 에모리 웨이지스가 시걸 호텔에서 8월 말까지 보내기 위해 그들의 아파트를 떠나는 날이었다. 연중행사처럼 모니카는 떠나기에 앞서 잠시 동안 떨어져 있을 지인들과 석별의 정을 나누기 위해 컨트리클럽에서 뷔페식 만찬을 열고는 했다. 이번에는 칠월 사일에 만찬을 계획하고 있었다. 그해 독립 기념일에는 특별히 클럽에서 화려한 불꽃놀이가 열릴 예정이어서 즐거운 눈요기도 겸할 수 있겠다는 생각 때문이었다. 그녀는 유월 중순부터 파티를 계획했다. 적당한 음료와 요리를 클럽 측에 예약하기 위해 펜마크 부인과 세세하게 의논도 했다.

상황이 그렇다보니, 사일 날 아침에 전화를 한 크리스틴이 몸이 좋지 않아서 만찬에 참석하지 못하겠다고 했을 때 브리드러브 부인은 적잖이 놀랐다. 게다가 로다에게도 문제가 있다는 것이었다. 말인즉슨, 전에는 로다를 돌봐주는 일이라면 한없이 상냥하던 포사이드 부인이 어딘지 달라져서 또 로다를 부탁하기가 꺼려진다고 했다. 물론, 베이비시터를 부를 수도 있으나 이런저런 개인적인 이유도 있고 해서 내키지 않는다고 크리스틴은 말했다.

브리드러브 부인은 베이비시터라는 말을 듣고 웃었다. 똑 부러진 성품에 외모까지 조숙해 보이는 로다에게 베이비시터라니……. 도무지 어울리지 않았다. 차라리 로다가 베이비시터를 돌봐주면 모를까! 그녀가 말했다. "제시 포사이드에 대해서는 걱정 마. 로다를 얼마나 좋아하는데. 조만간 로다를 봐달라고 하면 얼씨구나 달려올 거야. 바로 어제도 나더러 로다와 얘기하는 게 가장 즐겁다고 말했는걸. 그래서 내가 '하지만 로다와 말상대하기에는 부인이 좀 버겁지 않나요?' 하고 말하려다가 그만뒀지. 포사이드 부인의 손자손녀들은 그 가여운 노인을 잘 따르지도 않을뿐더러 면전에서 놀리기까지 한다고. 하지만 우리 꼬마 숙녀 로다는 나이든 사람들을 상대하는 요령이나 배려심이 남다르지."

"그럴지도 모르죠. 모니카 말이 맞을 거예요."

"문제는," 브리드러브 부인이 쾌활하게 말했다. "자기가 너무 심각하게 생각한다는 거야. 요즘 들어 자기가 사회적인 의무에 얼마나 소홀한 줄 알아? 눈치코치 없이 둔하디 둔한 에모리까지 그런 말을 할 정도니까. 자자, 일시적인 우울증은 떨쳐버리고, 내키지 않더라도 파티에 꼭 참석하라고. 이번에도 자기가 주인공이 될 테니까. 결혼한 남자들이 자기를 보면서 우리 마누라가 조금만 닮았더라면 하고 탄식을 쏟아낼 거라고. 나한테다 맡겨, 크리스틴. 자기는 멋지게 몸단장이나 하라고. 나는 준비 사항을 확인하러 클럽에 미리 가야하지만, 여섯 시경에 자기를 모셔오라고 에모리에게 일러놓았어."

만찬에서 크리스틴은 곧 레지널드를 알아보고 그쪽으로 갔다. 두 사람이 유리문들이 활짝 열려져 있는 테라스에 앉았을 때, 사건 자료집은 도움이 되고 있냐고 레지널드가 물었다. 크리스틴은 덴커 사건을 조금 읽었는데, 너무 심란해져서 몇 쪽 보다가 치워두었다고 말했다. 그녀는 난처한 표정으로 고개를 저었다. "혹시 낯선 장소에 가거나 낯선 사람을 만나서 난생처음 대화를 나누는데, 그 똑같은 상황들을 과거에 경험한 듯한 기분이 들 때가 있나요?"

"그럼요, 그런 경우가 꽤 많죠. 그런 현상을 지칭하는 말이 있는데, 생각이 안 나네요."

"바보 같은 소리로 들리겠지만, 베시 덴커에 대해 그런 느낌이 들어요. 이유를 모르겠어요."

"아마도 예전에 그 사건에 대해 읽었다가 잊어버려서 그런 것이겠죠."

크리스틴이 잠시 간격을 두었다가 말했다. "그 사건에서 아버지의 이름을 대하고 깜짝 놀랐어요. 아버지가 그런 사람들을 만났는지 몰랐거든요."

"그래서 그 사건이 익숙하게 느껴질 겁니다. 크리스틴이 어렸을 때 부친이 얘기를 했을 겁니다."

"그런 것 같지가 않아요. 뭔가 다른 이유가 있는 것 같아요."

레지널드는 베시 재판에 대한 브라보의 기사야말로 정확한 저널리즘 이상의 성과라고 열변을 토했다. 그 기사들은 이미 해당 분야에서 고전이 되었고, 브라보가 덴커 사건에서 확립한 전범에 따라 많은 기자들이 기사를 쓰고 있으나 브라보를 능가한 예는 없다고 말이다.

"아버지에 대해서는 전에 미처 몰랐던 사실들을 발견하곤 해요."

레지널드는 고개를 끄덕이고 칵테일 잔을 비웠다. "덴커 사건은 어디까지 읽었나요?" 크리스틴이 읽은 부분을 말하자, 그는 특히나 엽기적인 초기 사건에 대해서는 자기가 직접 얘기를 해줌으로써 그녀의 수고를 덜어주겠다고 했다.

그는 칵테일을 또 한 잔 들이켠 뒤에 생각을 정리하듯 눈을 감고 있다가 이윽고 경쾌하면서도 조금은 빠른 말투로 이야기를 시작했다. 베시의 아버지, 하인즈 쇼버는 탈곡기와 관련된 사고로 죽었는데, 사건의 수상한 점들은 나중에도 풀리지 않은 채 남았다. 시간이 흐른 뒤에 베시 덴커의 숭배자들은 사고 당시에 그녀가 아버지와 함께 일하고 있었다는 점에 주목했지만 그녀가 부친의 죽음에 관련이 있는지에 대해서는 아무런 단서도 포착되지 않았다. 어쨌거나 하인즈 쇼버는 미망인에게 적잖은 돈을 남기고 죽었다. 당시에 스무 살 가량이었던 베시는 우연이든 아니든 이미 운 좋게 시작된 범죄의 세계에 본격적으로 발을 들여놓고 싶어 안달이 나 있었다. 하지만 도시에서 더 잘할 수 있을 거라고 생각했고, 마음은 벌써 네브래스카 주의 오마하에 가 있었다.

하지만 그녀는 아버지의 죽음 이후로 소화불량에 시달리는 어머니를 돌보기 위해 한동안은 농장에 남아 있었다. 그녀의 예정대로 어머니가 죽고 난 뒤, 농장을 매각한 돈과 보험금을 챙겨서 그곳을 떠났다. 오마하에서 그녀는 상당한 재력가인 블라디미르 쿠로프스키와 결혼했다. 신부의 요청에 따라, 쿠로프스키는 지나치게 많은 보험을 들어야했다. 일 년이 채 되지 않아서 그는 미망인 베시에게 슬픔과 보험금을 남기고 죽었다. 미망인 쿠로프스키 부인은 보험금을 현금화하고 부동산을 처분한 뒤에 캔자스 시로 이주했다. 얼마 후에 그녀는 오거스트 덴커라는 젊은 농부를 만나 결혼했다. 덴커는 특별한 능력은 없었으나 넉넉한 집안의 출신이었다. 덴커 부인이 캔자스 시에 있는 거주지를 처분하고 두 번째 남편과 함께 농장 일을 시작한 것은 그녀의 범죄 경력에서 중대한 전환점이었다. 그로인해 그녀는 당대에 큰 화제와 충격을 던져주었다.

레지널드는 시거에 불을 붙이고, 크리스틴에게도 시거를 권한 뒤 말을 이었다. 리처드 브라보는 오거스트 덴커에 대해 주목할 만한 연구를 진행했다. 브라보에 따르면, 오거스트 덴커는 대량 살인자의 범죄 이력에서 지속적으로 나타나는, 숙명적인 희생자의 전형이라고 볼 수 있으며, 이런 사람들의 타고난 신뢰감과 순수함을 이용함으로써 대량 살인자가 오랜 기간에 걸쳐 범죄에 성공한다고 했다. 엽기적인 아내와 결혼 당시에 찍은 오거스트 덴커의 사진을 본 적이 있다고 레지널드가 말했다. 머리칼은 금발이었고, 외모에서 풍기는 섬세함은 거의 여성적인 느낌이 들 정도였다. 두 눈은 순수하고 정직했다. 보는 이에 따라서는 아주 잘생겼다고 생각할 만한 남자였다. 그는 능숙하게는 못해도 바이올린을 연주했고, 소문에 따르면······.

크리스틴은 두 손으로 눈가를 누르고 머리를 흔들면서 나지막이 말했다. "아뇨. 아니에요. 바이올린이 아니에요. 분명히 그건 아니에요. 관악기 종류 같은데.. 아무튼 불어서 연주하는······. 코넷이었을 거예요."

한 무리의 사람들이 테라스로 들어오더니 레지널드와 크리스틴의 주변에서 이야기를 나누기 시작했다. 레지널드는 그들이 지나갈 때까지 말없이 기다렸다. 이윽고 그는 덴커 부인과 그녀의 독특한 범죄에 대해 좀 더 자세히 말했다. 오거스트 덴커와 결혼할 당시에 그녀는 이미 덴커의 가족을 전부 몰살하려는 계획을 세웠고, 오랜 기간에 걸쳐 모든 것이 그녀의 계획에 따라 순조롭게 진행되었다.

크리스틴이 레지널드의 말을 막았다. "어떻게 오랫동안 들키지 않았을까요?" 그녀가 물었다. "그 많은 사람들이 죽었는데도 의심하는 사람이 없었어요?"

레지널드의 의견에 따르면, 베시 덴커가 그렇게 오랫동안 수사망을 피할 수 있었던 것이 펜마크 부인의 생각처럼 불가능한 일은 아니었다. 우선, 선량한 사람들은 좀처럼 남을 의심하지 않는다. 그들은 자기들이 못하는 일을 남이 할 수 있다고는 생각하지 않는다. 그리고 대개는 진부한 해결책을 받아들이고 문제 자체를 방치한다. 게다가 보통 사람들도 실상과는 많은 차이가 있음에도 대량 살인자의 외모가 괴물과 흡사하다고 생각하는 경향이 있다. 레지널드는 잠시 말을 멈추었다가, 이들 현실의 괴물들은 실제로는 그들의 평범한 형제자매보다 더 평범하게 보이고 평범하게 행동한다고 말했다. 그들은 실제로 선한 사람들보다 훨씬 선하게 보인다. 밀랍으로 만든 장미나 플라스틱 복숭아가 불완전한 진짜보다 더 완벽하게 보이듯이 말이다.

레지널드는 살짝 기지개를 펴고, 베시 덴커는 탁월한 배우였다고 말했다. 그녀는 교회에 다녔고, 시댁 식구들을 자주 찾아뵈었으며, 교회의 자선 바자회를 위해서라면 싫은 내색 없이 파이와 케이크를 구웠고, 자기보다 못한 사람들을 도와야 한다는 작지만 소중한 사명감도 가지고 있었다.

레지널드의 말은 계속 되었지만, 점점 조바심이 나던 펜마크 부인이 그의 말을 끊고 이렇게 물었다.

"에이다 구스타프슨은 누구죠? 그녀는 덴커 부인의 범죄에서 어떤 역할을 했나요?"

레지널드는 시거의 재를 가볍게 털면서 웃었다.

"아, 그 여자!" 그러고는 일사천리로 에이다 구스타프슨에 대해 설명을 하기 시작했다. 덴커 부인의 불쌍한 사촌이었던 에이다 구스타프슨은 괴팍한 독신녀로서 덴커의 가족들이 거의 다 죽고 난 뒤에야 등장하는데, 베시 재판 기록에는 대부분 "에이다 구스타프슨 노파"라고 언급되어 있다. 그녀는 당시에 육십 대 후반이었음에도 활달하고 건강했다. 여생 동안 딱히 갈 곳이 없었던 그녀는 먼 친척인 덴커 부인에게 몸을 의탁했다. 덴커 부인의 집에서 함께 살게 되자, 그녀는 요리와 청소는 물론이고 베시의 네 아이까지 보살폈으며 심지어 오거스트를 거들어 농장 일까지 했다. 그녀는 베시의 타고난 기질보다 더 빈틈이 없고 눈썰미가 좋아서 결국에는 베시의 방해물이자 호적수가 되었다. 그녀는 눈을 냉소적으로 치켜뜨고 늙은 입술을 샐쭉하게 내민 채 농장에서 벌어지는 일을 속속들이 지켜보았다. 오랫동안 말을 아끼면서도 습관처럼 베시의 일거수일투족을 감시했는데, 진작부터 예상해둔 베시의 행보를 대조하고 분석이라도 하는 것 같았다. 덴커 부인이 사형을 당함으로써 더욱 미궁에 빠진 것은 덴커 자신의 범죄가 아니라 그녀의 친척인 에이다 구스타프슨의 범죄라고 해야 할 것이다.

크리스틴은 레지널드의 긴 이야기에 묵묵히 귀 기울이며 생각했다. 어렴풋이 에이다가 생각나. 우리 중에서 아무도 그녀를 좋아하지 않았어. 스폿이라는 개를 키우셨지. 에미와 서니, 그리고 나까지 자꾸 물었지만 그래도 우리는 스폿과 잘 지냈어.

하지만 피터는 끝내 스팟을 싫어했지, 아마.

그녀는 불쑥 앞으로 몸을 내밀고 유리잔을 내려놓더니 두 손을 깍지 끼웠다. 그녀가 더는 부인할 수 없는 진실, 피하고 싶었지만 지금은 그럴 수 없음을 깨달은 운명이 점점 다가오고 있다는 느낌이 들었다. 그녀는 의자에서 몸을 틀어서 푸른 잔디밭 너머의 울타리를 물끄러미 쳐다보다가 거의 알아들을 수 없는 소리로 말했다. "덴커의 자식 중에서 막내의 이름이 뭐였더라?"

레지널드가 유쾌하게 말했다. "아, 크리스틴이요, 당신과 이름이 같죠. 게다가 당신처럼 아주 예뻤지요. 오거스트 덴커처럼 금발이었고, 섬세한 외모까지 아버지를 빼닮았죠. 당신의 아버님이 그 아이를 보고 가슴이 뭉클하셨다는군요. 그 아이가 처한 곤경에 대해 그분이 쓴 에세이는 명작 중에 하나죠. 요즘에도 간간이 실리고 있는 글이니까요."

그때 펜마크 부인이 의자가 흔들릴 정도로 벌떡 일어서서 몸이 좋지 않다고 말했다. 곧 집에 가는 것이 좋겠다고 말이다. 레지널드가 집까지 태워다주겠다고 말했지만, 그녀는 택시를 부르겠다고 고집했다. 그녀는 곧 브리드러브 부인에게 가서 갑자기 몸이 좋지 않다고 말했고, 브리드러브 부인은 약간 신경질적으로 말했다. "대체 요즘 무슨 일이 있는 거야? 조금도 자기답지가 않아. 안색이 어둡고 핏기도 없잖아, 자기야. 눈가에도 계속 경련이 이네."

당장에 대답할 말이 없었던 크리스틴이 몸을 부들거리면 돌아섰다. 하지만 모니카가 그녀의 팔을 붙잡고 걱정스럽게 말했다. "기어이 집에 가야 할 것 같으면, 가야지. 하지만 택시는 놔둬. 이디스 마커슨이, 자기도 그 사람 알지?, 지금 막 도착했는데, 운전사가 아직 가지 않았어."

밖으로 나간 모니카는 운전사를 불러 뭔가를 이르고는 크리스틴에게 말했다. "집에 가면 무슨 일이 있어도 누워서 쉬어야 해. 파티가 끝나면 내가 곧 보러 갈게."

고개를 끄덕이고 돌아서는 크리스틴의 뇌리에 이런 생각이 스쳤다. 내가 누군지 알아. 더는 나 자신을 속일 수 없어. 그녀는 좌석에 등을 기대고 쿠션에 얼굴을 묻었다. 금방이라도 울음이 터질 것 같았지만, 집에 돌아와 익숙한 환경을 마주보자 돌연했던 공포는 꽤 누그러져 있었다. 잠시 후에 그녀는 로다를 데려가기 위해 포사이드 부인의 집문을 두드렸다.

포사이드 부인이 말했다. "이걸 어쩌누! 나와 로다가 우리끼리 아담하게 뷔페식 파티를 열자고 방금 식탁까지 차렸는걸. 우리는 라디오를 들으면서 식사를 한 뒤에 정자에서 음악을 감상할 거야."

쿠션처럼 위로 올린 노부인의 머리는 머리핀과 조그만 호박빗으로 촘촘히 묶여 있었고, 바위처럼 단단하게 쥔 매듭이 둥그스름한 쿠션 덩어리처럼 왼쪽 귓가로 쏠려 있었다. 그녀는 한숨을 쉬면서 머리 매무새를 고쳤는데, 커다란 자줏빛 눈에 간절함이 가득했다.

"로다가 지금 가버리면 실망이 이만저만 아닐 거야." 그녀가 솔직하게 말했다. "그만한 실망이 또 있을까."

크리스틴은 로다를 나중에 데려가겠다고 말했다. 거실로 돌아온 그녀는 불안과 혐오 그리고 생모의 무시무시한 삶에 대해서는 더 알고 싶지 않다는 결심에도 불구하고 더 강한 힘에 이끌린 듯 레지널드에게 전해들은 내용에 이어서 덴커 사건을 읽기 시작했다.

메디슨 크러벳에 따르면, 덴커 가의 친인척 관계는 빅토리아조의 소설 세 권 분량이 될 만큼 복잡했다. 중간에 잊어버리지 않으려면 책 앞장에 도표와 가계도와 등장인물이 있어야 하는 것처럼. 하지만 새로운 가정을 꾸린 베시 쇼버는 자신의 무자비한 목적을 위해서 덴커 가의 가계도를 연구하는 데 조금의 망설임도 없었다. 그녀는 극진한 관심으로 시댁의 구성원과 그들 개개인의 성격을 분석했다. 서로 간의 촌수는 물론이고 시할아버지 칼 덴커와의 혈연관계까지 면밀하게 연구했다. 칼 덴커는 챔피언전에 임하는 체스 선수가 말을 움직이듯이 주도면밀하게 집안의 경제력을 통제하고 있었다. 그런 시할아버지가 조금만 틈을 보여도, 덴커 부인은 호시탐탐 집안의 돈줄을 남편 쪽으로 잡아놓았다. 베시 덴커야말로 체스 선수에 못지않은 민첩성과 계산력을 지녔고, 체스 챔피언전보다 훨씬 격렬한 살인의 게임에서 냉철한 두뇌로 돈을 노리고 있었다.

그녀는 독, 도끼, 라이플총, 산탄총을 동원하여 빈틈없이 계획을 진행해나갔고, 그 결과는 목을 매거나 익사한 자살처럼 위장되었다. 하지만 크러벳은 덴커 가의 비극을 불러오기까지 이런 과정은 아주 더디게 진행되어서 결론부터 말하자면, 베시의 생애에서 마지막 십 년동안 목표대로 살해한 사람은 스물세 명이었다고 밝히고 있다. 그녀의 계획은 대담하고도 뛰어난 지략의 결과이며 세세한 면에서도 철두철미했기에 지능적인 살인자를 선호하는 팬들에게는 군계일학과 같은 존재가 되었다. 하지만 이 탁월한 여성에 관한 더 자세한 정보뿐 아니라 덴커가의 다양한 죽음을 가져온 계획의 세부적인 사항까지 원하는 독자들에게, 크러벳은 조너선 먼디의 『미국의 위대한 범죄자들』이라는 시리즈 중에서 베시 덴커에 관한 책을 권하고 있었다.

실내는 점점 어두워져갔고, 크리스틴은 독서램프를 켰다. 하지만 그녀는 잠시 멈춰 서서, 희미한 색채로 빛나는 서쪽 하늘을 바라보았다. 높이 날아오른 새 떼가 아스라이 저무는 창공너머로 가는 실선을 그리고 있었다. 떡갈나무는 만에서 불어오는 저녁 바람에 춤을 추었다. 구름 한 점 없이 매끄러운 수평선은 짙은 푸른색을 띠고 있었다. 그녀는 잠시 가만히 서 있다가 초조하게 집안을 이리저리 오가며 무심히 전등불을 켰고 또무심히 그것들을 껐다.

이윽고 그녀는 사건 파일을 다시 읽기 시작했다.


베시 덴커의 재판이 진행되던 당시, 덴커 가의 유일한 생존자는 막내딸 크리스틴이었는데, 그 아이에 대해서는 이미 많은 기사가 나와 있다. 생모의 '마스터플랜'에서 가까스로 탈출한

이 비극의 아이가 결국 어떻게 되었는지는 알려져 있지 않았다. 다만, 명망 있는 가정에 입양되었을 거라는 추측만 힘을 얻고 있다. 하지만 그 이후 크리스틴의 행적은 궁금증만 자아내고 있다. 그녀는 어디에 살고 있을까? 결혼을 하여 그녀 자신도 엄마가 되어 있을까? 유년 시절에 경험한 그 끔찍한 공포를 과연 잊었을까? 어머니가 저지른 일을 그녀는 제대로 알거나 이해하고 있을까? 어머니의 광기에서 간신히 살아남은, 그 비극과 공포에 찌든 아이의 운명에 대해서는 그저 물음표만 남아 있을 뿐이다. 그녀의 삶에 대해서는 앞으로도 밝혀질 가능성이 없다. 새로운 신분으로 살아가고 있는 그녀의 삶은 철저히 베일에 싸여 있다.

혼란 속에서 자료를 밀쳐낸 크리스틴은 침대에 누워 베개에 얼굴을 묻었다. 그녀는 울먹이며 말했다. "당신이 궁금해 하는 그 아이, 내가 여기 있어. 여기 있다고." 그녀는 잠시 멈칫했다. "난 끝내 벗어나지 못한 거야……. 내가 벗어났다고?"

크리스틴은 이번에도 잠을 이루지 못했다. 그녀는 침대에 누운 채, 어둠 속에서 희미하게 빛나는 흰색의 천장을 바라보았다. 원래는 샹들리에의 중앙 장식물이었던 과일과 꽃으로 된 정교한 장식에 그녀의 시선이 못박혀 있었다. 바깥에서 미풍에 흔들리는 나뭇가지의 부스럭거림이 들려왔다. 가까이서 으깬 장뇌 잎사귀의 냄새가 풍겨왔고, 멀리 컨켈 집의 잔디밭에서 밤에 피는 재스민이 지독하리만큼 달콤한 향기를 발하고 있었다. 침묵도 꼬리를 무는 생각도 견딜 수 없게 되자, 그녀는 뒤쪽 발코니로 나가서 고개를 들었다. 브리드러브 부인의 서재에 불이 켜져 있었다. 그녀는 절박한 심정으로 모니카에게 전화를 걸었다.

모니카가 말했다. "크리스틴, 전화를 해줘서 정말 다행이야. 파티를 끝내고 집에 돌아오면 자기한테 연락을 할 생각이었는데, 열한 시가 넘어서야 끝났지 뭐야. 그래서 자기는 이미 잠들었다고 생각했거든. 파티에 모인 사람들, 자기도 잘 알잖아. 한번 흥이 오르면 도무지 집에 갈 생각을 안 한다고."

그러다가 문득 잠이 든 남동생이 떠올랐는지 그녀는 목소리를 더욱 낮추고서 말했다. "자기가 끝까지 함께 있었더라면 좋았을걸. 지금은, 몸이나 잘 돌보라고. 우린 자기가 아프게 놔두지 않을 거야. 우린 자기가 아픈 건 못 참는다고." 시계를 쳐다보는지 잠깐 말이 없던 그녀가 이윽고 이렇게 말했다. "지금 잠깐 들를래? 커피나 한잔 하자. 내가 지금 물을 올려놓을 게. 시골의 늙은 과부댁들처럼 주방에 앉아서 수다나 떨자고."

문간에서 크리스틴을 맞은 모니카가 조용하라며 손가락을 입에 댔다. 그녀는 꽃무늬가 있는 기모노 차림에다가 얼굴은 콜드크림으로 번들거렸고, 머리는 아이용 컬클립으로 말고 있었다. 그녀는 조심스럽게 웃으면서 말했다. "언제나 풍성하게 컬을 해보고 싶었어. 물론 나한테는 전혀 어울리지 않겠지만 말이야. 자기야, 웃고 싶으면 맘껏 웃어도 돼. 다른 사람들이 내게서 우스꽝스러운 점을 찾아내도 난 전혀 개의치 않으니까."

크리스틴은 고개를 끄덕이고 미소를 지으려고 애썼다. 문제를 건드리지 말았어야 했어. 내 비밀을 알아내려고 과거를 엿보지 말았어야 했어. 양부모님은 현명하게도 내게 아무 말도 하지 않으셨잖아. 내가 바꿀 수도 어쩔 수도 없는 과거로부터 그분들은 나를 적절히 보호해주신 거라고. 그런데 난 그분들처럼 문제를 묻어두지 못했어. 알아내려고 했고 엿보았어. 그래서 지금은 알게 된 거야.

모니카가 커피를 내왔고, 그들은 주방의 환한 불빛 아래 마주 앉았다. 모니카는 흐릿한 기억력과 상스러운 단어에 대해 간간이 사과를 곁들이며 파티에 대해 자세히 말했다. 그런데 갑자기 생각이 바뀌었는지, 크리스틴의 얼굴을 어루만지면서 말했다. "뭔가 자기를 괴롭히는 일이 있군. 그게 뭔지 말해줄래? 이젠 나를 믿어도 좋을 것 같은데."

크리스틴은 고개를 저으며 한숨을 쉬었고, 무기력하게 시선을 떨어뜨렸다. "안 돼요. 말할 수 없어요. 모니카에게조차 말할 수 없어요." 그녀는 아이스박스에서 크림 용기를 꺼내서 모니카의 백랍 크림 그릇에 부었다. 내가 어떻게 로다를 탓할 수 있지? 그 아이를 그렇게 만든 나쁜 씨는 내게서 나온 것인걸. 죄인이 있다면 그건 로다가 아니라 바로 나야. 갑자기 비천해지고 죄지은 느낌에 사로잡힌 그녀는 자기도 모르는 사이에 혹시 로다를 그르쳐온 것은 아닌지 생각에 잠겼다. "내가 죄인이에요." 그녀가 혼잣말했다. "내가 바로 나쁜 씨의 매개자예요."

크리스틴이 고민을 털어놓기를 기다리던 모니카는 자기가 직접 추측하여 말을 꺼냈다. "이건 내 생각인데." 그녀가 말했다. "혹시 케네스와 갈라서기라도 하는 거야?" 그녀는 자기가 생각해도 터무니없는지 웃어넘기고는 말을 이었다. "혹시 케네스가 칠레에서 예쁘장한 스페인 아가씨라도 만나서 자기한테 쪽지 한 장 달랑 보내면서 헤어지자고 한 거냐고?"

"그런 거 아니에요, 모니카. 케네스와 저는 변함없어요. 그렇게 믿고 있어요."

모니카가 커피를 홀짝인 뒤에 말했다. "그것말고 다른 이유라고는 건강 문제인데. 혹시 암이나 그런 병에 걸렸다고 걱정하고 있는 건가? 그런 거라면 꿋꿋하게 맞서야지. 우린 가능한 방법은 다 동원해야 해. 게다가 요즘에는 불가능한 것이 별로 없다고. 무슨 일이든, 우리가 함께 이겨내야지."

"내가 아는 한, 건강에는 아무 문제가 없어요."

모니카는 커피 잔을 내려놓았다. "더는 다그치지 않을 게, 크리스틴. 내가 진심으로 자기를 사랑하고 있다는 사실, 솔직히 말해서 내 분신처럼 깊이 사랑하고 있다는 말만 할게. 에모리도 마찬가지야. 하지만 자기도 이미 알고 있을 테니까, 굳이 자세히 말하지는 않겠어."

크리스틴은 고개를 끄덕이고 식탁에 이마를 댔다. 그 옆에 서서 그녀의 어깨를 어루만지던 모니카가 평소의 그녀답지 않게 부드럽고 진지한 목소리로 말했다. "나를 믿어. 나를 믿어도 돼." 크리스틴이 벌떡 일어서더니 껴안고 울음을 터뜨렸다. 그런 그녀가 측은해서 모니카는 조용히 혀를 찼다. "크리스틴, 곧 기분이 좋아질 거야. 잠도 좀 잘 수 있을 거야." 그러고는 평소의 목소리로 덧붙였다. "일주일 전쯤인가, 나도 좀 우울증이 있었는데, 그때 유잉 박사가 수면제 한병을 놓고 갔어. 난 아직 사용하지 않았는데, 자기한테 갖다 줄게. 잠을 제대로 안 자면 못써."

그녀가 약병을 가져왔다. 하지만 집에 돌아왔을 때, 크리스틴은 자물쇠 달린 서랍을 열고 그 안에 든 권총과 남편에게 보내지 않은 편지들 옆에 약병을 놓았다.

# 제10장

그녀는 한참을 뒤척이다가 잠들었다. 이번에도 악몽을 꾸었다. 어떤 여자가 손도끼를 들고서 길을 걸어가고 있었다. 그녀는 어느 농가에 멈춰 서서 그 안을 살폈다. 자기가 원하는 것을 발견하지 못하자, 그녀는 손도끼를 뒤로 숨기고 헛간으로 다가가 나긋하고 조급해하지 않는 목소리로 말했다. "크리스틴! 크리스틴, 어디 있니? 엄마를 무서워하지 마. 엄마가 너한테 해코지를 할까봐 그러니?"

하지만 긴 목초 뒤에 숨어있던 크리스틴은 대답하지 않았다. 다시 고개를 들어보니, 헛간은 유리창으로 가득해져 있었고, 유리창마다 엄마가 죽인 희생자들의 얼굴이 비치고 있었다. 비어있는 유리창은 딱 하나, 어머니의 목소리가 들려왔다. "크리스

228

틴! 크리스틴, 다른 사람들처럼 네 자리에 들어가야지!" 그때 유리창에 비친 사람들이 한목소리로 말했다. "당신은 절대 크리스틴을 찾지 못할 거야. 지금은 신분을 완벽하게 숨기고 있으니까."

얼굴 없는 여자가 말했다. "그 아이가 어디에 있든 반드시 찾아내고 말겠어. 내가 바로 독보적인 베시 덴커라고. 자신의 계획을 가장 효과적으로 실천한 인물, 그게 나란 말이다."

그때 크리스틴은 침착하고 지극히 평범한 어머니의 얼굴을 똑똑히 보았고, 온몸을 떨면서 땅바닥에 더 가까이 웅크렸다. 유리창에 비친 사람들이 관심 어린 표정으로 서로를 향해 말하고 있었다. "독보적인 베시 덴커가 이번에는 크리스틴을 원한대. 크리스틴, 다른 사람들처럼 네 자리에 들어오렴. 누구 크리스틴 본 사람 없어? 크리스틴이 유일한 생존자야."

펜마크 부인은 초조하게 베개를 밀쳤고, 땀에 젖은 두 손을 그러잡은 채 현실의 표면 위로 떠오르려고 버둥거렸다. 그녀는 상체를 일으키고 베개를 어루만졌다. 한동안 한기를 느끼듯 온몸이 떨리고 이가 덜덜거렸다. 그녀는 다시 뒤척이다가 겨우 잠들었다. 눈을 떴을 때는 아침이었다. 비가 내리고 있었다. 바람이 나무 우듬지에 퍼부은 빗줄기가 흔들리는 나뭇가지 사이로 흘러내렸다. 흠뻑 젖은 공원의 나무들이 쓸쓸히 바람에 휘어졌다가 비명을 토하며 다시 일어섰다. 배수구에서 흘러넘친 빗물은 건물 앞뜰로 밀려들었는데, 말다툼이라도 벌이는 듯한 빗물 소리에 더 주의 깊게 귀를 기울이면 그 의미까지 알 수 있을 것도 같았다.

　그녀는 창문을 닫고 빗물이 들이친 자리를 닦았다. 그리고 로다를 위해 아침 식사를 준비하려고 주방으로 갔을 때, 낡은 우비를 입은 리로이가 어기적거리며 지하실 밖으로 재를 나르는 모습이 보였다. 그녀는 식사 준비를 하려던 생각도 잊은 채 멍하니 창가에 서서, 아홉 시에 들르는 쓰레기 수거인을 위해 리로이가 오솔길에 깡통을 쌓아놓을 때 나는 텅텅 소리를 듣고 있었다. 곧 앞뜰에 나타난 리로이는 몸을 구부리고 나뭇잎에 막혀서 빗물이 넘치는 배수구를 청소했다. 그녀는 그의 웅얼거림을 제대로 들을 수는 없었지만, 성마른 입술의 움직임으로 미루어 무슨 말을 하고 있는지 알 것 같았다.

　아침 식사를 마치고 냅킨을 접어서 찬장 서랍에 넣은 로다가 포사이드 부인의 집에 놀러가도 좋은지 물었다. 포사이드 할머니가 코바늘 뜨개질을 가르쳐주겠다고 약속했는데, 마침 비가 와서 밖에 나가 놀지는 못할 것이고 할머니 집에서 뜨개질을 배우기 좋은 기회라고 말이다. 크리스틴은 인상을 찌푸리고 대답을 망설였다. 로다에게 유전된 공포의 그림자를 알고 아이의 미래에 대해 타당한 확신이 있기에 크리스틴은 로다만 따로 다른 사람과 함께 놔두는 것이 윤리적으로 옳지 않다고 생각했다. 로다를 늘 감시하는 한편 사람들에게 로다의 범죄성을 알려야할 것이다. 하지만 그런 황당한 상황을 처리하기는 녹록하지 않아서 그녀는 힘없이 고개를 떨구었고, 남편이 돌아올 때까지는 아무런 결정도 내리지 않겠다는 생각을 곱씹었다. "내가 가도 좋다고 허락하면, 포사이드 할머니한테 아무 짓도 안하는 거다. 알겠니?"

"아니, 엄마. 무슨 말인지 모르겠어."

"제발 로다야! 앞으로는 아닌 척 모른 척 하지 마. 엄마와 로다는 서로를 잘 알고 있잖아. 지금부터는 우리끼리 솔직해지는 거야. 내가 무슨 말을 하는지 잘 알거야."

로다가 킥킥거리며 고개를 끄덕이더니 정나미 떨어지는 목소리로 말했다. "알았어. 하지만 할머니한테는 아무 짓도 안 해." 그러고는 두 손을 마주잡고 얄궂게 눈을 굴리며 덧붙이는 것이었다. "포사이드 할머니는 내가 좋아하는 것을 하나도 가지고 있지 않아."

로다가 나가고 집안일을 일부 끝냈을 때, 그녀가 자신의 정체를 알고 난 후로 마음속에 강하게 자리 잡은 암시들이 한꺼번에 튀어나왔다. 그녀는 자단으로 만든 콘솔을 닦다가 인상을 쓰고 돌아섰다. 왜 지금 침실에 들어와 있는지조차 생각이 나지 않았다. 섀미 가죽 옷을 개고 침대 옆에 망연자실 서 있는데, 두 손은 속절없이 허공에서 움직였다.

자신의 정체를 알고부터 딸아이에게서 그동안 당혹스럽게 느껴졌던 부분들이 상당부분 명확해졌다. 지금은 로다가 스스로 저지른 일에 대해 책임이 없음을 알게 되었다. 죄인은 로다가 아니라, 베시 덴커의 유전형질을 로다에게 물려준 크리스틴 본인이었다. 한 세대 동안 잠재해 있던 유전형질이 또 한 번 발현함으로써 파괴를 일삼기 시작한 것이다. 그런 마당에 어찌 딸아이를 탓하랴? ……. 가련하고 처절한 심정으로 그 문제를 곱씹을수록, 그녀의 죄는 더욱 분명해지는 것 같았다. 그녀는 연신 혼자 말하고 있었다. "나라는 인간 정말 수치스러워. 정말 수치스러워."

그녀는 절망에 짓눌려 털썩 주저앉고 말았다. 범죄 사실을 인지하고 있고 그 때문에 자초하게 될 파멸에 초연하고자 마지막으로 안간힘을 쓰면서 그녀는 할머니와 손녀딸에게서 보이는 비슷한 범죄성이 단순한 우연, 그러니까 일반적인 범죄처럼 서로 관련이 없는 우발적인 범행인지 아니면 그 이상인지 알고 싶었다. 어쩌면 그녀는 스스로 죄를 인정하는 데 급급하느라 무리한 추측까지 기정사실로 받아들였는지 모른다. 그녀는 베시 덴커와 로다를 잇는 필연적인 연결고리가 아니고, 그래서 결백한지도 모른다. 그 문제의 해답을 줄 수 있는 사람이 있다면, 레지널드 태스커라고 그녀는 생각했다. 하지만 그에게 전화하는 것이 현명한지 한참을 고민해야 했다. 그가 그녀의 바람과는 달리 질문의 핵심을 간파하고 곧바로 그녀가 직면한 문제와 연관지음으로써 은폐해야만 하는 비밀까지 알게 될까봐 두려웠다.

하지만 레지널드가 그녀의 질문 이면에 숨겨진 저의를 눈치채지는 못할 거라고 결론지었다. 그녀의 문제를 조금은 알 수 있어도 충분히는 모를 것이었다. 퍼즐의 모든 조각—볼티모어에서 일어난 노부인의 죽음, 소풍날 클로드의 죽음, 로다가 물려받은 섬뜩한 유전자—을 알고 있는 사람은 그녀뿐이었다. 그런 조각들은, 로다가 즐겨하는 초급자 직소 퍼즐처럼 개수가 적고 단순하여 전체 그림을 뻔히 보여주었다.

그녀는 망연자실 왔다 갔다 할뿐 마음을 정하지 못했는데, 결국은 레지널드가 그녀의 고민을 해결해주었다. 점심 때 그가 전화를 걸어와 아픈 데는 괜찮아졌느냐고 물었던 것이다. 그가 말했다. "혹시 덴커 사건은 다 읽었나요? 어제 이야기가 한창일 때 자리를 뜨셔서 말이죠."

"예, 다 봤어요."

"베시 덴커, 그 여자 정말 대단하지 않던가요?"

"그래요, 분명히 보통이 아니더군요."

그의 이야기는 계속되었다. 하지만 그가 생각을 정리하느라 잠시 말을 멈추었을 때, 크리스틴이 재빨리, 자기가 생각해도 아주 태연하게 궁금한 점을 물었다. 레지널드는 자신의 관심사는 아니지만, 당연히 생각해볼 만한 주제라고 했다. 그들을 범죄자로 만든 것은 긍정적인 요인이 아니라 부정적인 요인이다. 그것은 애초부터 결핍된 무엇 때문이지 나중에 획득한 무엇 때문은 아니다. 색맹과 대머리와 혈우병 등은 전부 어떤 것의 결핍에서 비롯된 것이고, 그것들이 유전된다는 사실을 아무도 부인하지 않을 것이다. 정신지체도 결핍에서 비롯된 것이다. 또한 세대에 걸쳐 유전된다……

크리스틴은 그의 말을 재차 확인하면서도 동의하지는 않았고, 약간은 절박한 목소리로 말했다. "하지만 정신의학자들은 어떻게 생각할까요?"

레지널드는 그녀의 순진함에 웃음을 터뜨렸다. 그는 질문에 대답하기 위해 자신이 먼저 몇 가지 묻겠다고 했다. 정신의학자들이 어떻게 생각하는가가 중요한가요? 또 그 사람들이 언제부터 이쪽에 관심을 가졌을까요?……. 그는 최근에 읽은 오래전 소우 사건의 증언에서 크리스틴이 흥미를 가질만한 사실이 있다고 했다. 당대 최고의 지성이었던 여섯 명의 정신의학자가 검찰 측 주장과 상반되는 증언을 한 반면, 역시 정신의학 분야에서 권위자로 평가받던 여섯 명의 다른 정신의학자는 변호인 측에 반하는 증언을 했다는 것이다.

전화를 끊고 실내를 오가던 크리스틴은 정신이 아득해지는 것을 느꼈다. 그녀의 삶의 본질적이고도 무시무시한 질곡이 이제는 뚜렷해진 것 같았다. 하지만 이런 생각은 너무도 섬뜩해서 당장 받아들이기는 어려웠다. 그녀는 창가에 앉아서 비바람에 움찔거리는 나무들을 지켜보다가 겁에 질린 힘없는 목소리로 말했다. "아, 제발! 아, 제발!" 감당하기엔 너무도 버거운 죄의식에 짓눌린 채, 그녀는 심리적인 공황 상태에서 방안을 이리저리 오고 갔다. 아득히 멀리에 있는 가혹한 힘을 향해 한 번 더 평화를 달라고, 혼자 힘으로는 부인할 수 없는 진실을 대신해서 부인해달라고 간청하듯, 그녀는 땀으로 젖은 두 손을 꼭 마주잡고 있었다.

그녀는 남편에게 또 한 통의 길고도 격정적인 편지를 썼다……. 어쨌거나, 거짓 신분으로 남편과 결혼한 셈이라고 말했다. 그녀는 자신의 어머니가 누군지, 그것을 어떻게 알아냈는지 말했다. 리처드 브라보는 덴커 사건과 깊숙이 관련이 되어 있었다고. 브라보 씨 내외가 유일한 생존자인 그녀의 존재를 어떻게 알아내고 나중에 양녀로까지 삼게 되었는지는 알 수 없다고 했다. 하지만 두 분이 왜 그녀를 입양했을까 의문이 떠나지 않는다고.

두 분 다 더없이 상냥하고 온화하셨기에 나를 구원하고자, 내가 너무도 어린 나이에 목격하고 알게 된 사건으로부터 나를 보호하고자 하셨을 거예요. 두 분의 바람은 거의 이루어졌지만, 완벽하지는 못했어요.

그녀는 또 이렇게 썼다.

내가 누구인지를 알고부터 우리의 결혼을 반대하셨던 당신 어머니에 대해 줄곧 생각해봤어요. 날 의심한 당신 어머니가 옳았어요. 다만 의심의 근거는 틀렸지만 말이죠. 당신 어머니는 본능적으로 내게서 어딘지 섬뜩한, 당신을 파멸과 절망으로 이끌게 될 악의 기운을 느끼셨던 게 틀림없어요. 맞아요, 난 당신을 파멸과 절망에 빠뜨릴 테니까. 난 무섭도록 분명하게 그것을 알 수 있어요.

하지만 우리의 결혼을 반대하신 어머니의 본능이 옳았듯이, 당신이 떠난 후 내가 로다에게서 발견한 일들을 당신에게 말하지 않아야 한다는 내 본능도 옳을 거예요. 내가 그런 일들을 당신에게 말할 수 있을지 모르겠어요. 아마 하지 못할 거예요. 그것이 내게 얼마나 치욕스러운 일인지 당신이 알기나 할까요? 얼마나 큰 굴욕인지. 지금부터 가능한 한 명확하게 생각해야 하고, 지금은 내게 없는 용기로 로다와 함께 살아가야 해요. 최선을 다해야겠죠.

로다의 문제가 우리 두 사람의 공동 책임이라고 생각했을 때보다 지금은 더 강해진 느낌이 들어요. 그것은 내 문제이고, 나 혼자 풀어야만 해요. 나 혼자만의 책임이에요. 지금의 로다를 만든 건 당신이 아니라 내가 지닌 나쁜 씨예요. 당신이 돌아와 작금의 상황을 알게 된다면, 난 물론 당신에게 언젠가는 어떤 식으로든 말을 해야겠지요. 그리고 이미 그랬듯이 어떤 현실이든 받아들일 생각이에요. 당신이 로나와 나를 포기해야 할 것 같아요. 당신은 아직 젊어요. 재혼해서 당신에게 어울리는, 나와 내 딸처럼 저주의 멍에가 없는 건강하고 평범한 아이를 키우세요.

그녀가 편지를 다 쓰기 전, 여름 폭풍우는 이미 지나가고 뜨거운 칠월의 태양이 떠오르고 있었다. 빗방울 뚝뚝 떨어지는 장뇌 나무에 태양이 쏟아졌고, 젖은 잎새마다 반사되는 찬란한 햇살은 너무도 눈이 부셔 맨눈으로 쳐다보기도 어려웠다. 그녀는 창가의 블라인드를 내리고 배수관을 따라 가다 도랑에서 한숨짓는 마지막 빗물 소리를 들었다. 토요일이었다. 젖은 나무 아래 공원의 보도로 앞장서 걸어가는 에모리와 뒤따르는 모니카의 모습이 보였다. 크리스틴이 창가에 서 있는 것을 보고 그들은 여느 때처럼 다정하게 손을 흔들었다.

크리스틴이 시야에서 사라지자, 모니카가 심각하게 말했다. "요즘에 크리스틴이 왜 저러는지 모르겠어. 솔직히 걱정스러워. 크리스틴이 매사 조심스런 성격이지만, 요 한 달 동안 머리나

손톱을 매만진 일이 없는 것 같아. 마르고 초췌해 보이잖아. 제대로 먹지도 않아. 자기는 아니라는데 내 생각에는 끼니를 거르는 게 확실해."

"잠깐!" 에모리가 사근사근한 목소리로 말했다. "이봐요, 부인, 크리스틴의 사생활을 염탐하는 짓은 이제 그만 하시지 그래? 심심하면 누나 자신의 문제나 신경 쓰라고."

그날 오후, 펜마크 부인은 사건 자료를 한데 묶어서 레지널드에게 돌려주었다. 그녀는 레지널드의 집에 들어갈 생각은 없었다. 그냥 그의 집에서 잡일을 거들어주는 아이가 초인종 소리에 나오게 한 뒤 문간에 자료집을 놔두고 오려는데, 마침 그녀를 본 레지널드가 밖으로 나와 반기는 것이었다. 그가 한사코 집에 들어가서 칵테일이나 한잔 하자는 바람에 그녀는 정 그러면 차를 마시겠다고 했고, 일꾼 아이가 차를 내왔다. 레지널드는 소설은 어느 정도 진척이 되었느냐고 물었다. 등장인물에 대한 세부적인 구상은 끝났는지, 또 매끄러운 진행을 위해 플롯을 확정했는지 물었다.

소설은 할머니의 범죄 형태를 되풀이하는 아이에 대한 이야기라고 크리스틴이 말했다.

"이제 감이 잡히네요. 오늘 아침에 전화했을 때, 크리스틴이 왜 유전과 환경 문제에 관심을 가지는지 궁금했거든요."

"그거예요." 그녀가 말했다. "맞아요."

"아이의 엄마는요? 이를테면 같은 과인가요?"

"아뇨, 다르게 그릴 생각이에요. 아이의 엄마는 분별력이 있는 평범한 여자로 구상 중이에요. 어디에서나 흔히 볼 수 있는 여자. 무력하고 상처받기 쉬운 사람으로 그릴 거예요. 조금은 지루하고 고지식한 여자가 될 것 같은데요."

"대비를 위해서는 괜찮군요." 그가 말했다. 그가 칵테일을 홀짝이고 말했다. "그렇다면, 그 고지식한 엄마는 아이의 범죄성에 대해 확실히 알고 있나요, 아니면 의심만 하나요? 내 말은, 아이 엄마가 아이와 관련된 어떤 상황을 직접 이끌어가느냐 하는 겁니다."

"이끌어가죠. 그것도 깊숙이 관련이 된 상태로."

"그 평범한 엄마가 아이 할머니의 범죄에 대해서는 알고 있나요?"

"처음에는 몰랐다가 나중에 알게 돼요. 그래서 딸아이에 대해 많은 것을 이해하게 돼요."

고개를 끄덕인 레지널드가 잠시 뜸을 들이고 말했다. "괜찮은 소설 같은데요. 다만 한 가지 염두에 둘 것이 있어요. 고조된 긴장감을 계속 유지해야 한다는 거죠." 크리스틴이 자리에서 일어서는데, 그가 덧붙였다. "모니카의 파티에서 당신이 갑자기 가버리자, 나이든 여자들이 호들갑을 떨더군요. 모두들 당신이 '임신'중일 거라고 생각하더라고요."

그 말을 듣고 크리스틴은 정신 나간 사람처럼 발작적인 웃음을 터뜨렸다. 그렇게 오랫동안 웃어대는 바람에 레지널드는 약간 놀라서 그녀에게 칵테일을 건네며 말했다. "이걸 마셔요, 크리스틴. 아무튼, 한잔 해야겠어요."

크리스틴이 집에 돌아온 뒤, 로다는 한 시간 동안 피아노 연습을 했고, 땅거미가 지기 시작할 때는 램프 불빛 아래서 다음 날 있을 주일 학교의 성경 구절을 암송했다. 암송이 끝나자 로다는 엄마에게 질문을 해달라고 했고, 크리스틴은 그렇게 했다. 로다는 이상할 정도로 구약 성서의 잔혹한 부분들을 좋아해. 성경 구절에서처럼 무섭고 원시적인 뭔가가 로다에게서도 느껴져.

아이는 또 상으로 받은 나비 장식의 카드를 들고 나와 엄마에게 보여주었다. "내일도 완전히 암기할 거야. 그럼 카드는 네 장이 돼. 앞으로 여덟 장만 더 있으면 돼. 조금만 있으면 또 상을 타게 될 거야. 이번에는 다른 책을 상으로 받았으면 좋겠어."

다음 날 펜마크 부인은 몸이 좋지 않았다. 온몸에서 힘이 빠지고 어지러워서 로다를 주일 학교에 다려다 준 뒤에 두 손으로 머리를 감싼 채 쉬고 있는데, 다시는 일어서지 못할 것 같은 이상한 생각이 들었다. 일요일 아침이면 으레 그래왔듯이 브리드러브 부인이 찾아왔다. 두려움을 떨쳐버리기로 마음먹고 크리스틴이 현관으로 나가보니, 문밖에서 브리드러브 부인과 포사이드 부인의 말소리가 들려왔다.

여전히 크리스틴을 걱정하고 있던 모니카가 기운차게 안으로 들어섰다. 그녀는 아래층으로 내려오는 동안에 있었다는 재미

난 일을 그대로 재연해 보인 후, 편안하게 자리를 고쳐 앉고는 이번에는 언제나 이상한 차림새 때문에 친구들의 웃음거리가 되는 어느 여자에 대해 말을 하기 시작했다.

그녀가 말했다. "그 가여운 콘수엘라도 파티에 왔었지. 자기한테 소개해주려고 했는데, 그 여자가 너무 늦게 왔거든. 자기가 가고 난 뒤에 말이야."

크리스틴이 고개를 끄덕이고 부러 환한 미소를 지었다. 브리드러브 부인이 계속해서 말했다. "콘수엘라는 감각이 부족하다고 모두들 안쓰러워했어. 마사 데이비드가 오늘 아침에 전화를 해서 그 파티 이야기를 꺼내더군. 하지만 내가 말했지. '에이, 아냐, 진짜 아니라고. 콘수엘라를 그렇게 이상한 사람 취급하지 마. 옷을 그 모양으로 입고 다니는 데는 그만한 이유가 있다고. 무식해서 그런 것도 아니고, 괜찮은 옷을 살만한 돈이 없어서도 아니야. 자기 말대로 옷가게 주인들에게 늘 속아 넘어가는 것도 아니고. 에이, 아니라니까. 그런 생각일랑 제발 접어두셔. 하나씩 뜯어보면 아주 훌륭한 디자인에 속한다고."

크리스틴은 모니카의 끊임없이 공격적인 활기에 그만 질려서 절망스럽게 집안을 두리번거렸다. 그녀는 의자에서 몸을 들썩이다가 자신의 손을 내려다보았다.

모니카가 말했다. "내가 전화한 친구에게 이렇게 말했어. '만약에 콘수엘라가 가게 주인이 주는 대로 옷을 샀다면, 결과는 딴판이었을 거야. 콘수엘라가 입고 다니는 옷가지는 상점에 없는 것들이라고. 부두 근처의 싸구려 상점에서도 구할 수 없는 것들이야. 통신 판매 전문점에도 하이버튼 구두와 총천연색 베일이나 다섯 폭짜리 치마 따위는 없어. 결국 그런 옷들은 콘수엘라가 지극정성으로 찾아낸 것들이라고. 그 괴상한 옷들을 구하느라 콘수엘라가 일생을 바쳤다고 해도 과언이 아닐 거야. 완벽한 진주를 찾아내려는 잠수부의 열성처럼.'"

크리스틴이 금방이라도 쓰러질 태세로 갑자기 자리에서 일어나더니 거실 소파에 몸을 뉘였다. 모니카는 그녀의 곁에 앉아서 몹시 근심스러운 표정을 지었다. "크리스틴, 자기가 싫다고 해도 할 수 없어." 그녀가 말했다. "의사를 불러야겠어. 자기가 아픈 거라면, 아니 확실해, 당장 조치를 취해야지."

그녀는 말을 하면서 이미 전화 다이얼을 돌리고 있었다. 의사가 곧 오겠다고 대답했다. 약속대로 곧 도착한 의사에게 모니카가 귓속말로 뭔가를 속닥였다. 의사의 진찰 결과, 특별한 이상은 없었다. 의사는 지나치게 신경을 쓰지 말고 억지로라도 식사량을 늘리라고 말했다. 그는 크리스틴의 불면증을 고려해 수면제를 처방하고 떠났다. 크리스틴은 곧 자리를 털고 일어났고, 더는 괴로운 문제를 떠올리지 않겠다고 다짐했다. 다음날부터 그녀는 허드렛일이라도 집안일은 뭐든 철저히 했고, 스스로 생각할 틈을 주지 않으려고 애썼다.

그녀는 로다를 이상할 정도로 살갑게 대했다. 늘 가까이서 아이를 지켜보면서 달래고 사과하고 지나치다 싶을 정도로 떠받들었다. 그녀가 아이에게 물려준 유전을 용서해달라고 애원하듯이. 그들은 자신을 속박하고 있는 공포의 끈으로 서로 이어져 있었다. 둘이 공유하고 있는 과거와, 생각이나 말로는 바꿀 수 없는 죄의식이 그들을 하나로 묶어놓고 있었다. 베시 덴커의 삶으로 모녀는 하나가 되었다. 그것은 더 파고들 것이 없는 사실 자체였다. 그들에게는 탈출구가 없었다.

모녀가 아파트에 함께 있을 때면, 이따금씩 크리스틴은 실현될 수 없는 미망에 사로잡혔다가 이내 그 헛됨을 깨닫고 고개를 젓고는 했다. 그럴 때면 사랑 하나로 로다를 그녀가 원했던 아이, 엄마를 사랑해주는 소박하고 다정한 아이로 바꿀 수 있다고 믿듯이, 그리고 속죄하듯이 아이를 꼭 끌어안았다. 로다에 대한 그녀의 병적인 사랑이 깊어갈수록, 그녀는 느닷없이 아이를 껴안거나 볼이며 이마에 입을 맞추는 등 돌출 행동이 잦아졌다. 그러면 깜짝 놀란 로다가 말없이 엄마의 애정 표현을 받아들인 뒤, 머리 모양이며 옷매무새를 고치고는 뒤로 물러서곤 했다. 로다는 될 수 있으면 엄마를 피하려고 했다. 책을 읽거나 피아노를 연습했고, 자수를 놓듯 꼼꼼하게 주일 학교 공부를 하는가 하면, 석류나무 아래에 무심히 앉아서 자기만의 생각에 골몰했다.

한번은 비탄에 잠긴 크리스틴이 꽁무니를 빼려는 로다에게 말했다. "로다는 엄마를 조금도 사랑하지 않는구나? 다른 사람에게는 조금도 애정이 없는 거지? 왜 그리도 차갑게 구니?"

냉담하게 문가로 간 로다는 엄마가 무슨 말을 하는지도 모르면서 앙증맞게 웃더니, 나이든 사람들을 꼼짝 못하게 만드는 몸짓으로 고개를 갸웃하고는 이렇게 말하는 것이었다. "엄마는 바보야! 엄마는 바본가 봐!"

출발일이 다가오면서 모니카는 침울하고 편찮아 보이는 크리스틴을 혼자 남겨두고 가는 것이 꺼림칙했다. 그래서 크리스틴과 로다를 함께 데려가는 방법을 생각했다. 방을 더 예약하기에는 시간이 늦었으나 그녀의 영향력 정도면 가능할 터였다. 하지만 크리스틴이 거절했다. 그녀는 걱정하지 말라고 사정하다시피 했다. 곧 괜찮아질 거라고 하면서. 행여 무슨 일이 생기면 모니카에게 즉시 연락하겠다고 덧붙였다.

"정 그렇다면 할 수 없지." 모니카가 약간 역정이 나서 말했다. 그러고는 한결 부드러운 목소리로 말했다. "하지만 필요하면 꼭 전화해야 해. 내가 바라는 건 그뿐이야. 내가 묵는 곳을 알고 있으니까. 그리 멀지 않아."

출발일인 다음 날, 크리스틴이 모니카의 여행 채비를 도왔다. 준비가 끝나자, 모니카는 도로에 차를 빼놓고 크리스틴과 다시 아파트로 돌아와서 가스를 잠갔는지 물이 새는 곳은 없는지 창문 단속은 했는지 확인했다. 모니카는 뒤쪽 발코니에서 리로이를 향해 짐 가방을 가져다가 차 트렁크에 넣어달라고 소리쳤다. 리로이는 그렇게 했고, 로다는 그를 따라서 뒷계단으로 내려왔다. 정원으로 나왔을 때, 리로이가 눈을 찡긋하고는 모니카와 크리스틴에게는 들리지 않게 작은 소리로 말했다. "브리드러브 부인이 만에 갈 일이 있으면, 피 묻은 막대를 찾아달라고 부탁해라. 나보다 먼저 막대를 찾는 게 좋을 거라고 내가 노래를 부르지 않던. 안 그러면 큰일 난다니까."

"막대 같은 건 없는걸."

그 말에 웃음을 진 리로이가 머리를 한쪽으로 내밀더니 달콤한 밀어를 속삭이듯 음흉하게 말했다. "우웅우웅! 우웅우웅! 이게 무슨 소리인줄은 알겠지, 로다 펜마크 양?"

"아저씨가 바보라는 건 알아. 난 그것밖에 몰라."

"야비한 꼬맹이들은 조그맣고 파란 의자에서 지글지글 타면서도 그런 소리를 지껄이긴 하지."

"전에는 분홍빛 의자라고 해놓고."

"의자가 두 개라니까. 네가 입 좀 다물고 다른 사람의 말에 조금만 귀를 기울이면 다 알게 된다잖아. 야비한 남자아이는 파란색, 야비한 여자아이는 분홍색 의자에 앉힌단 말이야." 리로이가 뒷짐을 지고 능글맞게 양쪽으로 몸을 건들거렸다. "넌 정말이지 아는 게 별로 없구나? 네가 똑똑한 줄 알았는데, 지금 보니 아니네. 넌 정말 멍청해."

두 여자가 계단에서 내려왔고, 이어서 차가 연석에서 멀어졌을 때, 크리스틴은 아파트 앞쪽으로 발걸음을 옮겼다. 소리 죽여 웃던 리로이가 집게손가락을 코에 대고 말했다. "우웅우웅! 우웅우웅! 이게 무슨 소리인 줄 알 거다. 잘 알 거야. 지금은 모른대도, 곧 알게 될 거야."

크리스틴은 고개도 돌리지 않은 채 로다를 불러서 함께 걸어갔다. 리로이는 그 자리에 서서 멀어지는 그들을 바라보았다. 말랑말랑한 크리스틴이 요즘에는 어딘지 좋지 않아 보인다고 그는 생각했다. 마르고 지쳐보였다. 피부가 늘어지고 창백했다. 게다가 눈 밑에 그늘이 져 있었다. 한달 전에 비해 십 년은 더 늙어보였다. 이유가 뭘까……. 그는 궁금해졌다. 약해빠진 크리스틴이 전쟁이 끝난 뒤에 생겼다는 "전쟁 후유증"을 앓고 있다는 생각이 들었다. 가만있자, 전쟁 후유증과는 거리가 먼 여자가 크리스틴이잖아. 아, 잠자리 후유증이로군!

리로이는 기막힌 생각이라며 자화자찬에 빠졌고, 뒷계단에 걸터앉아서 주위를 힐끔거리며 소리 없이 웃었다. 누군가 그녀를 피곤하게 만든 거로군! 모두가 잠든 시간에 누군가 뒷쪽 창으로 기어 올라가서 그녀의 혼을 쏙 빼놓은 거야. 크리스틴이 잠옷 바람으로, 아니 그거라도 걸치고 있었는지도 모르겠지만, 아무튼 창가에서 기다렸다가 그 놈팡이를 끌어들인 게지. 그는 대체 어떤 놈팡일까 궁금했다. 에모리 웨이지스, 그러기엔 너무 나이가 많았다. 벽을 기어오르기엔 벅차니까. 범죄 소설을 쓴다는 짜리몽땅 레지널드 태스커도 아니다. 창문에서 뛰어내리려면 키가 좀 커야 하거든. 오랫동안 생각을 해봐도 자기만큼 대단한 사내는 떠오르지 않았다.

"전쟁 후유증은 분명히 아니야." 그가 또 말했다. "잠자리 후유증이지!"

그는 자신의 재치와 식견에 흡족해져서 고개를 끄덕거리며 또 웃어댔다.

# 제11장

    도시의 한 블록을 거의 다 차지할 만큼 커다란 아만다 B. 트렐리스 메모리얼 도서관, 벽돌과 석조로 지어진 그 건물은 도시의 자랑거리 중에 하나다. 한때는 올드 옐로 피버 공동묘지였으나 땅을 고르고 유골을 이장한 뒤에 도서관 건물이 들어섰다. 도서관 뒤에 조성된 공원에는 한때 사람들의 시선으로부터 묘지를 보호해주던 담장이 지금은 허물어질 듯이 정원을 둘러싸고 있다. 관목 사이로 오솔길이 나 있고, 소박한 의자와 탁자가 구비된 별채와 재스민과 산호꽃으로 지붕을 엮은 정자도 있다.

    이 시대보다 더 기묘했던 윤리 의식에서 비롯된 비문과 정확한 날짜가 새겨진 여남은 묘비들이 관목의 일부인 양 남아 있었다. 진지한 독자라면 그 비문을 읽고 처연함과 더불어 철학서들이 전하는 인생의 무상함 따위를 느낄 수 있으리라.

우편배달원이 오는 아침, 남편의 편지가 있는지 확인한 뒤에 크리스틴은 종종 그 도서관에 들러 베시 덴커의 섬뜩한 삶을 더 깊이 파고들었다. 어머니의 이름이 등장하는 일군의 문학작품들이 있다는 사실도 알았다. 당대에 자애로운 사람들이 선행으로 알려진 것에 비해 그녀의 어머니 베시 덴커는 악행으로 훨씬 더 유명세를 탔다. 그녀는 메모를 해가면서 읽고 또 읽었다. 자료 검색을 도와준 사서에게 나중에 쓸 소설을 위해서 메모가 필요하다고 말하여 용지를 얻어왔다.

대개는 로다를 포사이드 부인에게 맡기고 크리스틴 혼자서 도서관에 갔지만, 때로는 로다와 함께 갈 때도 있었다. 그때마다 로다는 엄마 옆 자리가 아닌 근처에 앉아서 자기가 직접 서고에서 가져온 책을 읽거나 한창 재미를 붙인 뜨개질에 열중하기도 했다. 한편, 크리스틴은 정자에 앉아서 덴커 사건을 다룬 브라보의 기사를 읽었다. 딸아이에 대한 그녀의 미묘했던 죄책감은 저절로 사라져갔다. 어느새 그녀에게 로다는 이해하기 어렵고 쌀쌀맞은 애물단지가 되어 있었다. 이들 모녀가 단둘이 있을 때면 거의 말을 하지 않았는데, 그것이 로다에게는 그 어느 때보다 편안해 보였다.

크리스틴이 외출하지 않고 아파트 창가에 앉아 있으면, 로다는 포사이드 부인의 집에 놀러가거나 공원에 나갔다. 그녀는 로다에게 항상 눈에 잘 띄는 석류나무 아래의 벤치에 앉아 있으라고 일러두었다. 로다는 엄마의 의중을 이해했고 그것이 옳고 현명한 처사라고—예전에 엄마가 보여주었던 애정과 맹목적인 신뢰보다는 훨씬 현명하다고—생각했다. 그래서 로다는 냉소적으로, 또 불평하지 못하는 체념으로 엄마의 말을 따랐다.

그녀가 도서관에 가는 날이면 로다는 포사이드 부인과 점심 식사를 하기도 했다. 크리스틴은 소박한 탁자가 있는 정자에서 혼자 점심을 먹었다. 한번은 행색이 단정치 못한 여자 보조사서 한 명이 술을 마셔 불콰해진 얼굴로, 애써 얼굴을 숨기지 않고 오히려 뻔뻔한 표정으로 나타나서는 역시 혼자서 점심을 먹었다. 크리스틴 맞은편에 앉은 그녀가 말을 걸었다.

"내 소개를 아직 안 한 것 같아요. 난 나탈리 글라스라고 해요. 쓰신다는 책은 잘 진행되고 있는지 전부터 궁금했어요. 첫 작품이죠? 이미 쓰기 시작한 건가요, 아니면 자료를 수집하는 단계인가요?"

"머릿속으로 궁리 중이에요. 어쩌면 아예 쓰지 못할 수도 있어요. 아직은 시작 단계라 뭐라고 말하기 어렵네요."

글라스 양은 보온병을 열고 샌드위치를 살짝 베어 물고는 웅얼거리는 소리로 말했다. "어떤 내용인가요?"

크리스틴은 레지널드 태스커에게 그랬듯이 줄거리를 에둘러 말해주었다. 글래스 양은 고개를 끄덕이면서 샌드위치를 먹었는데, 손바닥에 떨어진 부스러기도 그냥 버리지 않았다. 그녀가 떡부러진 어깨를 으쓱하면서 말했다. "아, 그렇군요. 당신은 충분히 쓸 수 있을 거예요." 그러고는 조금 있다가 이렇게 말했다. "아이의 아버지는 어떻게 되나요? 아내의 혈통에 대해 알게 되나요? 남편도 아이를 의심하나요?" 이번에는 혀끝으로 손가락을 핥으며 말했다. "필요한 자료가 이 도서관에 없으면 내게 말하세요. 내가 구해다줄 수 있을 거예요."

"남편은 아내의 혈통에 대해 몰라요. 아내도 꽤 늦게야 그런 사실을 알게 되니까요. 그러니까 두 사람이 결혼하고 한참이 지난 후에요. 남편은 아이가 이상하다고는 생각하지만 심각할 정도는 아니예요."

침묵이 흐르는 동안, 글라스 양은 커피를 마시면서 크리스틴의 말을 음미하고 있었다. 그런데 그녀가 불쑥 물었다. "결말은 생각해두셨어요?"

"아뇨. 어떻게 끝날지는 확실히 정하지 않았어요."

"내 생각에는 그런 설정에서 해피엔딩은 어울리지 않아요."

"그렇게 끝나기 어렵겠죠. 그래요, 내 생각도 그래요."

커피 잔을 들어 올리던 글라스 양이 실눈을 뜨더니, 도서관에서 누군가 자기를 부르는 것 같았는지 앞쪽으로 몸을 쭉 밀었다. 하지만 아무 소리도 들리지 않자, 이렇게 말했다. "내가 생각하기에 유일한 결말은 아이가 더 자라기 전에 엄마가 아이를 총으로 쏘고 주변 사람들에게 자초지종을 설명하는 거예요."

"그건 안 돼요!" 크리스틴이 서둘러 말했다. "안 돼요!"

크리스틴의 흥분에 글라스 양은 적잖이 놀란 것 같았다. "아이 엄마가 달리 선택할 수 있는 방법이 없잖아요. 말하자면 양

손에 고민 보따리를 가득 들고 있는 셈이잖아요."

"그건 안 돼요! 그 여자는 아이한테 어떤 해도 끼치지 못할 거예요. 그녀의 성격과도 맞지 않아요. 우유부단하고 나약한 여자인걸요. 단호함이 부족하다고요."

"글을 쓰다보면 그 여자에게 궁지에 몰려서 달라지는 면모를 부여해줄 수 있잖아요."

"그건 안 돼요. 소설의 여주인공은 그런 일을 감당하지 못해요. 나중에라도 결연해지질 못해요. 그건 불가능하거든요."

"그래도 그런 결말을 한번쯤은 생각해 본직 한데요?"

"그래요." 크리스틴이 말했다. "수도 없이 생각했죠. 하지만 불가능해요."

"흠, 당신 말이 맞는 것 같군요." 글라스 양이 말했다. "생각해보니, 아이를 죽이는 것은 소설의 결말보다는 도입부에 더 어울리겠어요. 『바람과 함께 사라지다』 정도로 두껍게 쓸 생각이 없다면요. 주인공이 아이를 죽이게 되면, 죄책감에 빠져 살아가야겠죠. 남편과의 일도 있고, 아무튼 무척 복잡해지겠어요. 온갖 시행착오를 겪고서야 새 삶을 시작하겠죠. 물론, 경찰이 먼저 알아내고 그녀를 교수대로 보내지 않는다면 말이죠."

크리스틴이 말했다. "모르겠어요. 하지만 곧 결정을 하려고요. 뭐든 빨리 결정해야겠어요."

글라스 양은 종이와 샌드위치 부스러기를 긁어모은 뒤, 빈 보온병을 옆구리에 끼우고 도서관으로 향했다. 그녀가 발걸음을 멈추고 말했다. "흥미로운 얘기였어요. 집에 가면 한번 생각해 봐야겠어요."

　자료 읽기와 집안일, 로다의 양육과 정기적으로 남편에게 쓰는 장문의 편지, 크리스틴은 마침내 둔감한 체념 상태에 도달했다. 간간이 안부 전화를 해오던 모니카가 어느 날 밤에는 호텔에 예약이 취소된 방이 나왔다고 흥분해서 말했다. 그녀는 타인의 개인사에 간섭하는 것이 자신의 성격 중에서도 가장 모난 부분임을 알지만—왜 그녀가 그래야만 하는지는, 에모리의 말처럼 하늘만 알겠지만—크리스틴과 로다가 늘 생각나고 보고 싶어서 자기 마음대로 그 방을 덜컥 예약해버렸다고 말했다. 자신의 주제넘은 짓을 크리스틴이 이해해주고, 자신과 에모리에 대한 특별한 정을 생각해서 어렵더라도 열흘 동안만 호텔에서 함께 지내자고 했다. 그러고는 크리스틴의 대답을 기다리지 않고 이렇게 말을 이었다.

　"준비는 다 끝내놨어. 에모리가 내일 가게 일이 끝나는 여섯 시경에 자기와 로다를 데리러 갈 거야. 크리스틴, 자기야 제발 에모리랑 같이 와주라! 여행 짐 꾸리기가 내키지 않으면 말만 해. 내가 아침에 그리로 가서 자기 대신에 짐을 꾸릴 테니까."

　크리스틴은 혼자서 준비할 수 있다고 말했고, 다음날 오후에는 로다와 떠날 준비를 끝냈다. 그녀는 호텔 생활이 즐거웠다. 아침에는 로다와 해변에 누워 있거나 호텔 뒤에 있는 숲속을 거닐었다. 저녁에는 에모리와 카드놀이를 하거나 모니카와 그녀의 친구들과 어울렸다. 로다의 행실은 나무랄 데 없었다. 호텔 손님들이 로다를 예뻐했다. 로다는 미소 띤 얼굴로 나이든 사람들을 예의 바르고 공손하게 대했고, 옅은 보조개도 보여주었다……. 8월 1일, 집에 돌아왔을 때, 크리스틴은 그동안의 팽팽했던 긴장감이 퍽 사그라져 있음을 깨달았다. 그녀는 다시금 희망을 품었고 훗날을 기약했다.

다음 날 오후, 예전의 익숙한 일상대로 로다는 공원의 석류나무 아래서 뜨개질을 하고 있었다. 얼마 지나지 않아서 리로이가 다가왔다. "네가 왜 엄마한테 만에 데려가 달라고 했는지 난 알지. 막대를 찾으러 갔잖아. 하나만 말해다오. 우리끼리만 하는 얘기인데, 그 막대를 찾았냐?"

로다는 눈 하나 깜짝하지 않은 채 리로이가 아니라 다른 사람에게 하듯 말했다. "엄마가 창가에서 보고 있어. 나한테 얘기할거면, 조팝나무 옆에 서서 말해. 엄마가 거기는 볼 수 없으니까."

로다가 말한 곳으로 간 리로이가 낄낄거리면서 "우웅우웅!" 소리를 냈다. 그는 아무리 생각해도 그런 소리를 생각해낸 것이 재치만점인지라 계속해서 그 소리를 내고 있었다. 그런데 늘 어른거리기만 했던 진실을 갑자기 알게 된 것처럼 정색을 하고 말했다. "신고 다니던 묵직한 구두는 어쨌냐? 걸을 때마다 따각따각 소리가 나는 구두 말이야. 소풍날에도 그 구두를 신고 갔잖아. 그러고 보니, 넌 소풍날 후로는 그 구두를 신지 않았지."

"아저씨는 바보야. 난 그런 구두를 가진 적이 없어."

"넌 그런 구두를 가진 적이 있어, 홍! 네가 걸어갈 때 따각 따각 소리가 났지. 아저씨는 그 소리를 다 기억해. 그 소리가 싫었거든. 네가 소풍날 그 구두를 신고 이 앞으로 나왔을 때 아저씨는 속으로 이런 생각을 했지. '저 놈의 따각 따각 소리 는 정말 듣기 싫어. 저놈의 구두에 물을 끼얹어야겠다.' 하고 말이야. 그래서 내가 네 구두에다 물이 나오는 호스를 갖다댔 잖아."

"아저씨 때문에 구두를 망쳤어. 그래서 버렸단 말이야."

"너 이거 아니? 넌 막대로 클로드를 때린 게 아니라 이거야. 그 구두로 때린 거야. 막대는 처음부터 없었던 거야. 그래서 네가 걱정을 하지 않은 거잖아. 이번에는 아저씨가 제대로 알 아맞추었지?"

"아저씨는 바보야. 내가 할 말은 그뿐이야."

"넌 막대로 그 아이를 때린 게 아니야. 네가 신고 있던 구두 로 때렸어. 그러니까 막대를 찾아볼 필요가 없었어. 쇠 미끄럼 막이가 달린 구두로 아이를 때린 거야."

"자꾸 말 시키지 마. 아저씨는 바보야."

"난 바보가 아니야. 네가 바보지. 내가 막대로 그 아이를 때 렸다고 말했을 때 너는 너무 놀라서 내가 정말 그렇게 생각하 는지 알았던 거야. 하지만 아저씨는 네가 이렇게 말하게 만들 려고 그랬던 거지. '아니에요, 아저씨. 막대로 때리지 않았어요. 뒷굽에 쇠 미끄럼막이가 달린 구두로 때렸어요.' 하고 말이지. 아저씨가 처음에 막대라고 말한 건 너를 겁주려고 그런 거야.

하지만 네가 무엇으로 클로드를 때렸는지는 진작부터 알고 있었지."

꼼짝도 안하고 앉아 있던 로다는 입을 약간 벌린 채, 배운 대로 뜨개질을 하고 있었다. "아저씨는 언제나 거짓말만 해. 아저씨는 죽으면, 나쁜 곳에 갈 거야."

리로이는 혹시 남들의 눈에 띄면 부지런히 일하는 것처럼 보이기 위해 쪼그리고 앉아서 조팝나무의 잎을 살피는 척 했다.

"그 구두가 어떻게 됐는지 지금부터 아저씨가 알려주마. 너랑 엄마가 호텔에 가 있을 때, 아저씨가 너희 집 열쇠를 찾아냈지. 그 열쇠로 아저씨가 뭘 했는지 알고 싶지? 너희 아파트에 들어가서 마구 뒤지기 시작했지! 그러다가 그 구두를 찾아내서 가져왔어. 지금은 아무도 모르는 곳에 잘 숨겨두었단다. 나 말고는 아무도 찾지 못하는 곳에 숨겨놓았단 말이야. 지금부터 아저씨 말을 잘 듣는 게 좋을 거다. 나를 대할 때 조심하고 내가 하라는 대로 하는 게 좋을 거야. 계속해서 못되게 굴면, 그 구두를 경찰 아저씨에게 갖다 주고 거기에 뭐가 묻어있는지 말해버릴 거야. '클로드의 피가 구두에 묻어 있소이다. 어서 가서 찾아보시오.'하고 말이야."

로다는 콧방귀를 끼고 말했다. "아저씨는 항상 거짓말만 해. 아저씨는 그 구두를 찾지 못했어. 내가 소각로에 넣어서 태워버렸는걸. 아저씨는 어떻게 거짓말만 하는 걸까."

리로이는 숨죽이고 웃다가 잠시 뜸을 들인 후 말했다. "너는 구두를 태워버렸다고 생각하는 구나. 구두가 멀쩡하다고는 말

하지 않으마. 하지만 네가 생각하는 것처럼 다 타버리진 않았
단다."

로다는 말을 더 해보라는 듯 묘한 눈빛을 하고 있었다. 아이
는 바늘질감을 벤치에 내려놓았다. 그러고는 무섭도록 조용하
게 리로이를 노려보았다. "그래서 뭐? 뭐?"

"내 말 잘 들어라." 리로이가 말했다. "그리고 이 아저씨와
너 중에서 누가 바보인지 생각해봐." 그는 보란듯이 낄낄거리
고 말을 이었다. "이 아저씨가 지하실에서 쉬고 있는데 말이다.
소각로에 연결된 파이프 관에서 덜커덕 하는 소리가 들리지 않
겠니. 그래서 생각했지. '저 덜커덕거리는 소리가 뭘까? 쇠 굽
이 달린 구두 같은걸.' 하고 말이지. 그래서 냉큼 소각로의 문
을 열어보니, 석탄 위에 구두가 있더구나. 아주 조금만 타서
연기만 나더라고. 아, 물론 쪼그라들어 있었지. 그래, 쪼그라들
어 있기는 했어. 하지만 파란색으로 변해서 피가 어디에 묻어
있는지 알려줄 만큼은 남아 있더라. 너를 전기의자에 앉힐 만
큼은 구두가 타지 않고 남아 있더란 말이야."

그는 고개를 젖히고 의기양양하게 새된 소리로 바보처럼 웃
었다. 그러면서도 아이를 곁눈질했다.

골똘한 표정으로 일어선 로다가 수련 연못으로 가더니 연못
가장자리에 한 발로 올라섰다. 이번에는 리로이의 말이 진짜라
는 생각이 들어서 침착하게 말했다. "내 구두 돌려줘!"

"엉, 아니야! 난 아니야, 로다 펜마크 양! 나 말고는 아무도
못 찾는 곳에 숨겨두었다니까. 네가 착하게 굴 때까지 아저씨

가 보관하고 있으마."

그는 정원으로 갔다. 그냥 가만히 있기에는 너무 흥이 났다. 그는 뒷계단에 앉아서 앞뒤로 몸을 건들거렸다. 로다가 그를 따라왔다. 아이는 꾹 참고 말했다. "내 구두를 돌려주는 게 좋을 거야. 그건 내 구두야. 구두를 돌려줘."

리로이가 말했다. "그 구두는 아무에게도 주지 않을 거야, 알겠어?" 재미있어서 숨도 가누지 못한 채 손으로 얼굴을 감쌌다. 그때, 그를 향해 고정된 아이의 차가운 눈빛에서 뭔가가 그의 웃음을 앗아갔다. 그는 어색하게 자신의 구두를 내려다보면서 말했다. "내가 구두를 보관하고 있겠다니까. 네가 착하게 —" 그의 목소리가 갑자기 떨렸다. 그 꼬맹이랑 더는 그런 놀음을 하고 싶지 않아졌다. 그는 일어서서 초조하게 걸어갔다.

"구두를 돌려줘. 내 구두를 돌려줘."

그가 가는 곳마다 따라다니며 아이가 똑같은 소리를 되풀이 했다. 그가 돌아서서 말했다. "잘 들어, 로다야. 이 아저씨는 그냥 너를 놀려주려고 구두 얘기를 한 거야. 아저씨는 일을 해야 해. 그만 가서 네 할 일이나 하거라. 아저씨한테 귀찮게 굴지 말고."

그는 빠르게 걸어갔지만, 로다가 그의 소맷자락을 붙잡고 늘어졌다. "내 구두를 돌려주는 게 좋을 거야." 아이가 말했다.

화가 난 리로이가 돌아서서 말했다. "시끄럽게 떠들지 마라. 누가 들으면 어쩌려고 그러냐."

아이가 말했다. "내 구두를 돌려줘. 구두를 숨겼다고 했잖아.

얼른 찾아서 나한테 주는 게 좋을 거야."

"잘 들어, 로다! 나는 다른 사람의 구두를 가져간 적이 없다. 그냥 너를 놀린 거야. 놀린다는 게 무슨 뜻인지 몰라?"

그는 다시 공원 쪽으로 갔으나, 로다가 집요하게 따라오면서 작은 소리로 말했다. "내 구두를 줘. 내 구두를 돌려줘."

그는 수련 연못에 기대놓았던 빗자루를 집어들고 애원하듯이 말했다. "귀찮게 하지 마. 왜 자꾸 아저씨를 괴롭히는 거야?" 하지만 로다는 그의 곁을 떠나지 않았다. 로다는 그의 소맷자락을 붙잡고 같은 말을 되풀이했다. 참다못한 리로이가 말했다. "처음에는 장난삼아 네가 클로드를 죽였다고 말했는데, 지금 보니 너 정말로 그랬구나. 구두로 아이를 진짜 죽인 거잖아." 그는 또 자리를 피했고, 로다는 또 그를 따라갔다. 리로이가 홧김에 발을 구르며 소리쳤다. "집에 들어가서 피아노 연습이나 해! 난 다른 사람의 신발을 가져가지 않았어. 내가 말했잖아!"

그는 건물 앞으로 갔고, 로다가 그곳까지 따라오지는 못할 거라고 생각했다. 장뇌 나무 아래 혼자 남았을 때, 그는 놀란 가슴을 쓸어내리면서 혼잣말을 했다. "로다가 정말 그 아이를 죽인 거야!" 그러고는 갑자기 떠오르는 것이 있었다. "더는 저 아이 곁에 얼씬하지 말아야지. 아이가 나한테 먼저 말을 걸어도 아예 못 들은 척 해야겠어." 처음에는 저녁 때 집에 돌아가서 델마에게 구두 얘기를 하면 재미있겠다 싶었지만, 지금은 누구에게도 말해서는 안 된다는 것을 깨달았다.

그는 로다가 무서웠다. 다음 날, 그는 그 아이를 피해 다니기로 마음먹었다. 다행히 공원에 들어서는 동안 아이는 나타나지 않았다. 하지만 이따금씩 로다가 창가에 있는 것이 보였다. 아침 내내, 로다의 눈길이 그를 따라다녔고, 아이의 머리가 이쪽저쪽으로 움직였다. 한번은 휙 올려다보다가 눈길이 마주쳤다. 그는 불편하게 시선을 외면했다. 어린아이의 얼굴에서 숨김없는 광포함과 차갑고도 계산된 분노가 느껴졌다. 그는 열두 시에 수련 연못가의 벤치에서 점심을 먹었다. 그리고 12시 반에 평소처럼 낮잠을 자기 위해 지하실로 향했다.

얼마쯤 지났을까, 아이스크림 장수가 종이 달린 수레를 끌고 나타나서, 공원의 정문 근처 길가에 수레를 세우고 아이들을 상대로 장사를 시작했다. 금세 아이들이 아이스크림 장수 주변으로 몰려들어서 공원과 정원은 한동안 텅 비어 있었다. 로다는 아이스크림을 사먹겠다며 엄마에게 돈을 달라고 했다.

뒷계단을 내려가던 로다가 무슨 결심이라도 굳힌 듯 다시 들어와 주방으로 갔다. 크리스틴은 로다가 주방에서 무엇을 하는지 지켜보았다. 로다는 스토브 위에 놓여 있는 주방용 성냥갑에서 커다란 성냥 세 개를 꺼내들었다. 그러고는 잠시 성냥을 들고 고민을 하는 것 같았는데, 세 개는 너무 많다고 생각했는지 그 중 하나를 성냥갑에 도로 집어넣는 것이었다. 천천히 뒷계단을 내려간 로다는 막대 아이스크림을 사왔고, 지하실에서 가까운 계단에 앉았다. 지하실에서 잠든 리로이의 코골이에 장단이라도 맞추듯 아이는 조금씩 아이스크림을 깨물어 먹었다.

아이를 살피기 위해 주방 창가로 간 크리스틴은, 아이가 왜 성냥을 가져갔는지 궁금해졌다. 그녀의 궁금증은 오래가지 않았다. 조심스럽게 주변을 살피던 로다가 아무도 없는 것을 확인하자, 백치처럼 천진난만한 표정으로 지하실 문에 다가갔기 때문이다. 아이는 문가에 서서 시멘트벽에 성냥 한 알을 긋더니 손으로 성냥불을 가리는 것이었다.

갑자기 크리스틴의 시야에서 사라진 아이는 까치발을 하고 지하실 안으로 들어가고 있었다. 안에 들어가서는 얼른 몸을 웅크리고, 대팻밥과 종이를 쌓아 만든 리로이의 간이침대에 성냥불을 갖다 댔다. 아이는 재빨리 지하실에서 나온 뒤에 문을 닫았다. 바람이 불어 지하실 문이 덜커덕거리자, 아이는 문에 달린 허술한 빗장을 슬그머니 내렸다. 그러고는 처음에 앉았던 자리로 돌아가 막대 아이스크림을 야금야금 깨물어 먹었다. 타고 남은 성냥개비가 아이의 다른 손에 쥐어져 있었다.

아이가 너무도 천연덕스럽게, 그것도 분명한 목적을 가지고 일을 저질렀을 때 마음 한편으로는 아이가 무슨 짓을 하는지 알고 있었을 크리스틴도 자신의 눈앞에서 벌어진 광경을 현실로 받아들이지 못했다. 그녀는 온몸이 굳어버린 듯 창가의 커튼 뒤에 물러서 있었다. 그녀가 비명을 지르는 순간, 메아리처럼 지하실 안에서 희미하게 리로이의 비명소리가 들렸다.

지하실 문 양쪽에 나 있는 창문의 창살 사이로 연기가 피어올랐다. 리로이가 온몸으로 지하실 문을 밀쳐보았지만, 빗장은 끄떡도 하지 않았다. 곧이어 한쪽 창문으로 리로이의 얼굴이 나타났다. 그는 아이스크림을 먹고 있는 로다를 발견했다. 그가 절박하게 애원하는 목소리로 말했다. "문을 열어줘, 로다! 너한 테 화내지 않을 게!"

아이는 앙증맞게 웃으며 고개를 가로저었다.

그는 죽음을 앞둔 섬뜩한 순간에 자신에게 무슨 일이 벌어졌는지 깨달았다. 그는 또다시 비명을 질렀고, 절망에 찌든 긴 통곡처럼 말했다. "내가 구두를 가져간 게 아니란 말이야! 그냥 너를 놀려주려고 그런 거야! 구두가 어떻게 됐는지 난 몰라!"

박자에 맞춰 아주 맛있게 한 입씩 아이스크림을 베어 먹던 로다가 호기심어린 눈을 들어올렸다. "아저씨는 알고 있어." 아이가 상냥하게 말했다. "구두가 어디 있는지 아저씨는 알고 있어."

리로이는 계속해서 문을 밀쳤고, 마침내 빗장이 떨어져나갔다. 그는 정원으로 뛰쳐나왔다. 타들어가는 옷이 기다란 넝마처럼 까맣게 그을린 그의 몸에 매달려 있었다. 구두끈마저 타버렸고, 머리에서도 불길이 솟았다. 그가 울부짖었다. "다시는 너한테 말을 걸지 않으려고 했어! 네가 무슨 짓을 했는지 난 아무 것도 모른다고!"

로다는 핑크빛으로 물든 혀를 내밀고 아이스크림의 마지막 남은 한 입을 베어 먹었다. 그러고는 고개를 들고 두 손을 마주잡더니 깜찍하고 사랑스럽게 까르르 웃으며 말했다. "아저씨는 바보야."

로다는 계단에서 일어서서 옷자락을 똑바로 편 뒤에 아이스크림 막대와 포장지를 계단 아래의 쓰레기통에 넣었다. 계획대로 되고 있어서 기분이 좋아졌는지 아이는 미소를 머금고 고개를 끄덕였다. 그때 리로이는 불길에 휩싸인 채 수련 연못으로 달려가고 있었다. 하지만 공원 정문의 손잡이를 잡는 순간, 그는 온몸을 부르르 떨다가 뒤로 비틀거렸다. 여전히 손잡이를 움켜쥔 채로 시멘트 바닥에 고꾸라지더니, 이내 손잡이를 놓아 버리고 그 자리에서 죽었다.

크리스틴은 창가에서 돌아서서 혼자 중얼거렸다. "정신을 잃으면 안 돼. 위급상황이야. 침착해야 해."

잠시만 누워 있으려고 침실로 향했지만, 거기까지 가지는 못했다. 무릎이 휘청거렸고, 섬뜩한 피의 노래가 귓가에 맴돌았다. 그녀는 잠시 의식을 잃었다. 그리고 정신을 차렸을 때는 자기도 모르게 뒷계단을 내려가고 있었다. 그녀는 쓰러지지 않으려고 난간에 달라붙어서 미친 듯이 소리쳐 불렀다. "로다! 로다! 로다!"

앞뜰에는 사람들이 가득했다. 아파트 주민뿐 아니라 거리 맞은편의 이웃들 그리고 그곳을 지나가다가 지하실에서 솟구치는 불길을 보고 몰려든 사람들이었다. 그녀는 곧 공원 울타리로 가서, 발치에 죽어있는 남자를 내려다보고 있던 로다의 곁에 섰다.

어딘가에서 비명소리가 들려오고 있었다. 크리스틴은 누가 저렇게 비명을 질러댈까 궁금했다. 그녀가 주변을 둘러보는데,

사람들이 그녀를 쳐다보면서 황망히 나무라는 목소리로 말하는 것이었다. "제발 소리 좀 지르지 마세요! 소리쳐봐야 소용없어요!" 그녀는 눈을 감고 울타리에 몸을 기댔다. 그제야 비명을 질러댄 사람이 그녀 자신임을 깨달았다.

벌써 남자들이 줄지어 서서 물통을 나르기도 하고, 지하실의 시멘트 바닥에서 앞뜰의 시멘트바닥으로 타다 남은 잡동사니들을 옮기고 있었다. 이윽고 소방차가 도착했다. 곧이어 구급차가 리로이의 시신을 싣고 갔다……. 다음 순간, 그녀는 공원 안쪽 잔디에 쓰러져 있었다. 리로이가 가려다가 끝내 가지 못한 수련 연못에서 누군가 물을 길어와 그녀의 얼굴을 적셨다. 길 맞은편에 사는 컨켈 부인이 그녀를 내려다보면서 참을성 있게 말했다. "비명을 멈춰요! 그만! 그만!"

"정신을 차려야 해요." 포사이드 부인이 말했다.

크리스틴이 말했다. "내가 봤어요! 이번에는 두 눈으로 봤어요! 그 사람이 지하실에서 나오는 모습! 정문에서 죽는 걸 봤다고요!"

"정신을 차려야 해요." 포사이드 부인이 말했다. "마음을 진정하려고 노력해 봐요." 그녀가 차가운 물로 또 한 번 크리스틴의 얼굴을 적셔주었다. "로다를 봐요. 로다는 아주 의젓하잖아요. 아주 노련한 배우처럼 말이우."

크리스틴은 마지막 힘을 쥐어짜듯 자리에서 일어섰다. 포사이드 부인과 생면부지의 남자가 부축하는 가운데 그녀는 아파트로 돌아와서 침대에 누웠다. 그녀는 옆으로 누워서, 이번에는 자신의 잘못이라고 생각했다. 지금까지는 변명의 여지가 있었지만 이번에는 아니었다. 그녀는 숨을 씨근거리면서 말했다. "이번에는 무슨 일이 벌어질지 알고 있었어. 아니라고 해도, 내가 알았어야 했어. 그리고 막았어야 했어. 미리 로다에 대해 대책을 세웠어야 했어. 지금이라도 빨리 조치를 취해야만 해."

포사이드 부인은 얼음을 가지러 주방으로 갔다. 방으로 들어온 로다가 경멸스럽게 엄마를 바라보았다. 로다는 태평하게, 크리스틴의 귀에 거의 들리지 않을 정도로 속삭였다. "아저씨가 구두에 대해 알고 있었어. 그렇다고 나한테 말했어."

포사이드 부인이 즉석에서 만든 얼음주머니를 가져왔다. "사람들이 주의를 주었는데도 리로이가 또 지하실에서 담배를 피웠나 봐요. 담배를 손에 쥔 채 잠이 들었을 거라고들 하네요. 주민들 중에는 언젠가 이런 일이 벌어질 거라고 진작부터 걱정한 사람들이 있어요. 아이고, 그 사람 아내와 자식들이 딱해서 어쩌나. 장례라도 제대로 치를 형편이 되는지 모르겠네요. 정말이지 딱한 일이에요."

그녀는 창가로 가더니 햇살이 적게 들어오도록 블라인드를 조절했다. 수면에 반짝이는 햇살처럼 좁혀진 블라인드의 틈에서 나무들의 움직임에 따라 햇살이 여러 가지 무늬를 만들었다. "내가 로다를 데려가서 돌볼 테니까 좀 쉬어요. 잠을 자려고 애써봐요. 한숨 자고 나면 한결 좋아질 거예요. 더는 걱정 말아요. 이러다간 크리스틴이 병나고 말아요. 모든 건 나한테 맡기고 눈이나 붙여요."

크리스틴은 오랜만에 꿈을 꾸지 않고 깊은 잠을 잤다. 눈을 떴을 때, 그녀는 둔감한 평온을 느꼈지만, 어떤 면에서 그것은 격렬했던 동요보다 더 무서웠다. 그녀를 유린해온 허리케인의 고요한 중심에 다다른 느낌…… 그녀는 담담하게 세수를 하고 머리를 빗고 립스틱을 새로 바른 뒤에 로다를 데리러 갔다.

그날 늦은 오후, 전화벨이 울렸다. 모니카였다. 그녀는 화재로 리로이가 죽은 소식을 들었는데 자초지종이 궁금하다고 했다. 크리스틴은 그녀가 아는 대로, 아파트 건물은 아무런 피해도 입지 않았다고, 지하실만 약간 손상되었다고 말했다. 사람들은, 리로이가 담배를 손에 쥔 채 잠이 든 것이라고들 한다고. 모니카가 솔직하게 말했다. "자기가 사고를 침착하게 받아들이는 것 같아서 다행이야. 사실은, 자기가 충격을 받아서 또 불안해하면 어쩌나 걱정했거든. 자기가 괜찮은지 궁금해서 전화한 거야. 자기가 당황하고 놀랐다고 해도 자기를 탓할 생각은 없어. 어쨌든, 너무도 끔찍한 참사니까." 그러고는 방금 생각났다는 일화를 얘기하면서 전화를 한 이후 처음으로 웃다가 전화를 끊었다.

어두워졌을 때, 크리스틴은 택시를 불러서 제너럴 잭슨 가에 있는 리로이의 집에 갔다. 집은 사람들로 붐볐기에 그녀는 문 앞까지만 갔을 뿐, 안으로 들어갈 엄두를 내지 못했다. 불려나온 미망인이 그녀와 함께 활짝 핀 접시꽃 아래 앉았다. 크리스틴은 신분을 밝히고 말했다. "고인의 장례식을 돕고 싶어요. 경비는 걱정 마세요. 내가 전부 부담하겠어요."

델마가 깜짝 놀란 눈으로 그녀를 바라보았다. 크리스틴이 계속 말했다. "내가 누군지 알거예요. 장의사나 다른 사람들더러 내게 전화하라고 일러주세요. 지금 말한 대로 그 사람들과 일을 처리하겠어요." 말을 끝내고 그녀는 대기 중인 택시로 향했다.

다음 날 아침에 눈을 떴을 때, 그녀는 연재물 『미국의 위대한 범죄자들』에 포함된 어머니에 대한 책을 읽어야 한다는 강박관념을 떨칠 수 없었다. 그녀는 도서관에 가서 그 책을 빌려 집으로 돌아왔다. 창가에 앉아서 이미 알고는 있었던 사건들의 훨씬 자세한 내용을 읽어가기 시작했다.

오거스트 덴커는 아내 덕분에 적잖은 재산을 손에 쥐자 변하기 시작했다. 그는 이제 의심할 줄 모르는 선량한 남편이 아니었다. 갑자기 대단한 인물이라도 된 양 거들먹거리기 시작했다. 남들에게 하는 말도 명령조로 바뀌었는데, 덴커 부인의 입장에서 최악의 상황은, 돈을 불려보겠다고 허황된 계획을 세운 남편이 오히려 재산을 낭비한다는 데 있었다. 그녀는 남편을 일찍 제거할 생각은 없었으나 일상이 위협받는 상황에 놓이자, 그녀의 계획에서 중시해온 교묘한 안전주의를 최초로 포기했다. 그리고 남편이 먹는 버터밀크에 비소를 넣었다.

그녀의 계획은 최종 단계로 향해가고 있었다. 소녀 시절의 꿈을 전부 이루었다. 마침내 덴커 가의 돈을 수중에 넣은 것이었다. 그녀는 느긋하게 물러앉아서 가족과 사별했지만 용감한 미망인으로서 지금까지 일군 노력의 열매를 어떤 식으로 맛보며 살아갈까 궁리했다.

그녀가 스스로 저지른 일을 후회한 적은 있는지, 자신의 행동을 뉘우친 적은 있는지 그것은 의문으로 남아 있다. 어쩌면 그녀는 스스로를 범죄자가 아니라 교활한 개인 사업가라고 생각했을 것이다. 사업가로서 그녀가 취급해온 상품들이 결코 평범한 것은 아니었다 해도, 식견과 수완이 있어서 자기보다 못한 사람들의 운명을 밟고 일어서기는 별반 다를 것이 없다고 말이다.

하지만 그녀가 말끔한 집에서 아주 흡족하게 생각에 잠겼을 때, 사냥개의 첫 울음소리가 늪지 쪽에서 이미 들려오고 있었다. 말이 없고 의뭉스러운 에이다 구스타프슨이 지금까지의 의혹을 동네방네 떠들어대기 시작했던 것이다.

"의사도 그랬고 다들 그렇게 알고 있지만, 실은 오거스트가 충혈(몸의 일정한 부분에 동맥피가 비정상적으로 많이 모이는 증상─옮긴이)성 오한으로 죽은 게 아니야. 베시가 오거스트의 버터밀크에 뭔가를 집어넣은 거라고. 신이 금단의 사과로 하신 일처럼 말이야! …… 게다가 베시의 시아버지가 아닌 밤중에 날벼락처럼 돌아가셨다는 것도 황당한 일이지. 황소처럼 튼튼한 양반이었잖아……. 뿐만 아니라 베시의 어린 시절에 관해 고향 마을에 떠도는 소문도 있어. 그런데 베시가 자기 입으로 말하지 않는 한 지금까지의 일을 아무도 모르게 생겼으니 정말 황당해."

처음에 동네 사람들은 그 노파의 말을 재미 반 의심 반으로 들었다. 그런데 어느 날 오후, 에이다가 보안관을 찾아가는 일이 벌어졌다. "오거스트의 시체를 파 봐요!" 그녀가 말했다. "오거스트의 시체를 파서 확인하자고요!"

그래서 보안관은 오거스트 덴커의 시체 발굴 허가를 요청했다. 한편, 베시는 통곡하면서 남편이 에이다의 심술에 농락당하게 놔둘 수는 없다고 시체 발굴을 거절했지만, 경찰은 법원의 명령 대로 시신을 파냈다. 어쩌면 당시에 베시 덴커는 자신의 삶에서 처음으로 맹목적인 공포를 느꼈을지 모른다. 그녀는 오랫동안 스스로를 지탱해온 분별력을 송두리째 잃어버렸다. 그래서 스스로를 보호하고자 너무도 우둔하고 터무니없어 보이는 계획을 구상했다. 그녀는 사람들에게 오거스트와 시아버지가 독살된 것은 사실이지만, 범인은 그녀가 아니라고 말했다. 그것은 에이다의 소행이고, 그녀가 죽인 사람이 더 있을 거라고 말했다. 처음부터 에이다를 의심했지만 자신뿐 아니라 아이들의 생명에 위협을 느껴서 침묵해야 했다고 말이다. 에이다가 시도 때도 없이 그녀와 아이들을 죽이고 집에 불을 지르겠다고 협박했다. 만약에 자기와 아이들에게 무슨 일이 벌어진다면, 지금 에이다에 대해 알려주는 말을 사람들이 기억했다가 나중에라도 증언을 해달라고…….

그날 밤, 그녀는 에이다 구스타프슨뿐 아니라 막내인 크리스틴을 제외한 자식 전부를 살해했다. 손도끼의 둔탁한 뒷부분으로 노파 에이다를 실신시킨 후, 큰 칼로 머리를 잘라낸 것으로 보인다. 그 일이 끝나자, 노파의 시체에 덴커 본인의 옷을 입히고 손가락에는 결혼반지까지 끼웠다. 도주할 때 덴커는 남편의 옷을 입었는데, 집에 불을 지르고 영원한 작별의 인사를 고했다. 그녀는 경찰이 에이다의 시체를 자신의 것으로 오인하고 아이들까지 살해한 혐의를 전부 에이다 구스타프슨에게 돌리기를 바랐지만, 결과적으로 그 바람은 헛된 것이었다.

그녀는 화염에 휩싸인 집에서 도망칠 때, 자른 에이다의 머리를 신문지에 싸서 가져갔다. 하지만 그녀의 속임수에 아무도 속지 않았다. 다음날 아침, 그녀는 캔자스 시의 합동역 대합실에 앉아 있다가 체포되었다. 그녀의 무릎에 둥그스름한 짐 꾸러미가 올려 있었다. 경찰이 꾸러미를 싼 노끈을 풀자, 자리에서 떨어진 구스타프슨의 머리가 대기실 한복판까지 데굴데굴 굴러갔다.

막내가 어떻게 살아남았는지에 대해 추측이 난무했다. 지금도 회자되는 일설 중에 크리스틴을 유난히 아꼈던 에이다 구스타프슨이 그날 밤에 불길한 느낌이 들어서 아이를 이웃 농가에 보냈다는 이야기가 있다. 하지만 그 이야기를 입증할 만한 단서는 없다. 리처드 브라보의 의견에 따르면, 크리스틴이 살아남은 이유는 아이가 너무 어려서 엄마의 범행을 이해하지 못할 것이고 나중에라도 불리한 증언을 하지 않을 거라는 덴커의 판단 때문이다. 앨리스 올컷 플라워스의 의견에 따르면, 자아도취적인 오만함에 빠진 베시 덴커가 경찰을 따돌리고 탈출에 성공할 수 있다고 자신했다. 그녀는 낯선 곳에서 범행을 다시 시작할 계획이었고, 미래의 범행 대상으로서 크리스틴을 살려둔 것이라고 했다. 결국에 그 아이는 보험을 들어둔 재산의 일부로서 나중에 사업 자금처럼 이용할 생각이었는데…….

크리스틴은 눈을 감았다. "아니, 그렇지 않아. 전부 틀렸어……. 어머니가 손도끼로 서니를 내려쳤을 때, 나는 깨어 있었어. 그 광경을 보고 도망쳐서 헛간의 목초더미 속에 숨었어. 어두워서 어머니가 나를 찾지 못했어. 다른 사람을 다 죽인 뒤에 나를 찾으러 왔어. 내 이름을 계속해서 불렀지. 숨어있는 곳에서 나오면 해치지 않겠다고 말했어. 하지만 어머니가 다른 가족을 죽이는 광경을 창문으로 봤기 때문에 난 꼼짝도 하지 않았지."

# 제12장

펜마크 부인에게 전에 없던 습관이 생겼는데, 아침 식사를
끝낸 직후에 로다와 함께 마을 곳곳을 드라이브하는 것이었다.
드라이브를 하는 동안, 모녀 사이에는 서로를 너무도 잘 이해
하고 있기에 말이 필요 없는 것처럼 대부분 침묵이 흘렀다. 운
전하는 것이 내키지 않을 때는 딱히 목적지를 정하지 않은 채
버스에 오르기도 했다. 각자 다른 좌석에 앉아 있는 두 사람을
보고 있노라면, 아이가 이따금씩 다음 지시 사항을 기다리듯
엄마를 쳐다보지 않았더라면 두 사람을 동행이라고 생각하기
어려웠을 것이다.

마을 한복판에 진달래와 동백나무와 떡갈나무로 가득한 광장
이 하나 있었다. 거기에 쇠로 만든 커다란 분수가 있는데, 그

아래 눈금이 새겨진 네 개의 수반이 있어서 분수에서 뿜어진 물이 잠시 그 수반에 담겼다가 곧바로 아래쪽의 원형 해자로 떨어졌다. 광장에는 언제나 산들바람이 불었다. 크리스틴은 그곳의 낯선 사람들 속에서 아는 얼굴을 만나기 어렵다는 것을 알기에 종종 로다를 데리고 그곳에 갔다. 그들은 철제 벤치에 따로 앉았고, 크리스틴이 멍하니 주변을 둘러보는 동안, 로다는 뜨개질을 했다.

광장은 갈 곳 없는 뜨내기들의 안식처였다. 그런데 어느 날 오후였다. 크리스틴이 무심코 고개를 들었을 때, 옥타비아 페른 양이 다가오고 있었다. 그녀는 미심쩍은 듯 멈춰서서 확신이 안 서는지 고개를 갸웃했다. "크리스틴 펜마크, 아닌가요?"

"맞아요. 페른 선생님."

"부인이라고 생각은 했지만 긴가민가했어요. 저기 앉아 있는 로다를 보고 알았지요."

크리스틴은 상냥하게 웃었지만, 페른 양에게 자리를 권하지 않았고 다른 말도 하지 않았다.

"우리가 함께 베네딕트에 갔던 아침이 생각납니다. 생각할 때마다 기분이 좋아진답니다." 페른 양이 잠시 기다렸다가 말했다. "정말 유쾌한 날이었지요. 그날 잘 꺾어온 협죽도 중에서 두 개를 골라서 다음 날 학교 뒤 정원에 심었답니다."

펜마크 부인이 고개를 끄덕이자, 페른 양이 계속 말했다. "바쁘시더라도 저를 한 번 찾아와 주셨으면 합니다." 그녀가 또 말을 멈추었다. 마치 낯선 사람과 얘기하는 기분이 들었다. 쓸데없이 다른 사람의 사생활을 침범한 기분이 들었다. 자기가 공원에 있는 이유를 설명하고 양해라도 구해야 할 것 같은 기분이 들었다. 그녀가 쫓기듯 말했다. "평소에는 광장을 가로질러 가는 일이 거의 없답니다. 오늘은 버제스가 저쪽에서 기다리고 있어서 지름길을 택한 것이지요."

페른 양은 로다와 눈길이 마주치자 손을 흔들었다. 하지만 로다는 무표정하게 그녀를 외면했다. 페른 양은 어떻게 해야 할지 갈피를 잡지 못하고 우두커니 서 있었다. 펜마크 부인의 옆 자리에 앉아볼까 생각도 해보았다. 하지만 가만히 생각해보니 아니다 싶었다. 그래서 낯선 사람에게 주려고 명함이라도 찾듯이 괜시리 손가방을 뒤적이다가 결국에는 이렇게 말했다. "조만간 만날 일이 있을 겁니다.. 하지만 지금은 버제스가 기다리고 있어서요. 오래 기다리면 안절부절 못하는 성격이라서."

어느 늦은 오후, 모녀가 광장에서 돌아온 지 얼마 지나지 않아서 초인종이 울렸다. 호텐스 데이글이었다. 데이글 부인이 거실로 들어서며 크리스틴을 끌어안고 말했다. "전에 우리 집을 방문해주신 데 감사드릴 겸 오래전부터 찾아오고 싶었어요. 하지만 상중이라서 여의치 않았어요. 오늘 아침에야 남편에게 '크리스틴이 날 어떻게 생각할까요? 오늘은 무슨 일이 있어도 찾아가봐야겠어요.'라고 말했죠."

그녀는 약간 취해 있었다. 크리스틴은 그녀에게 자리를 권했다. 자리에 앉은 데이글 부인이 창가에서 책을 읽고 있는 로다를 발견하고 말했다. "저 아이가 댁의 따님이군요? 이름이 뭐니? 클로드가 널 얼마나 칭찬했는지 모른단다. 아마도 네가 클로드의 가장 친한 친구였겠지. 클로드가 그랬어. 네가 학교에서 아주 똑똑한 학생이라고."

"로다 펜마크예요."

"가까이서 보게 이리 오렴, 로다……. 자, 이 호텐스 이모한테 뽀뽀를 해주겠니? 클로드가 사고를 당할 때, 네가 함께 있었다지, 응? 펜맨십 메달은 따는 당상이라며 아주 열심히 공부했다던 그 아이가 너잖아. 하지만 결국에는 메달을 타지 못했지, 응? 클로드가 탔잖아? 자, 그렇다면 말 좀 해줄래. 내 아들이 정정당당하게 메달을 탄 거니, 아니면 속임수로 탄 거니? 그 아이는 지금 죽고 없으니까 그건 아주 중요한 문제란다. 옥타비아 페른 선생님에게 계속 전화를 했지만, 아예 상대도 안 해주더구나. 그 선생님은—"

크리스틴은 뜨겁고 끈적끈적한 데이글 부인의 팔에서 로다를 떼어냈다. "로다야, 포사이드 부인한테 가볼 시간이야. 널 기다리고 계실 거야. 할머니를 실망시키지 말아라."

데이글 부인이 자세를 고쳐 앉았다. "가야 하고말고. 나 때문에 약속을 어겨서는 안 되지, 그럼. 내 남편조차도 나한테 넌덜머리가 난다고 하더구나. 그런 생각이 들면 너도 그렇다고 솔직히 말해주련?" 그녀를 향해서 어깨를 으쓱하면서 재미있다는 표정을 짓던 로다가 앞머리를 쓸어내리고는 문가로 걸어갔다. 데이글 부인이 말했다. "뭐 좀 마실 만한 것이 없을까요?

아무거나 좋아요. 까다로운 성격이 아니거든요. 버번위스키를 좋아하는데, 다른 거라도 괜찮아요." 크리스틴은 주방으로 가서 얼음을 꺼냈다. 그녀가 쟁반에 버번 한 병과 유리잔을 올려놓는데, 호텐스가 주방으로 들어와 말했다. "크리스틴, 함께 마시지 않을래요? 남편의 친구 중에 심장이 좋지 않은 사람이 있는데요. 그 사람보고 의사가 뭐라고 했냐면, 하루에 술을 석 잔씩 마시라고 했대요. 혈관을 이완시켜 준대요. 그런데 그 친구라는 사람이 엄격하게 금주를 하는 위인인지라 단칼에 싫다고 했대요."

그녀는 균형을 잃고 비틀거리다가 벽에 부딪쳤다. 그녀가 말했다. "하루 석 잔에 무슨 큰일이라도 날듯이 말이죠. 하루에 석 잔 정도로는 큰일 나지 않는다고요. 큰일이라, 만약에 자기 아들이 물에 빠져서 말뚝에 부딪쳐 죽었다면 그 사람은 어떻게 나올까요? 당신은 내말에 동감하지 않을지도 모르지만, 내가 말하는 큰일이란 그런 거예요. 하루에 위스키를 석 잔씩 마시는 게 아니라." 그녀는 크게 웃더니 머리칼을 뒤로 쓸어넘겼다. "남편과 그 얘기를 하다가 어찌나 웃었던지 옆구리가 아플 정도였어요."

크리스틴은 얼음 용기를 쟁반에 담아서 거실로 가져왔다. 데이글 부인은 단숨에 버번 한 잔을 들이켠 뒤에 물을 한 모금 마시고는 말을 이었다. "여기 온 이유는 로다와 잠시 얘기나 나누고 싶어서였어요. 하지만 로다에게도 꼭 지켜야 하는 사교적인 의무가 있는 줄은 몰랐어요. 여느 여자애들처럼 집에 놀면서 엄마의 말을 잘 듣는 아이겠거니 생각했죠. 조금 있으면 저녁 식사 시간인데 사람을 만나러 쪼르르 달려 나가는 아이는 아닐거라고 생각했단 말이죠. 로다의 사회생활에 딴죽을 걸어서 미안하군요. 나를 이해해줘요, 크리스틴. 진심으로 사과할게요. 로다가 돌아오면 그 아이에게도 사과하겠어요."

"괜찮으세요?" 펜마크 부인이 물었다. "선풍기를 그쪽으로 좀 더 세게 틀까요?"

"난 많은 사람들에게 클로드가 죽은 일을 말했어요. 로다와도 얘기를 하고 싶어요. 그게 이상한 일은 아니겠죠? 로다가 알고 있지만 말하지 않은 뭔가가 있어요. 중요하지 않다고 생각하다가 잊어버렸을지 몰라요. 하지만 클로드와 관련된 것은 뭐든지 내겐 중요해요. 다시 말하지만, 따님에게 조금이라도 해를 끼치려는 게 아니에요. 그냥 로다를 어루만지면서 몇 가지 간단한 질문을 하려는 것뿐이에요."

"다음 기회가 좋을 듯하네요."

"난 조금도 취하지 않았어요. 친절한 말투로 날 깔보지 마세요, 펜마크 부인. 당신이 안 그래도 이미 수모는 받을 만큼
……. 하지만 로다는 지금까지 말한 것 이상을 알고 있어요. 당신은 아니라고 생각할 수 있는데, 내가 독단적으로 말해서 미안해요. 혹시 기억하시죠, 그 경비원 말이에요. 그 사람과 얘기를 한 적이 있어요. 긴 시간동안 퍽 흥미로운 이야기를 나누었죠. 클로드가 말뚝 사이에서 발견되기 직전에 그 경비원이 부두에서 로다를 봤대요. 로다가 말하지 않은 뭔가를 알고 있어

요."

그때 전화벨이 울렸고, 크리스틴이 전화기를 들었다. 데이글 씨의 걱정스러운 목소리가 들려왔다. 아내가 거기에 와 있냐고 물었다. 아내를 찾기 위해 온 동네에 전화로 알아봤다고 했다. 펜마크 부인이 그의 아내가 여기 있다고 말하자, 그는 곧 아내를 데려가겠다고 약속했다. 대화를 듣고 있던 데이글 부인이 말했다. "내가 술에 취해서 오만가지 추태를 부리는 중이라고 말했나요? 내 남편에게 범인 호송차라도 보내라고 말했나요?"

"당신도 다 들었잖아요. 당신이 여기 있다고만 말했어요."

"들리게 말한 건 그게 다였죠. 하지만 속으로 무슨 생각을 했죠? 이렇게 생각하고 있었잖아요. '이 골칫거리를 어떻게 처리한담?' 그게 당신 속마음이에요……. 당신이 뭐라고 생각하든 한 가지 말해두겠어요. 당신이 나에 대해 뭐라고 생각하든 난 상관없어요. 무슨 말인지 알죠? 당신 자신을 어떤 사람이라고 생각하는지는 나도 몰라요. 아주 고상하고 대단해서 다른 사람보다 우월하다고 생각할 거예요. 당신이 사근사근한 언변으로 많은 사람을 속여 왔는지는 모르지만, 내 눈에는 당신이 '풋내기'로 보여요."

"진심으로 그렇게 생각한다면 다시는 여기 오지 않는 게 좋겠군요."

"백만 달러를 준다고 해도 다시는 안 와요. 로다가 사회생활에 바쁘다는 걸 알았더라면 이번에도 오지 않았을 거예요. 난 당신처럼 유복하게 자라지 못했어요. 사람들이 하는 말처럼 고

276

생길을 걸어왔어요." 그녀는 또 한 잔의 버번을 따라 마신 뒤에 말했다. "당신은 자기 자신이 대단하다고 생각하죠? 여기저기 돌아다니며 사람들에게 친절을 베풀잖아요. 클로드가 죽은 날 밤에 당신에게 우리 집에 가보라고 말한 사람은 아무도 없었어요. 두 번째 방문 때도 마찬가지였죠. 당신은 왜 두 번씩이나 우리를 찾아왔을까 늘 궁금했어요. 뭔가 이유가 있었는데, 당신이 말하지 않은 거예요. 내가 남편에게 그런 말을 했더니 나보고 정신이 나갔다고 그러더군요."

자리에서 일어난 그녀는 의자 옆에서 흔들거리다가 균형을 잡으려고 손가락으로 의자 등받이를 눌렀다. "남편이 올 때까지 기다리고 싶지 않아요." 그녀가 말했다. "집에 혼자 가겠어요. 지금 내가 환영받지 못하는 곳에 와 있다는 것 알아요. 나도 사회적 의무에 바쁜 사람들 속에 있고 싶지 않다고요. 알겠어요?"

"제발 앉으세요, 데이글 부인. 남편분이 당장 출발하신다고 했어요. 곧 도착할 거예요."

"'여기저기 기웃거리면서 염탐질을 하고 싶으면 그렇게 하라고 해.' 내가 남편에게 그렇게 말했어요. '그 여자 성격에 맞으면 친절하게 굴라고 해. 크리스틴은 원하는 걸 다 가졌어. 운이 좋은 여자라고.' 이렇게 말이죠."

"나 자신이 운이 좋다고는 생각하지 않아요. 진심이에요."

데이글 부인이 말했다. "사람에 대해서 이런 식으로 말하는 건 좋지 않지만, 당신이 어딘지 안 좋아 보이네요. 뭐라고 할까, 아프고 지저분해 보여요. 당장 쓸 돈이 궁하시면, 우리 집에 들르세요. 공짜로 미용 관리를 해드릴 테니까요. 이번 주중에 아무 때나 전화주세요. 난 친구에게는 돈을 안 받아요. 당신에게 한 푼도 받지 않을 거예요."

초인종이 울렸고, 이번에는 드와이트 데이글이었다. 그가 말했다. "어서 나와요, 호텐스. 집에 가야지."

호텐스가 시끄럽게 흐느꼈다. 그녀는 펜마크 부인을 껴안고 말했다. "당신은 뭔가를 알고 있어요! 뭔가를 알고 있지만, 내게 말하지 않으려는 거예요!"

펜마크 부인은 다시는 도서관에 가지 않겠다고 다짐했다. 어머니에 대해서 더 알아낼 것도 거의 없었다. 하지만 다음 날 아침, 그녀는 덴커 부인의 전기 사형 집행에 대해 자세히 알고 싶어졌다. 이번에는 정원이나 정자로 나오지 않았다. 그녀는 조붓한 자료실에서 베시 덴커의 사형집행일 전후에 발간된 일간지들을 꺼냈다. 그리고 몇 시간 동안 신문을 읽었다. 전기의자에서 집행된 그녀의 사형 소식은 당시에 큰 반향을 일으켜서 신문 기사에 자주 등장했다. 죽는 순간의 그녀를 촬영한 사진도 있었다. 옷 단추 뒤에 카메라를 숨기고 들어간 어느 기자가 베시 덴커의 몸에 전기가 흐르고 의자와 그녀를 묶은 가죽 끈이 뒤틀리는 순간을 촬영한 사진이었다.

크리스틴은 그 사진을 주의 깊게 살펴보았다. 눈으로 보고 감당할 수 있는 것은 사진에 다 들어 있었다. 어머니의 얼굴을 덮은 검은 마스크, 손목 부분에서 뒤틀린 손, 움직임 때문에 초점이 흐려진 온몸의 전율, 육식 조류의 발톱처럼 벌어진 손가락, 두툼하고 털이 없는 희디흰 다리가 가죽 끈에 묶여 있다가 전기 충격으로 불룩해진 모습…….

크리스틴은 사진을 앞에 두고 오랫동안 앉아 있었다. 로다의 종말을 궁금해 하다니 참으로 어리석었다. 지금은 그것을 알 수 있었다. 무슨 대책을 세우지 않는 한, 로다는 적절한 시기와 상황을 노리면서 외할머니의 우둔한 삶을 되풀이할 것이다. 로다도 아주 영리하기 때문에 오랫동안은 무사할 수 있을 것이다. 하지만 언젠가는 붙잡혀 파멸할 것이다. 그리고 범죄를 실행하고 그것이 발각되기까지 로다는 주변의 모든 것을 파괴할 것이다. 그래서 들끓는 여론 속에서 생을 마감할 것이다. 가스실이나 교수대에서 혹은 혈관을 흐르는 전류에 온몸이 오르라든 채로……. 크리스틴은 눈앞의 사진 속에서 딸아이의 종말을 분명하게 보았다. 그녀는 얼굴을 감싸고 돌아앉아 중얼거렸다. "우리에게 자비를 베푸소서!"

그녀는 더 읽고 싶지 않았고 어머니에 대해서 생각조차 하기 싫었다. 낡은 신문들을 제자리에 갖다 놓았다. 그리고 자료실에서 나갈 채비를 하기 시작했다. 그때 마침 글라스 양이 자료실로 들어오더니 이렇게 말했다. "당신의 소설에 대해 생각하고 있었어요. 특히 결론 부분 말이죠. 혹시 결정을 했나요?"

"예, 그런 것 같아요."

글라스 양은 비굴하다 싶을 정도의 미소를 짓고는 사과할 일이 있다고 말했다. 지금 생각해보니 하지 말아야 할 일을 했다고 말이다. 작가들이 작품 구상을 얼마나 철저히 숨기는지 알면서도 펜마크 부인의 설정이 너무도 흥미로워서 다른 사람들에게 말했다는 것이다. 사정은 이랬다. 문학에 큰 취미가 있는 그녀와 동생은 매주 열리는 창작 모임에 함께 참여하고 있었다. 최근 모임에서 그녀는 마침 당시에 다룬 주제와 잘 어울리는 펜마크 부인의 작품 줄거리를 거론했다. 모임에 참석한 사람들이 남의 구상을 도용할 만큼 비양심적이지는 않다고 해도, 그것은 경솔한 짓이었다.

간단히 말하자면, 그녀는 소설의 결말에 대해 작가가 고민 중이라고 말했고, 모임에서 곧 다양한 의견이 나왔다. 마치 실제 사건을 놓고 토론을 벌이는 배심원단 같았다. 정신의학적인 치료, 소년원, 훗날에는 달라질 수 있다는 맹목적인 믿음에 이르기까지 여러 가능성을 놓고 설전을 벌이다가 결국에는 투표로 결정하기로 했다. 그 결과, 만장일치로 결정된 소설의 결말은, 아이 엄마가 비밀을 묻어둔 채 아이를 죽이고 자살한다는 것이었다.

그녀가 이렇게 말을 마쳤다. "당신이 내게 한 말을 다른 사람들에게 알렸다고 해서 신의를 저버린 것은 아니기를 바라요. 솔직히 말해서, 당신이 비밀이라는 전제로 이야기를 해준 것은 아니니까요."

"상관없어요. 그 결말은 나도 생각한 것이니까요. 아마, 그 결말을 사용하게 될 것 같군요."

그날 밤, 펜마크 부인은 다음과 같이 자필 유언장을 썼다.

내가 죽으면, 보석과 위트릴로(Maurice     Utrillo, 1883~1955, 프랑스의 화가—옮긴이)의 1912년작 풍경화를 변치 않는 애정의 징표로서 모니카 W. 브리드러브에게 주세요. 세상에서 누구보다 사랑했던 남자이자 내 남편 케네스에게는 옛날에 그가 내게 주었던 모딜리아니 그림을 돌려주세요. 그리고 그 그림에 더 어울리는 사람을 만나기를 진심으로 바랍니다. 나를 용서할 수만 있다면 그리 해주고 재혼하기를. 은행잔고와 주식, 채권을 포함하여 내가 소유한 여타 재산 전부를 제너럴 잭슨 가 572번지에 사는 리로이 제섭의 미망인 델마 제섭에게 남깁니다.

그녀는 유언장에 1952년 8월 3일이라고 적고 서명했다. 그리고 그것을 늘 잠가두는 서랍에 넣고 혼자서 말했다. "이것이 내가 할 수 있는 속죄의 전부야."

유언장을 작성한 뒤, 그녀는 오랫동안 생각에 잠겨서 앉아 있었다. 이제 무엇을 해야 하는지 알고 있었다. 너무도 오랫동안 그녀를 갈가리 찢어놓았던 갈등이 드디어 잠잠해졌다. 현명하고 확실하게 실천하는 일만 남았다. 그녀는 집안을 이리저리 오가다가, 문득 언젠가 가계비의 균형을 맞추려고 하던 때와 다름없이 담담한 자신을 발견했다. 모든 일을 조용하고 신중하게 처리해야 할 것이다. 상황 하나하나를 미리 가늠해보고……. 그녀의 입장만 생각한다면 큰 문제는 아니었다. 하지만 로다가 고통스러워하거나 무서워해서는 안 된다. 무슨 일이 기다리고 있는지 아예 눈치도 채지 못해야 한다……

책상 서랍을 열고 남편에게 쓴 신파조의 애절한 편지를 조금 읽어보았다. 그녀는 편지 뭉치를 난로에 넣어 태웠다. 재를 긁어모아 배수구에 흘려보냈다. 그리고 서류를 정리했다. 로다가 더 크면 주려고, 그러면 아이가 기뻐하고 교훈을 얻지 않을까, 그런 엄마의 마음을 알아주지 않을까 싶어 오래전부터 써놓은 편지와 사진을 찢었다. 그녀는 가능한 자신의 과거를 지웠고, 시가를 피우며 침대에 누웠을 때는 마음이 한결 평온해져 있었다. 그녀가 상쾌하고 맑은 정신으로 깨어서 화장대에 있는 손거울을 들여다보았는데, 변해있는 자신의 몰골에 깜짝 놀라고 말았다.

그날 아침에 그녀는 로다를 포사이드 부인에게 맡기고 집을 나섰다. 베시 덴커에 대한 자료 조사도 곧 끝날 것이기에 아무래도 상관없었다. 그녀는 광장에서 가까운 미용실에 갔다. 희미한 미소를 머금고 드라이기 아래 앉아서 최종 계획을 생각했다. 그녀는 그날을 자신과 아이가 죽는 날로 정했다. 아파트에 돌아왔을 때 우편함에 남편의 편지가 들어 있었다. 그것이 남편과의 마지막 교감임을 알기에 그녀는 편지를 읽고 또 읽었다. 일이 잘 풀리고 있다고 남편은 말했다. 팔월 중순경에는 집에 돌아갈 수 있을 거라고 했다. 한시라도 빨리 크리스틴과 로다를 보고 싶다고, 다시는 오랫동안 그들 곁을 떠나는 일이 없었으면 좋겠다고 했다. 그리고 크리스틴에게 변함없는 사랑을 전했다.

그녀는 남편의 사진을 불빛에 가져가서 한참을 바라보았다. "얘기만 들어도 좋아요!" 그녀는 감미롭고 초연한 목소리로 말했다. "얘기만 들어도 기뻐요!" 그녀는 사진 속 남편의 입술에 키스하면서 비정한 후회의 한숨처럼 탄식한 뒤에, 계획대로 움직였다.

그녀는 애초부터 로다에게 신체적 폭력을 가하거나 훼손하는 방법은 생각할 수 없었다. 현명한 방법은 브리드러브 부인과 의사가 처방한 수면제를 로다에게 먹이는 것이다. 그녀는 훗날 위급한 상황에서 사용하게 되리라 예감이라도 한 것처럼 수면제에 손을 대지 않았었다. 하지만 로다의 의심을 사지 않고 수면제를 먹이기는 녹록치 않을 것이다. 로다는 위험을 피하는 원초적인 본능, 덫을 알아채고 피해가는 동물적인 감각을 지니고 있어서였다.

의심과 불안감 없이 로다에게 수면제를 먹이는 방법에 대해 그녀는 여러 가지 계획을 떠올렸다가 지우기를 되풀이했다. 결국에는 일상적인 믿음을 주기 위해서 아이를 의사에게 데려가 진찰을 받기로 했다. 로다의 식욕이 예전 같지 않았다. 최근에는 나른하고 창백해보였다. 아이에게 무슨 문제라도 있는지 궁금하다고, 크리스틴은 의사에게 말했다. 로다를 진찰한 의사는 크리스틴과 둘만 남았을 때, 로다는 또래 아이들에 비해 더없이 건강하다고 말했다.

집으로 돌아오는 길에 크리스틴이 말했다. "의사 선생님이 로다에게 비타민을 먹이라고 했어. 여기서 비타민을 사가자."

아이가 보는 앞에서 크리스틴은 비타민을 샀다. 나중에 그녀는 비타민 병에서 비타민을 꺼내고 수면제로 채워놓았다. 그날 밤 로다가 잠자리에 들었을 때, 크리스틴이 말했다. "지금 비타민을 먹는 게 좋겠다. 이건 아무 때나 먹어도 좋대."

하지만 로다는 엄마의 손바닥에 올려져 있는 비타민의 양을 보고 말했다. "그렇게 많은 걸 한번에 먹어?"

"엄마가 의사 선생님에게 물어봤어. 엄마도 몰라서. 의사 선생님 말씀이, 대개는 식후에 한 알씩 먹지만 로다는 조금 아픈 상태라 한 번에 먹어야 좋대."

로다가 말했다. "엄마, 그 병을 보여줘."

크리스틴은 손에 든 병을 아이에게 건넸다. 아이는 병을 살피면서 라벨을 읽어보고 병에 남아있는 알약이 엄마의 손바닥에 놓여있는 비타민과 같은 것임을 확인한 뒤에 말했다. "음, 알았어. 엄마." 그리고 수면제 한 알을 받아 쥐었다.

한 알씩 수면제를 먹을 때마다 로다는 물을 조금씩 마셨다. 크리스틴이 말했다. "비타민을 먹으면 곧 몸이 좋아질 거야. 로다의 문제를 모조리 해결해주고……. 자, 다 먹어야지. 이제 몇 알 밖에 안 남았구나. 힘들어도 한 번에 다 먹으렴."

로다가 남은 수면제를 꿀꺽 삼키자 크리스틴이 아이 곁에 앉았다. "책을 읽어줄까?" 그녀가 물었다.

로다는 고개를 끄덕였다. 크리스틴은 『페퍼네 오형제의 성장기』에서 아이가 읽다만 부분을 정확히 펼치고 부드러운 목소리로 읽기 시작했다. 아이가 쉬이 잠이 들 것 같지가 않았다. 얼마나 오랫동안 담담한 척 꾸미고 있어야 하는지 난감했다. 한참이 지나서야 아이의 눈이 스르르 감겼다.

그녀는 아이의 곁에 오랫동안 앉아 있었다. 아이의 부드럽고 평화로운 숨소리를 들었고, 아이의 내부에 깃든 어둡고 섬뜩한 본능과는 상관없이 아이가 너무도 순결해 보인다고 생각했다. 그러다가 문득 그것은 현실이 아니라 그녀의 상상 속에서만 존재하는 아이라고 생각했다. 하지만 그녀는 마음을 추스르고 단호히 말했다. "상상이 아니야. 오롯이 현실이지."

그녀는 남편의 사진 위로 머리를 숙이고 사랑과 사무치는 그리움으로 사진 속의 남편을 바라보았다. 남편의 얼굴이 너무도 많은 추억과 그들이 공유한 시간을 되살려냈기에 그녀는 눈물과 돌연한 불안 속에서 계획을 포기해 버릴까봐 두려웠다. 하지만 그녀는 무너지지 않았고 사진을 향해 큰 소리로 말했다. "로다가 나를 파괴했지만, 당신은 괜찮을 거예요. 내 어머니의 죽음은 무수한 사람들에게 알려져, 그들이 모닝커피를 마시며 어머니의 마지막 말과 생각과 고통의 몸짓을 알게 했어요. 하지만 로다의 죽음은 사람들에게 알려지지 않을 거예요. 그런 일은 없을 거예요. 이번에는 그렇게 되도록 놔두지 않겠어요." 손가락으로 사진을 만지다가 그녀는 서글퍼져서 달래듯 부드러운 목소리로 말했다. "당신이 훗날 알게 된다면, 언젠가는 나를 용서해주리라 믿어요."

그녀는 아이의 이마에 입을 맞추었다. 마지막으로 책상 서랍의 자물쇠를 풀었다. 한 손에 권총을 들고 서서 그것이 어디에 쓰는 물건인지 모르는 것처럼 멍하니 쳐다보았다. 그러고 나서 그녀는 침실의 거울 앞에 서서 권총을 들고 머리를 향해 방아쇠를 당겼다.

브리드러브 부인은 남동생과 방금 전에 만난 두 명의 낯선 사람과 카드놀이를 하다가 자신의 패를 내려놓고 세 번째 같은 말을 하고 있었다. "크리스틴이 걱정이야. 에모리, 너는 어떻게 생각할지 몰라도 내 생각에는 분명히 뭔가 문제가 생긴 거야. 오늘밤에 수도 없이 전화를 했지만 아무도 받질 않잖아."

"전화를 받고 싶지 않나 보지. 영화를 보러 갔을지도 모르고. 걱정 좀 그만하고 크리스틴 일에 간섭하지 마시지."

"크리스틴은 무슨 일이 있어도 전화를 받았어. 게다가 요즘에는 밤에 외출을 하지 않는단 말이야. 너도 잘 알면서……. 아니야, 에모리, 무슨 일이 생긴 거야."

"크리스틴이라는 사람이 누군데 그래요?" 프라이스 부인이 물었다. "친척인가요?"

"이웃에 사는 여자예요." 브리드러브 부인이 말했다. "하지만 내가 그 사람과 딸아이를 무척 좋아하거든요. 정말 사랑스러운 여자예요. 아주 상냥하고 순수한 여자거든요. 아주 진실한 사람이죠."

그녀는 카드를 섞어 나누어준 뒤에 고집스레 말했다. "에모리의 말처럼 밖에 나갔다면 맞은편에 사는 포사이드 부인이 알

286

고 있을 거야. 전화를 해봐야겠어."

에모리가 실없이 웃으면서 말했다. "그런 할머니와 무슨 얘기를 한다는 거야? 내가 처음 봤을 때부터 늘 정신이 오락가락하는 것 같던데."

"글쎄요, 잘은 모르겠지만," 앤젤린 프라이스가 말했다. "포사이드 부인에게 전화를 해보는 게 좋겠어요. " 그녀는 브러드러브 부인을 쳐다보았고, 두 사람은 고개를 끄덕였다. 에모리가 시계를 힐끔거리고 말했다. "열한 시야. 그 노인네가 잠들기 전에 전화하려면 서둘러야 할거야." 하지만 포사이드 부인은 저녁 시간 전부터 크리스틴과 로다를 보지 못했다고 말했다. 외출한 것은 아니라고 그녀가 자신 있게 말했다. 하지만 둘 다 일찍 잠이 들었나 보다고 말했다.

모니카가 말했다. "그 집 초인종을 한번 눌러봐 줄래요? 전화를 끊지 않고 기다릴게요."

포사이드 부인이 곧 돌아와서 초인종을 몇 번 눌러봤다고 말했다. 문을 두드리고 크리스틴의 이름을 불렀으나 아무런 기척이 없다는 것이다. "무슨 문제라도 있는 건가요?" 그녀가 물었다. "내가 또 할 일이 없을까요?"

브리드러브 부인이 카드 테이블로 돌아왔다. 하지만 잠시 후에 그녀는 손사래를 치면서 말했다. "가서 알아봐야겠어." 그녀는 에모리를 보고 덧붙여 말했다. "넌 싫으면 여기 있어. 난 걱정이 돼서 가 봐야겠어."

에모리가 말했다. "이 밤중에 누나 혼자 운전을 하게 놔두란 말이야?" 그러더니 수줍게 웃었다. "갈 생각이면 출발하자고."

아파트 건물이 가까워졌을 때, 열두 시에 만나기로 한 조니 컨켈이 집을 막 나서서 길을 건너고 있었다. 브리드러브 부인이 그를 불러서 같이 갔다. 그들은 문을 두드리고 초인종을 눌렀다. 복도로 나온 포사이드 부인이 목까지 기모노를 움켜잡고 있었다.

모니카가 말했다. "조니, 뒤쪽 발코니로 기어올라 주방으로 들어갈 수 있겠어요? 잠겨 있으면 창문을 깨세요. 집 안으로 들어가서 현관문을 열어줘요."

그가 마침내 문을 열자, 모니카는 겁에 질린 목소리로 소리치며 집안으로 들어갔다. "크리스틴! 크리스틴! 아무 일 없어?"

제일 먼저 그들은 불이 환하게 밝혀져 있는 크리스틴의 침실로 달려갔다가 문간에 몰려섰다. 뒤로 물러선 그들은 집안의 전등을 전부 켰다. 로다의 방으로 달려간 포사이드 부인 뒤따라 들어온 일행에게 말했다. "로다는 아직 살아 있어요. 하지만 서둘러야겠어." 그녀는 입을 벌리고 서 있던 조니 컨켈에게 다급하게 소리쳤다. "당신 차로 로다를 병원에 데려가요. 최대한 속도를 내요. 아이를 살릴 시간은 있어요. 하지만 서둘러야 해요." 그리고 나서 그녀가 덧붙여 말했다. "잠깐! 잠깐! 나도 같이 갑시다!"

장례식이 끝난 후, 케네스 펜마크는 브리드러브 부인의 거실에 앉아 있었다. 퇴원한 로다는 아이의 장래에 대해 결정이 내려질 때까지 포사이드 부인의 집에 있기로 했다. 장례일 아침에 포사이드 부인은 어려운 상황이 정리될 때까지 아니 언제까지라도 로다를 보살피겠다고, 케네스가 허락한다면, 기꺼이 그리하겠다고 말했다. 케네스는 어머니와 누이들이 다음 날 도착할 예정인데, 로다는 그들과 함께 돌아갈 것이라고 말했다.

하지만 그는 지금 모니카의 커다란 선풍기 옆에 앉아서 불안한 손으로 머리를 감싸고 있었다. "크리스틴이 왜 그랬을까요? 도대체, 왜 이런 짓을 했을까요?" 그는 모니카를 쳐다보고 말했다. "아내는 누구보다 부인과 가깝게 지냈습니다. 왜 이런 짓을 했는지 단서가 될 만한 말을 한 적이 없나요? 분명히 이유가 있을 겁니다."

브리드러브 부인이 말했다. "크리스틴이 왜 그랬는지 나도 몰라요. 머리가 터지도록 생각해봐도 모르겠더군요. 나도 모른다는 말밖에는 할 수 없어요. 크리스틴의 행동과 내가 아는 일을 전부 되짚어봤어요. 레지널드 태스커와 옥타비아 페른 선생에게도 말해봤지만, 그들도 전혀 모르겠다고 하더군요."

"이유가 있을 겁니다. 크리스틴이 아무 이유 없이 이런 짓을 했을 리 없어요. 이해할 수 없군요. 이해할 수가—"

"크리스틴이 감당하기에는 너무도 끔찍한 일을 당한 것 같아요. 나와 함께 호텔에 있을 때, 내가 당신에게 돌아오라고 전보라도 보내라고 권한 적이 있어요. 하지만 내 말을 들으려고 하지 않더군요. 당신과는 전혀 상관없는 일이라고 하면서요. 최근에는 한결 좋아진 모습이었어요. 하지만 크리스틴을 혼자 놔두는 게 아니었어요. 그러지 말았어야 했어요. 내가 그러지 말았어야 했어요."

"크리스틴이 미쳤다고 생각하나요?" 케네스가 물었다.

"아니, 그렇지 않아요. 장담하는데 그건 아니에요."

"크리스틴은 미치지 않았어요." 에모리가 말했다. "걱정이 많았을 뿐이죠."

케네스는 한숨을 쉬었고, 머릿속의 참을 수 없는 고통을 달래듯이 또다시 손으로 이마를 감쌌다. 그때 포사이드 부인이 로다와 함께 들어왔다. 로다는 곧바로 아빠의 품으로 달려가 안겼다. 그는 아이를 끌어안았고, 아이는 미소를 머금고 고개를 갸웃해 보였다. 아이는 아빠의 품에서 떨어져 거실의 카펫 위에서 이리저리 춤을 추었다. 그러고는 엷은 보조개가 보이도록 턱을 약간 치켜들고서 두 손을 앙증맞게 마주잡은 채 말했다. "내가 하늘땅만큼 뽀뽀해주면 아빠는 무엇을 줄거지?"

"이리 온, 얘야." 포사이드 부인이 말했다. "아직은 몸이 다 낫지 않았단다. 그러다가 지칠라." 그녀가 케네스를 의미심장하게 바라보면서 말했다. "아이가 무슨 일이 벌어졌는지 이해하기에는 너무 어려요. 이러니 저러니 해도, 천진난만한 아이잖아요."

하지만 로다는 자기만의 게임을 그만두고 싶지 않았다. 아이는 발끝으로 한 바퀴 돌더니 무릎을 굽혀 인사하고 이렇게 말했다. "아빠, 나한테 뭘 줄 거야? 내가 하늘땅만큼 뽀뽀해주면 아빠는 나한테 뭘 줄 거야?"

케네스가 대답하기까지 잠시의 침묵이 흘렀다. "하늘땅만큼 안아주지." 그 순간, 그는 마지막 자제력을 잃어버린 듯, 얼굴을 가리고 소리 없이 흐느끼기 시작했다.

"이리 온, 로다야." 포사이드 부인이 말했다. "얘야, 이제 가자꾸나."

포사이드 부인은 아이의 손을 잡고 문가로 걸어갔다. "내려가서 종이 인형을 만들자. 아빠는 비행기를 오래 타서 피곤하시 단다. 아빠가 좀 쉬고 난 뒤에 또 오자꾸나."

그녀는 불쑥 케네스 쪽으로 돌아서더니, 그의 슬픔을 나무라듯 이렇게 말했다. "펜마크 씨, 절망해서는 안 돼요. 마음을 굳게 먹어요. 우리가 늘 신의 지혜를 이해할 수는 없답니다. 하지만 그것을 받아들여야 해요. 당신의 생각처럼 모든 것을 잃어버린 게 아니잖아요. 적어도 로다가 남았으니까요. 로다가 무사한 걸 감사해야 해요."

## 나쁜 씨

아동 사이코패스의 탄생

발　행 | 2021년 04월 21일
저　자 | 윌리엄 마치
역　자 | 정진영
펴낸이 | 정진영
펴낸곳 | 아라한

출판사등록 | 2010년 7월 29일 제396—2010—000096호
바톤핑크

주　소 | 경기도 고양시 일산동구 중산동
전　화 | 070—7136—7477
팩　스 | 0504—007—7477
이메일 | barton—fink@naver.com
　　　　arahanbook@naver.com

ISBN | 979-11-90974-56-1　　03840